KB231146

박근혜 공명과 함성

박근혜 공명과 함성

초판 1쇄 인쇄 2011년 06월 24일
초판 1쇄 발행 2011년 06월 30일

지은이 I 구본출
펴낸이 I 손형국
펴낸곳 I (주)에세이퍼블리싱
출판등록 I 2004. 12. 1(제315-2008-022호)
주소 I 157-857 서울특별시 강서구 방화3동 316-3번지 한국계량계측협동조합 102호
홈페이지 I www.book.co.kr
전화번호 I (02)3159-9638~40
팩스 I (02)3159-9637
정가 I 15,000원

ISBN 978-89-6023-626-4 03810

이 책의 판권은 지은이와 (주)에세이퍼블리싱에 있습니다.
내용의 일부와 전부를 무단 전재하거나 복제를 금합니다.

박근혜
공명과 함성

구본출 지음

20여 년간 이방인(etranger)이며 방랑자(estranger)로 여러 나라를 돌면서 긴긴 명상 및 고행과 사업의 여로를 마치고 불현듯 귀국하여 그간 찾아 헤매던 순결한 영혼이며 이 시대가 요구하는 인물을 만나 매료되었다. 유심히 관찰하고 생각하고 깊은 명상 후에 바로 그녀가 내가 그간 찾아 헤매고 우리시대가 요구하는 인물이라는 확신에 이르렀다.

▶ OMAN의 사막 농장에서

수행과 명상 중 터득한 상위대치법(相位代置法, Replacing Method)으로 그녀의 철학과 사상을 읽고 같이 생각하고, 모든 언행일치의 정치행보를 보아왔다. 그러면서도 항상 안타까운 것은 그녀의 진심과 진실이 세상 사람들에게 제대로 알려지지 않고 있다는 사실이었다. 또한 그녀 자신도 전혀 자신의 진심을 알아주지 않는 세상 사람들을 설득하려 애쓰지 않았고, 남이 알아주지 않는다고 화내지도 않았다. 수많은 왜곡과 오해와 의도적인 비난과 비판을 감수하면서도 그녀는 한 번도 적극적으로 나서서 자신을 변호하지 않았다.

이런 안타까운 상황에서 그녀의 진실을 전해야겠다는 생각에서 그간 인터넷 게시판에 올렸던 숱한 글들을 모아 "쿼바디스 도미네(Quo Vadis Domine = 주여 어디로 가시나이까)?"라고 물어 깨닫고 로마로 돌아가 순교함으로써 기독교를 되살리는 밀알과 불씨가 된 베드로(Peter)처럼, 석가의 깨달음을 이해하지 못하는 사람들을 위하여 석가의 말을 풀어 설명했던 석가의 제자 설법제일(說法第一) 부루나(富樓那, Purna)처럼 나는 그녀의 외침에 공명된 사람들의 함성을 세상에 전하고자 감히 이 글을 쓴다.

비록 필설로 전할 수 있는 것은 빙산일각(氷山一角)이나 구우일모(九牛一毛)에 지나지 않을지라도 최선을 다하여 '순결한 영혼' 박근혜 전 한나라당 대표의 외로운 외침에 공명된 사람들의 함성을 세상에 전하고자 한다. 그녀를 오해하거나 알고자 하는 최대한 많은 사람들에게 그녀의 철학 사상과 진실을 전할 수 있는 소리의 씨알이 되어 베드로와 부루나의 흉내라도 낼 수 있으면 다행으로 생각하겠다.

국가와 민족의 미래와 흥망성쇠는 국가지도자인 대통령의 선택으로 좌우되고, 국민의 대통령 선택은 미사여구(美辭麗句)와 감언이설(甘言利說)로 포장된 선거공약이나 미리 준비하여 연습한 화려한 연설이 아닌, 후보자 내면의 변할 수 없는 진실인 철학과 사상 및 정신을 보고 판단해야 한다. 국운을 좌우하는 다음 대통령 후보들의 비교와 판단의 자료로 그간 관찰하고 발견한 박근혜 전 한나라당 대표의 내면세계를 전하고자 한다.

역지사지(易地思之, If I am in her shoes…)로 박근혜 전 한나라당 대표의 말과 글의 심층의미와 내면의 진의를 읽어 가능한 한 그녀 내면 정신세계인 철학과 사상과 영혼을 불편부당(不偏不黨)하게 전하여 편견과 오해를 불식시키고자 한다. 나아가 나의 글이 박근혜의 외침에 공명된 함성의 의미를 일깨우고 전하는 씨알의 소리와 불씨가 되기를 바란다.

사유와 명상의 나래를 펴고 더러는 독자들을 위한 쉼터인 사랑방에서 같이 얘기하며 박근혜 한나라당 전 대표의 철학과 사상, 그리고 영혼에서 우러난 외침에 공명된 사람들의 함성의 의미를 찾아 함께 떠나보자.

2011년 6월 15일
저자 '진실과 영혼' 구본출

차례

　우리가 누군가를 평가할 때는 그 사람의 외면뿐만 아니라 내면의 정신세계를 이해하고 그 사람의 철학과 사상을 기본으로 한 국가관, 인생관, 도덕관, 윤리관, 이상과 목표 정도는 함께 호흡하며 그 사람 정신세계 속에서 생각을 같이 해보고 평가해야 한다. 미리 준비된 원고에 의한 선거공약, 정견발표나 강연 등으로 그 사람을 평가한다든지, 그 사람의 외모나 과거의 단편적인 행적이나 과장선전에 근거하여 평가하고 판단하는 우를 범해서는 안 되겠다. 정확한 인물 평가는 겉으로 드러난 것들보다 내면의 심층적인 철학과 사상 및 정신세계를 기준으로 이루어져야 하겠다.

　한낱 어떤 이의 자화자찬 책으로 평가한다든지, 겨우 구우일모의 터럭 한 올을 잡고 그 사람을 평가한다든지, 어떤 말 한마디나 한 가지 사안으로 평가하거나, 외양과 단편적인 이미지를 가지고 평가하는 오류는 범하지 말아야 한다. 또한 진실성 없는 어떤 공약이나, 누군가가 써준 대본을 읽은 연설문을 가지고 사람을 평가한다는 것은 겉만 보고 속을 들여다보지 않은 수박 겉핥기식 평가가 된다.

　대통령이나 국회의원, 지자체장과 지자체 의원 선거에서 국가의 주인인 국민은 후보자들의 내면 정신세계에 대한 이해와 판단의 자료가 턱없이 부족했으며, 단기간의 과장선전과 화려한 감언이설, 혹세무민하는 언어의 향연에 현혹되어 정확한 인물의 철학이나 사상 등 정신세계에 대한 평가나 판단도 없이 투표하여 국가의 선출직 지도자들을 뽑아 반복된 후회를 해오지 않았는가? 심지어는 '그놈이 그놈'이라는 체념어린 푸념까지 하게 되지 않았는가?

인물의 평가에서는 겉보다 속의 철학, 사상, 국가관, 인생관, 윤리도덕관 등 내면의 정신세계가 훨씬 중요하고 내면 정신세계의 이해와 분석이 가장 정확한 판단인데도 말이다.

이 말은 칭찬을 하거나, 비난을 하거나 양쪽 모두 해당하는 말이다.

1. 박근혜 현상

요즘 여야 및 온 정계, 학계와 가정, 전 세계 우방국, 장삼이사의 일반 사람들까지 화제는 온통 박근혜 전 한나라당 대표(이하 존칭을 생략하고 박근혜로 지칭한다)다. 딴 사람 누구라도 비집고 사람들의 주의를 끌어 화제의 인물이 될 빈틈조차 없이 가끔 가다 하는 그녀의 말 한마디는 천금의 무게요 경천동지의 위력이다. 누군가가 4대강 개발의 장밋빛 무지개를 그려도, 누가 아무리 억지로 '함박웃음'을 웃어도, 어느 당대표가 새삼스럽고 생뚱맞게 수산시장이나 재래시장을 누비며 드러내는 서민행보를 해도, 무리지어 세류 따라 새로운 정당을 만든다고 해도, 누가 아무리 이상한 몸짓과 소리를 내도 그들은 다만 사람들의 박근혜 얘기에 양념처럼 비교 대상으로 잠깐 번갈아 언급되는 한 조연일 뿐이며 박근혜라는 주연의 장식품이 될 뿐이다.

5천 년 우리 역사에서 이토록 모든 국민의 지대한 관심을 한 몸에 받았던 사람이 그 누가 있었나? 항상 정치사에서 주요 화제와 관심의 인물은 복수였고, 항상 막상막하의 경쟁관계였거나 다수의 혼전이었지 단수였던 적이 있었는가? 이런 대다수 국민의 민의 중심에서 고비마다 정국을 주도하며 관심과 지지를 한 몸에 받은 사람은 박근혜가 전무후무하고 유일무이하지 않겠는가?

 아무리 흔들고, 모함하고, 깎아내리고, 망신 주려고 온갖 비열하고 치사한 방법이나 수단을 다 동원해서 오두방정을 떨어봐야, 그녀는 요지부동 미동도 하지 않고, 온갖 악다구니에 일언반구 대꾸도 없는데도 예외 없이 모두 다 제풀에 정적이나 반박 정치인들이 하나같이 허무하게 무너져 나가 떨어져 버리는 이 현상? 그렇다고 그녀가 현란한 웅변, 민심대장정, 허리꺾기 인사, 시장바닥 어묵 물기, 꼭짓점 댄스 등 이상한 몸짓으로 이런 분위기를 일부러 목적을 가지고 연출하거나 애써서 주도하지도 않았다. 심지어는 여야 반박 정치인들이 억지로 박근혜를 폄훼 왜곡 비난해도 박근혜는 가능한 한 논쟁이나 설전을 피하고 말을 아낀다.
 그녀의 무언중에도 자연스레 스스로 일어나는 이런 기현상을 사람들은 '박근혜 현상'이라 하며, 나름대로 각양각색의 해석과 설명을 한다. 더러는 '박근혜의 신비주의'라기도 하고, 더러는 알 수 없는 이 현상을 정확히 분석하여 설명할 수 없는 반(反) 박근혜 정치인과 학자들은 '환장할 노릇이다'라고까지 표현한다.

 나도 그 원인을 찾는 데 갖은 노력을 기울이며 애를 먹었지만 일시적인 현상이 아니라서 그녀의 심층적인 내면 정신세계를 알기 전에는 이해 불가였다. 이제 겨우 어렴풋이 그녀의 내면 정신세계를 보고 이해하고 '진실과 영혼'이 느꼈던 영혼과 영혼의 공명현상을 피력해보고자 한다. 비록 이 또한 그녀의 가없는 심오한 정신세계의 구우일모에 지나지 않을지라도.

2. 박근혜의 순결한 영혼과 말의 위력

세종시 수정안을 들고 대통령과 국무총리, 정권의 당정청이 총력으로 세종시 원안의 백지화를 시도할 때, 야당들이 한 목소리로 나서서 목이 터져라 세종시 원안 고수를 외쳤지만 박근혜가 분명한 어조로 수정안 반대와 세종시 원안 고수를 외칠 때까지는 소리 없는 아우성으로 흘러갔다. 정부의 세종시 원안에 대한 새로운 대안인 수정안보다도 대다수 국민은 세종시에 대한 박근혜의 말 한마디를 듣고 싶어 했다.

박근혜의 '신뢰와 원칙'에 따른 '세종시 원안 고수'는 대통령과 총리 및 여당인 한나라당이 총력을 기울여서 '세종시 수정안'에 전 언론을 동원하고, 세종시민과 충청도민에게도 직접 다가가서 가능한 모든 수단을 동원하여 세종시와 충청도민들의 이해와 설득을 위해 홍보했고, 국민여론은 수정안으로 기우는 듯하였다. 박근혜는 대통령, 국무총리 및 당청청의 집중포화를 맞으면서 수세에 몰리는 것처럼 보였고, 온갖 비열한 방법으로, '미생지신' '순자네 돼지'까지 동원하여 전 방위로 박근혜를 압박했다. 심지어는 이명박 대통령의 강도를 빗댄 협박에 '집안강도론'으로 대응하면서까지 굳건하게 버티는 박근혜의 버팀목은 국민여론도 정치적인 계산도 아닌 그녀의 철학과 사상을 지켜내려는 신뢰와 원칙이었다. 위력적이며 마력을 지닌 박근혜의 '신뢰와 원칙'을 앞세운 철학/사상에 기세등등하던 세종시 수정안은 힘없이 비참하게 무너지고 말았다. 국회 본회의 표결까지 끌고 갔지만, 결국 이명박 대통령과 정운찬 전 총리가 심혈을 기울여 추진했던 세종시 수정안은 국회 본회의에서 부결됐다.

이렇게 박근혜의 말이 엄청난 위력과 마력을 지니는 이유는 무엇일까? 박근혜의 티 없이 맑고 고운 순결(純潔)한 영혼(靈魂)에서 그녀의 모든 내면 정신세계의 바탕을 이루는 철학과 사상을 기초로 사리사욕이나 정치적인 계산 없는 진실한 말이기에 그녀의 말은 엄청난 위력과 마력을 가지는 것이다. 박근혜 말의 위력과 마력은 그녀의 순결한 영혼에서 용솟음쳐 나오기 때문이다. 사람[人]의 말[言]은 믿음[信]을 지녀야 진정한 사람의 말이며, 거짓이 없고 순결한 영혼을 지닌 말이기에 박근혜의 말은 무한한 위력과 마력을 지니는 것이다.

중요한 사안마다 천금의 무게와 경천동지의 위력을 가진 그녀의 한 마디 말. 비정규직보호법 기간 연장, 미디어관련법 7개 법안, 세종시 원안 고수 때도 대다수 국민은 박근혜의 말 한 마디를 기다렸고 그녀의 말 한마디는 무한의 위력으로 국민의 마음에 공명을 일으켰다. 이런 박근혜 말의 위력은 앞으로 있을 대한민국 정치의 최대 이슈가 될 2012년 총선과 대선에서도 마찬가지일 것이다. 이런 박근혜의 말 한마디가 지닌 위력과 마력은 국가 중대 정책과 현안의 고비마다 결론적인 무한한 위력을 발휘했다. 박근혜 말의 위력과 마력의 근원은 박근혜의 순결한 영혼이며, 이런 순결한 영혼에서 나오는 말이기에 박근혜의 말이 끝없는 위력과 마력을 지니는 것이다.

3. 박근혜의 철학과 사상은 화(和)·정의(正義)·용기(勇氣)다

부친의 사망 시에도 제일 먼저 "전방은요?"라고 물은 그녀의 우려에서, 우리는 어떠한 극한의 비극적 상황에서도 흔들리지 않는 그녀의 애국심과 애민사상을 보았으며, 이 한마디는 대통령 유고라는 전무후무의 국가비상사태에서 국가가 흔들리지 않고 위기를 극복하는 위력을 발휘했다. 박정희 대통령의 정치에 사사건건 반대를 하던 부친의 정적이며 끊임없이 박정희 대통령을 비판하고 조국산업화의 위대한 업적을 애써 인정하지 않고 다만 인권탄압과 독재라고 비판하고 폄훼하던 김대중 전 대통령에게까지 사죄와 위로로 화해를 시도하는 통근 아량, 모친을 죽인 원수인 북한의 김정일도 만나서 화해를 시도하는 모습이 **박근혜 정신세계의 근본인 화해와 화합 평화의 화(和)다.**

치열하고 격화되어 인신비방의 설전이 오갔던 지난 한나라당 내의 대선 경선에서 온갖 정략과 모략 및 편법, 불법이 난무하고 줄 세우기와 1인 6표제라는 억지 여론조사 반영도 감내하면서 끝까지 그녀가 흔들림 없이 지키려 한 것은 분열, 갈등, 대립이 아닌 양보와 희생을 통한 한나라당의 화합과 통합이었다. 또한 억울한 경선 패배에도 망설임 없이 결과에 즉각 승복한 경선패배 승복연설에서도 그녀가 강조하고 진심으로 호소한 것은 경선과정에서 불가피했던 상호 비판과 비난의 분열과 갈등 대립을 화해와 화합으로 통합하기 위한 자기희생이었다. 그녀의 신념이며 철학인 화(和)는 세종시 수정안 국회 본회의 표결 전 가부의 결과를 예측하기 힘든 상황에서 행한 연설에서도 결과에 상관없이 찬반 양측의 화해와 화합을 호소할 정도로 변할 수없는 그녀의 근본 철학이며 사상이다.

미국을 방문했을 때 행한 그녀의 연설과 대통령 특사로 3회에 걸쳐 성공적인 외교성과를 거둔 중국과 EU 및 유럽 3개국 방문 시에도 변하지 않고 일관된 그녀의 철학과 사상은 전 인류를 사랑하는 인류애다. 즉 그녀의 기본정신은 모든 사람을 사랑하는 홍익인간(弘益人間)이며, 홍익인간 사상과 철학의 밑바탕을 흐르는 기본적인 정신은 화해 화합의 화다. 인류의 윤리도덕과 종교가 목표로 하는 것은 모든 사람들이 갈등과 대립 없이 화기애애하고 화목하며 가장 이상적인 어울림과 화음을 이루고 조화를 이루고 화해와 화합을 이루는 것이며, 그 핵심이며 근본정신과 철학이 화다. 이것이 박근혜가 추구하는 복지국가와 홍익인간의 기본정신인 화합과 화해의 철학이며 그 기본 밑바탕의 철학과 정신은 화(和)다. **和!**

　오직 올바름, 올곧음만을 종교적인 신앙처럼 신봉하는 그녀의 흔들리지 않는 생활과 정치와 일생의 신조는 정의다. 인류가 추구하는 최고의 가치인 정진선미(正眞善美)와 윤리도덕인 인의예지(仁義禮智)가 결합되어 형성된 박근혜의 흔들림 없는 철학은 정의며 올바름이다. 어떠한 상황에서도 박근혜가 포기하거나 양보할 수 없는 일생의 신념이며 철학이 가치와 윤리도덕을 신봉하는 올바름의 정의다. 정의는 인류가 지향하는 지고지선의 가치와 윤리도덕과 종교의 목표와도 일맥상통하는 정신이다. 아무리 목표가 숭고하고 지대해도 목적과 목표를 이루어가는 수단까지도 옳아야 한다는 종교적인 신앙보다 더 강한 정의에의 신념, 수단과 과정이 정의가 아니라면 차라리 그 목표를 포기하는 변할 수 없는 종교적 신앙보다도 강한 그녀의 인생관이며 변할 수없는 철학은 정의다. **正義!**

　아는 것은 안다고 하고, 모르는 것은 모른다고 하는 참 앎의 실천자이며, 옳은 것은 옳다고 하고 그른 것은 목에 칼이 들어와도 그르다고 할 수 있는 참 올바름의 신봉자며, 삶과 목숨과 명예까지도 국민〈전 민족〈전 인류의 자유와 건강, 풍요, 행복과 평화를 위해 기꺼이 버릴 수 있는 순교자이며, 이 모든 철학을 몸소 실천하는 그녀의 사상적 내면을 흐르는 정신은 바로 용기이다. 정신선미에 반하는 사위악추(邪僞惡醜)와 인의예지(仁義禮智)에 반하는 불인부지무례무의(不仁不智無禮無義)에 분연히 망설임이나 두려움 없이 맞설 수 있는 박근혜의 근본적인 힘의 원천은 용기다. 그녀의 모든 지식과 수련, 명상, 사유, 깨달음과 신념을 기동(Mobilization)시키고, 활용(Utilization)하고, 그 효과를 최대화(Maximization)할 수 있는 정신의 근본적인 핵이며 힘이며, 근본사상이 바로 용기다. **勇氣!**

4. 박근혜의 철학과 사상 신념의 조화

티 없이 맑고 순수한 박근혜의 순결한 영혼, 천금의 무게와 무한의 위력을 지닌 박근혜의 말, 그녀가 추구하는 이상이며 철학과 사상의 근저를 흐르는 화, 종교적인 신앙과도 같은 정진선미의 가치와 인의예지의 윤리도덕을 지키려는 정의와 이 모든 그녀의 철학과 사상을 역동적으로 움직이는 힘의 원천인 용기가 가장 이상적인 어울림으로 박근혜의 정신세계를 이룬다. 박근혜의 순결한 영혼, 위력적인 말, 화·정의·용기는 이제 그녀가 추구하는 이상이나 구호가 아니라, 이미 그녀의 일상이 되고 혼연일체(渾然一體)의 정신이 되었다. 따라서 이런 혼연일체가 된 박근혜의 순결한 영혼, 말, 화·정의·용기의 정신세계를 이해한다면 박근혜가 말을 하지 않아도 사람들은 그녀의 모든 생각을 정확하게 읽을 수 있다.

그녀에게 대권이란 이런 혼연일체가 된 그녀의 이상 실현을 위한 한 방편일 뿐 이루고자 하는 최종 목표는 아니다. 대권을 위해 위의 신념이나 철학 중 어느 하나라도 포기해야 한다면 그녀는 아무런 망설임이나 주저 없이 기꺼이 대권을 포기할 것이다. 이런 숭고한 정신을 지키기 위해서는 그깟 한낱 대권쯤이야 개나 먹으라고 던질 것이다. 지난 과거나 앞으로 그녀의 결정이나 의사와 말을 예측하거나 판단할 때 위의 4가지 —그녀의 정신세계의 원천인 순결한 영혼과 철학과 사상인 화·정의·용기—를 이해하면 아주 쉽게 그녀 말을 이해할 수 있을 것이다.

이런 박근혜를 구우일모(九牛一毛) 터럭 하나 잡고 흔들면서 온갖 요설로 흠집 내려 하는 몸부림은 그녀의 실소나 살포시 흘리게 하는 악동의 어리광이다. 비록 수많은 정치인과 반 박근혜 세력들이 그녀의 약점이라 잡고 흔들어대던 인신공격이나 비방, 모략이 그녀의 옷깃이라도 스친 적이 있던가?

그녀를 기회주의자/신비주의자/친북주의자라고 비난하는 사람들은 그녀의 순결한 영혼의 정신세계와 너무 완벽하게 조화를 이룬 화·정의·용기의 철학 사상을 이해하지 못한 푸념이거나, "날 좀 보소." 하며 사람들의 눈길을 끌려는 어릿광대(clown)들이다. 박근혜의 내면 정신세계와 철학과 사상의 근본을 이해하지 못하고 그녀의 한 단면을 보고 공격하고 비난하려 한다면, 헛된 무지개나 신기루를 좇는 것과 같다. 또한 이런 비난과 까대기는 박근혜의 철학과 사상에 대한 몰지각, 몰상식을 스스로 드러낸 악의적이며 의도적인 흠집 내기일 뿐이며, 이런 흠집 내기는 그녀의 혼연일체로 조화된 원대한 철학과 사상의 정신세계에 비하면 너무 하찮은 저질적인 행패이기에 국민여론에 미풍도 일으키지 못하고 역풍에 잦아들고 마는 이유이기도 하다.

어느 한 사안에 대해 여론조사가 몇 퍼센트 올랐고, 득실이 어떠하며, 주판알을 튕겨보니 손익계산서가 이렇고, 대차대조표의 차변에 이익이 발생하며, 대권에 도움이 되느니, 대권을 위해서 이러저러하게 변해야 한다는 사람들은 그녀의 철학과 사상 및 정신세계를 이해하지 못하고 박근혜를 오직 대권에 목메는 일반적인 사람으로 착각하는 것이다. 박근혜는 등락하는 여론조사나 지지율조사에는 하등 관심이 없고, 흥미도 없다. 박근혜의 근본 철학과 사상의 일부라도 이해한다면 이런 여론조사의 수치는 아무런 의미 없는 현상의 자의적인 해석이라는 것이 바로 드러나지 않는가? 일시적인 국민지지율 여론조사 결과가 저런 원대하고 높은 박근혜의 정신세계에 어떤 동요도 줄 수 없는 것이다.

순결한 영혼에서 우러난 화(和)·정의(正義)·용기(勇氣)가 그녀의 철학과 사상의 삼위일체를 이루어 말로 표현되며, 이 모든 정신이 혼연일체가 되고 일상이 되어 흐트러짐 없이 이상적인 조화(harmony)를 이루어 박근혜의 철학과 사상의 정신세계를 이루었다.

5. 박근혜의 이상과 목표

차기 대권과 대통령에 대한 꿈은 대다수 국민이 박근혜에게 기대하는 꿈이며 희망이며 소망이지, 박근혜 자신이 필연코 이루고자 하는 꿈이 아니다. 그녀의 꿈과 소망은 오직 순결(純潔)한 영혼(靈魂)에 기초한 화(和)·정의(正義)·용기(勇氣)를 지키고 실천하여 모든 사람들의 건강, 풍요, 행복, 평화를 이룩하는 것이다. 대통령은 다만 박근혜의 신념과 철학의 이상이며 목표인 복지국가건설을 위한 중간 과정이며 수단일 뿐 대통령이 박근혜의 최종목표는 아니다. 박근혜의 최종 목표이며 철학과 사상의 목표는 복지국가 건설이다. 모든 국민의 건강, 풍요, 행복, 평화가 넘치는 복지국가 건설이 박근혜의 순결한 영혼, 화·정의·용기가 결합되어 이루고자 하는 꿈이며 목표다.

6. 박근혜를 알고 그녀를 말하라

박근혜의 내면 정신을 알고, 그녀의 행적을 이해하고 나서 그녀에 대하여 말하고 비판하고 비평하며 비난을 해도 해야 하지 않겠는가? 내 글 또한 그녀의 가없는 무한의 정신세계 내면의 빙산일각, 구우일모에 지나지 않는 한 조각 단편적인 이해와 표현이지만 순수한 영혼과 영혼의 공명현상이니 왜곡이나 과장은 아닐 것이다.

화·정의·용기로 일체화되어 순결한 영혼이 된 그녀를 진실한 영혼과 사상을 가진 사람들은 그 누구도 욕하거나 비방하지 못할 것이다. 순결한 영혼에서 우러난 화·정의·용기가 혼연일체가 되어 박근혜의 구호나 목표가 아닌 일상이 되었고, 이런 혼연일체가 된 정신세계는 이상적인 통합의 조화를 이루어 박근혜의 정신세계를 이루고 있다. 이러한 박근혜의 정신세계를 알고서도 박근혜를 이해하지 못하고 오해하거나 비난, 비판, 왜곡, 폄훼할 수는 없다.

박근혜의 모든 철학과 사상 및 순결한 영혼이 혼연일체가 된 정신세계의 실천이며 구현인 복지국가 건설 목표는 순결한 영혼으로 모든 순수한 영혼을 가진 국민의 가슴 가슴에 공명을 일으켜서 은은히 전 한반도 방방곡곡, 온 누리로 점점 퍼져나갈 것이다. 그녀는 다변과 웅변으로 국민과 소통하지 않고 절제된 언어와 무언 침묵으로, 오직 순결한 영혼과 순수한 영혼의 공명을 통한 이심전심으로 국민과 소통하고 있는 것이다. 시간이 지나면 지날수록 순결한 영혼의 공명현상은 국민 속에 널리 퍼져, 그녀는 화해/화합/통합의 구심점이 되고 견인차가 되어 최대득표와 최고 지지율로 차기 대통령이 될 것은 천지인시의 조화와 자연스레 흐르는 순리이며, 또한 명약관화한 천지인시의 마음이다. 아무리 방해와 모략으로 막으려 해도, 천지인시의 조화와 순리는 누구도 거역하고 거스를 수 없다.

온갖 수단과 방법을 동원하여 그녀를 비방하고 비하하고 비난하고 온갖 모략으로 음해하려는 사람들에게 외치고 싶다. **"박근혜를 알고 그녀를 말하라."**

위에서 살핀 박근혜의 정신세계의 바탕을 이루는 순결한 영혼, 순결한 영혼에서 나오는 박근혜의 말의 위력과 그 위력의 비밀, 화의 철학, 정의, 용기에 대하여 심층적이고 구체적으로 하나하나 독자와 함께 살펴보면서 박근혜의 정신세계로 좀 더 깊이 들어가 보고자 한다.

순결(純潔)한 영혼(靈魂)에서 우러난 화(和)·정의(正義)·용기(勇氣)
가 그녀의 철학과 사상의 삼위일체를 이루어 말로 표현되며, 이 모든
정신이 혼연일체가 되고 일상이 되어 흐트러짐 없이 이상적인 조화
(harmony)를 이루어 박근혜의 철학과 사상의 정신세계를 이루었다.

모든 철학 및 사상과 정신세계의 목표는 화해-화합-평화의 화(和)이며,
화(和)가 구체화된 박근혜의 정치적 실천 목표는 모든 사람의 건강, 풍
요, 행복, 평화가 넘쳐흐르는 이상적인 복지국가의 건설이다.(도표 참조)

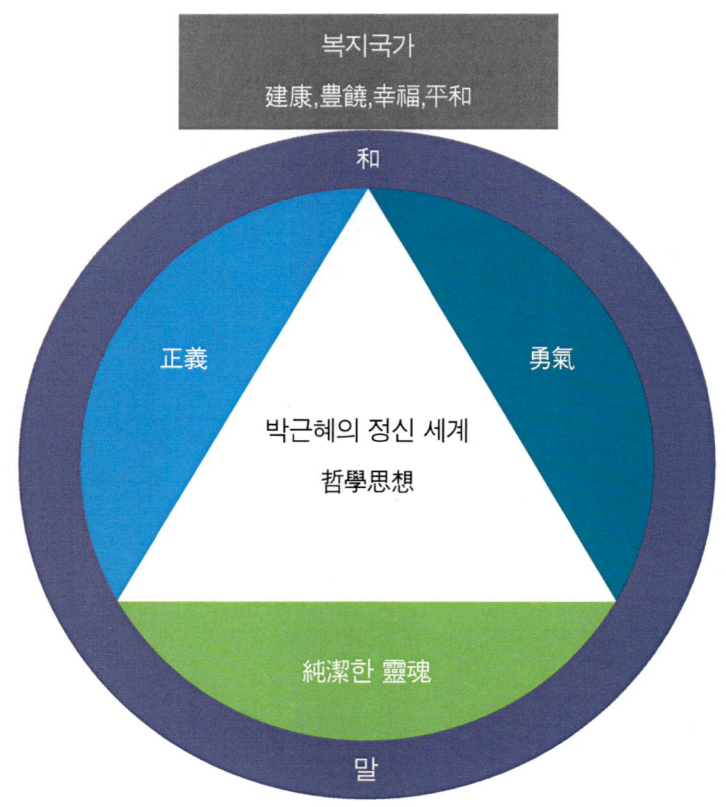

박근혜의 순결한 영혼

　순결(純潔)은 잡된 것이 섞이지 아니하고 깨끗하며, 마음에 사욕(私慾), 사념(邪念) 따위와 같은 더러움이 없이 깨끗하며, 또한 이성과의 육체관계가 전혀 없이 오염되거나 더럽혀지지 않은 깨끗함을 의미한다. 도덕적 순결(Moral Purity), 육체적인 순결(Physical Purity/ Virginity), 정신적인 순결(Mental Purity)이 함축된 가장 순수하고 오염되지 않은 깨끗함을 의미한다.

　영혼(靈魂, Spirit and Soul)은 사람이나 동물의 생명을 유지시키고 정신을 갖게 한다고 여겨지는 것으로 육체와는 별도로 존재하며, 육체적인 생명이 다하여도 영혼은 영원하다고 생각한다. 영혼은 과학의 범주 밖에 있기 때문에 과학의 범위에서는 판단할 수 없는 존재로 아직까지 과학의 판단능력으로는 존재 여부가 식별되지 않았다. 종교적/정신적 범주에서 인간의 사유와 명상을 통하여 영혼이 존재함을 인식하며, 인류의 역사에서 다양한 형태의 종교와 사후세계 및 영적인 현상에 대하여 영혼의 존재를 인정하지 않을 수 없다. 우리가 얼 또는 넋이라고도 하는 공간과 시간이 합쳐진 4차원의 과학 영역을 초월한 5차원 이상의 영역이기도 하다.

　순수/순결한 영혼(靈魂=넋 얼=Spirit & Soul)에 반하는 악의에 가득 찬 존재가 악령(惡靈=Demon, Satan)이며, 인간 세상에서 정진선미(正眞善美)의 가치와 인의예지(仁義禮智)의 윤리도덕을 추구하는 얼/넋이 순수한 영혼인 데 반하여, 사위악추(邪僞惡醜)란 인류가 추구하는 가치에 반하고 불인부지무례무의(不仁不智無禮無義), 반인륜적이고 윤리도덕에 반하는 행위를 획책하는 것이 악령이다. 이런 인식은 동서양의 다양한 철학과 종교에서 공통적이며, 영혼의 존재는 과학이라는 실험과 실증의 범주를 초월하는 5차원 이상의 고차원적인 얼과 넋을 의미하는 인간 개인 고유의 영원한 존재이며 모든 행동과 생각을 지배하는 존재를 의미한다. 따라서 순결한 영혼과 악령의 구분은 정진선미의 가치판단과 인의예지의 인륜 도덕으로 충분하게 판별할 수 있다.

　노자와 장자의 도교에서는 96억의 영혼(靈魂)이 그 순수성의 정도에 따라 천국, 지상, 지옥에 존재하며, 도와 순리에 일치하는 현세 인간의 순수한 영혼은 천상으로 가고, 순수하지 못한 영혼은 지옥으로 간다고 설명한다. 노장의 도교에서도 영혼을 순결한 영혼과 악령, 보통의 영혼으로 구분하여 천국, 지상, 지옥으로 간다고 정의하며, 영혼을 영원히 존재하는 인간의 넋과 얼로 인식함은 다른 종교나 철학사상과 같다.
　이상 철학사상과 종교적으로 살핀 과학을 초월한 존재로서의 영혼에서, 박근혜의 영혼은 정진선미와 인의예지를 추구 지향하는 순수한 영혼이며, 따라서 정진선미에 반하는 사위악추와 인의예지에 반하는 불인부지무례무의의 악령(惡靈, Demon/Satan)과 맞서 싸워 국민을 지켜내고 있다. 박근혜는 순수한 영혼을 가지고 악령에 맞서 싸우는 정치 지도자로서, 수많은 그녀의 언행과 정치적인 결정과 추구하는 목표를 보면 바로 그녀의 순수한 영혼을 만날 수 있다.
　이런 순결한 영혼은 정진선미의 가치와 인의예지의 윤리도덕을 지키고 존중하며 실천하고자 한다. 모든 종교에서도 인간을 순결한 영혼과 악한 영혼과 그 중간으로 구분한다. 공통적으로 세계적인 종교가 추구하는 목표와 가르침도 순결한 영혼이며, 올바름으로 표상되는 정진선미의 가치를 익히고 실천하고, 이상적인 조화로 표현되는 인의예지의 윤리도덕을 지키고 실천하여 최종적으로 이루고자 하는 목표는 순결한 영혼이다. 또한 순결한 영혼은 정진선미의 가치와 인의예지의 윤리도덕의 출발점이며 근원이고 또한 목표이기도 하다.

　박근혜는 정진선미의 가치를 고수하고 실천하며, 인의예지의 윤리도덕을 지키고 실천하고자 하는 순수한 영혼을 지녔고, 이런 박근혜의 화와 정의, 용기의 철학/사상을 지켜내는 원리원칙은 다시 박근혜의 순결한 영혼을 흔들림 없도록 단련시키고 완성했다. 박근혜 말의 위력, 화의 정신, 정의감, 용기의 귀착점과 출발점이며 근원은 그녀의 순결한 영혼이다. 박근혜의 순결한 영혼은 그녀의 철학과 사상의 총화가 이루어낸 결과며 또한 그녀의 철학과 사상의 원천이기도 하다.

사랑방 II ｜ 귀신은 영혼과 전혀 다르다

"높은징이 영환이 형이 죽었대요. 고소골에서 논두렁을 베고 얼어 죽었대요."
"가보자. 역시 고소골 귀신들에게 당한 걸 거야. 내가 혼나고 진땀을 뺀 것처럼……. 귀신이 장난만 치는 것이 아니라 사람까지 해치는구나. 가보자."

　수북하게 쌓였던 눈은 혹한에 얼었다가 며칠 따뜻한 날씨에 군데군데 양지쪽에는 땅이 드러나고 있었다. 며칠 전 함박눈이 내려 쌓이던 밤길을 걷다가 길을 잘못 들어 내가 고소골에서 서너 귀신들과 싸우다 나온 그 부근일 거라 생각했다. 동네에서 가파른 오솔길로 조치원이 멀리 보이는 고개 마루턱에 오르자 저 밑에 사람들이 모인 곳이 눈에 띄고 영환이가 죽은 지점이 바로 눈에 들어왔다. 잰걸음으로 다가가보니 그는 이미 싸늘한 시신이 되어 있었다. 영환이도 귀신들에게 놀라거나 홀려서 술김에 너무 겁을 먹고 당황하여 정신을 잃고 죽었을 것이라 생각했다. 사람들 틈을 비집고 영환이의 시체를 확인한 나는 모인 옆 동네 청년들에게 시체는 그대로 두고 내판 지서에 가서 신고한 후 경찰이 현장을 확인할 때까지 시체를 그대로 두라고 이르고, 영환이의 발자국을 찾아보았다.

눈 위로 새로 난 영환이의 발자국은 논두렁 밭두렁, 산등성이 골짜기…… 헤매고 또 헤맨 흔적이 역력했고, 맴돌고 맴돈 흔적이 어지러운 발자국으로 충분히 영환이가 고소골 골짜기로 잘못 들어서서 귀신들을 만나 당황했을 정황을 여실하게 보여주었다. 옆 동네 친구 영환이는 귀신들을 만나 당황하여 도망간다는 것이 허겁지겁 주위를 맴돌고 맴돌다가 지쳐서 신작로를 찾지 못하고 쓰러져 추운 겨울밤에 동사한 것이라고 생각했다. 강도에 의한 살인이나 자살이 아니고…….

그 후 우리 고향 동네로 오는 고소골로 난 지름길은 다니는 사람이 뚝 끊기고 숲이 우거져서 지금은 길도 없어졌다. 영환이의 죽음과 소판 돈을 나무에 걸어놓고 도망 온 아저씨 얘기, 내가 만나서 싸웠던 귀신들 얘기로 더욱 귀신 나오는 고소골이 사실처럼 믿어져서 지금은 옛날 얘기로 동네에 전하고 있으니…….

얼마 전에 고향에 갔다가 옛날 고소골의 귀신에 대한 기억이 떠올라 고소골을 다시 가보았다. 지금은 길도 없어지고 숲이 우거져서 간신히 나뭇가지를 헤치고 옛날 내가 귀신과 만났던 지점에 앉아서 담배 한 대를 피워 물고 아스라이 사라져가는 옛일을 다시 되새겨 보았다. 고소골 귀신들…… 역시 지금도 귀기(鬼氣)가 강하게 느껴진다.

귀신이란 우리의 정신세계에 잔재된 영상을 귀기가 모인 곳에서 의식, 무의식중에 귀기로 재생(Replay)시켜서 만들어내는 텔레비전 영상과 같은 환상이며, 만들어낸 환상에 스스로 질겁하고 당황하게 되어 판단력을 잃고 기가 질리게 되면 자칫 죽음에 이르기도 하는 환상, 환시, 환영, 착각의 허상이다. 귀신은 몸이나 무기로 싸울 게 아니고, 마음과 정신으로 싸워야 하는 것인데 공연히 무서움과 두려움에 스스로 만들어낸 착각의 환영에 스스로 질려버리면 안 된다. 주기도문이나 구구단이라도 외워서 정신을 가다듬으면 전혀 홀리거나 허상에 허둥대지 않는다.

필리핀이나 중동사람들이 놀라 자빠지고 집단으로 여러 명이 쓰러지는 귀신도 나와 만나면 전부 하나 같이 고개를 숙이고 무릎을 꿇었고, 그 후로 나는 전혀 귀신을 무서워하거나 놀라지 않게 되었고 더러는 심리요법으로 귀신이 나오는 공장들을 도와 구마/퇴마식도 해주어 공원들과 관리자들을 안심시키기도 했다. 필리핀 귀신은 '아수앙(Ghost)'이라 하며 그 귀신은 상체만 있고 허수아비 형태로 박쥐처럼 훨훨 날아다닌다고 귀신을 봤다는 사람들의 묘사는 일치하고, 한국 귀신은 소복을 입고 머리를 산발한 여자귀신이 대부분이다. 이는 곧 머릿속의 잔상이 재생되었음을 설명해주는 예가 아닌가?

귀신은 마음이나 정신 속의 잠재된 생각과 잔상이 특정 장소의 기와 어우러져 재생(Replay)되는 텔레비전 영상과 같은 것이다. 혹시라도 귀신을 만나면 먼저 눈을 감고 육안으로 보이는 허상의 귀신이 아니고 심안으로 보는 믿음과 나 자신의 영혼으로 보면, 허상을 만들어내던 귀기는 흩어지고 귀신의 허상은 흔적도 없이 안개나 연기처럼 사라져가게 되니 혹시라도 귀신을 만나면 겁먹거나 무서워하지 말아야 한다.

우리가 보통 얘기하는 귀신은 생각, 기억, 잔상, 두려움이 특정 장소의 귀기와 어우러져 스스로 만들어내는 영상과 같은 허상이며 우리의 영혼만 가다듬으면 없어지는 환영이다. 주기도문이나 경 아니면 구구단만 외우면서 정신을 집중하면 없어지는 허상. **따라서 귀신은 여기서 얘기하는 순결한 영혼과 악령과는 전혀 관련이 없는 스스로 만들어낸 존재하지도 않는 허상일 뿐이다.**

누군가를 알기 위해서는 그 사람의 영혼이 담긴 말을 심층적으로 분석하면 쉽게 알 수 있다. 말 속에는 그 사람의 모든 영혼과 진실이 함축되어 있고 적나라하게 드러나며, 말은 모든 인간만사를 주관하고 우주를 창조한 바로 창조주 하느님이기도 하며, 한 개인의 말은 바로 그 사람의 영혼이며 정신이기도 하다. 박근혜를 알기 위한 첫걸음은 바로 그녀의 말을 아는 것이며, 나아가 그녀의 말이 위력과 마력을 지니는 원인을 알아야 한다.

말의 의미를 먼저 종교, 철학, 사상적으로 알아보고, 박근혜의 말이 위력과 마력을 지니면서 국민들과 박근혜를 만나 대화를 한 모든 사람들의 심금을 '울려 공명을 일으키고, 그들의 영혼을 매료시키는 박근혜의 말이 가진 위력의 비밀을 알아보자.

1. 말이란 무엇인가?

말은 곧 창조주 하느님이다.

말은 모든 종교와 철학에서 우주창생의 근원이며, 특히 말은 우주 생성의 핵이며 씨이며 시작이자 끝으로 본다. 세계 5대 종교인 힌두교, 불교, 유교, 기독교, 이슬람교와 기타 파생된 모든 종교에서도 시작이며 끝이 말이다. 구체적으로 유교 주자학의 근간인 4단7정론에서 논쟁하는 이기일원론과 이기이원론에서 이기일원론의 근거가 되는 사상도 말을 우주창생의 근원이며 시작이고 끝으로 보며, 이기이원론도 종국에는 에너지(힘)의 근원은 오직 하나로 말에 이를 수밖에 없다고 본다. 다만 말(힘/핵)을 명쾌하게 규명하지 않고 설명하려다가 혼란에 빠져 모호할 뿐이다. 말이 바로 우주창생의 시작이며, 우주 멸망의 끝으로 보는 사상은 모든 종교에서뿐만 아니고 모든 동서양의 사상과 철학에서도 공통적으로 일치하며, 끄트머리까지 추론을 전개하면 에너지(힘)의 기원/근원으로서의 말에 이르게 된다. 따라서 말이란 그냥 무의미한 소리가 아니라 함축적인 의미/진리/기원을 지닌 것이다.

인도의 힌두교와 기타 종교에서 모든 만트라(mantra), 즉 진언과 복음 가운데 가장 위대한 것으로 여겨지는 신성한 최초의 음절이 OM=AUM이며, 우주창생의 원초적인 에너지며 힘으로 해석되고 있다. 힌두교와 불교에서는 기독교와 달리 창조주 절대 신을 인정하지 않는다는 말은 잘못된 인식이며, 기독교를 포함한 모든 종교에서 절대 신이며 우주창생의 조물주/창조주는 공통적으로 말이다. 말.

AUM=OM=MANTRA=진언(眞言)=복음(福音)

a-u-m의 3가지 소리로 이루어진(산스크리트어에서 모음 a와 u는 합쳐져서 o가 됨) '옴'이라는 음절은 하늘·땅·대기의 삼계(三界), 힌두의 삼신(三神)인 브라마·비슈누·시바(3신), 베다 삼전(三典)인 리그·야주르·

사마 등 3가지 중요한 것들을 의미한다. 즉 '옴'에 전 우주의 정수(精髓)가 응축·함축·내포돼 있다고 보며, 이 음이 바로 우주창생의 핵·씨며 이기의 핵이며 힘(Power=Energy)의 근원이며, 모든 인간사 진리도 포용하고 있다고 생각한다. 힌두교도들은 기도·찬송·명상할 때 시작과 끝에서 이 음절을 외며 불교도나 자이나교도들도 의례에서 이것을 자유롭게 사용한다. 6세기부터 이 소리를 상징한 문자가 필사본이나 비문의 첫머리를 장식하게 되었고, 티베트의 불교사원이나 많은 힌두교 사원에서도 이 OM을 상징하는 문자를 절이나 사원을 표시하는 卍이라는 상징문자 대신 표식으로 사용하고 있다.

인도인들이 인도가 모든 종교·사상·철학은 물론 문화의 발상지며 중심지라는 우월감과 심지어는 아놀드 토인비의 문명 서동설의 근원·출발지가 인도이며 또한 종착지가 인도라고 주장하는 근거가 되기도 하는 것이 OM이다. 인도 친구와 종교·철학 논쟁이 붙어, 준비 없이 달랑 보따리 하나 싸서 인도로 날아가 봄베이에서 히말라야 계곡까지 45일간의 여행을 같이하면서 기나긴 논쟁을 한 것도 바로 이 말과 OM에 대한 사상·철학·종교의 논쟁에서 시작하였고, 천주교도인 나도 힌두교도며 종교철학을 연구하던 인도 친구의 말이 충분한 근거와 설득력이 있다고 생각했다.

심지어는 유럽을 돌아 미국을 거쳐 일본·한국·중국에 머물고 있는 경제력·산업·부도 언젠가 종착역은 인도가 될 것이 확실하다고 친구는 주장하면서 여러 가지 현황을 설명하였다. 그 당시 80년대에는 상상도 할 수 없었던 경제력이 미국-일본-한국-중국을 거쳐서 점점 인도로 접근 중이며, 이미 인도는 IT강국으로 발돋움하고 있지 않은가?

그 친구가 구해준 영어로 번역된 종교·철학서인 『우파니샤드』와 만두키아(Māndūkya) 우파니샤드가 내 머리로는 그 진리를 깨닫기에 부족한 것은 생각하지 않고 영어 번역이 잘못돼서 이해가 불가능하다며 아예 산스크리트어 원본으로 연구하겠다고 머리를 싸매고 산스크리트어를 독학한 것도 이 OM 때문이었다. (산스크리트어 글자도 한글과 같은 표음문자라서 배우기는 쉬운데, 활용하고 이해하기가 어려웠다.) OM(AUM)은 요가 수행은 물론 청각 명상법 등 실생활에도 활용되며, 이 OM/AUM만으로 종교를 이루기도 한다.

변산반도에서 소울음소리가 들리면 개벽이 된다는 우리나라의 파생 종교에서도 이 OM/AUM과 비슷한 소리나 말을 시작으로 한다. 이해를 못하여 답답해하는 나에게 OM/AUM을 쉽게 풀어서 한여름 한낮에 황소가 무료를 못 이겨 '오~음~메~' 우는 소리 '오~음~'까지가 OM/AUM이며 '메~'는 OM/AUM에 의한 창조와 변화를 의미한다고 설명해주던 인도 친구와의 끝없는 45일간 고행과 수행의 기간 동안에도 실마리를 제대로 못 잡았던 것이 OM/AUM이며 말이다. 지금도 OM/AUM의 의미를 어렴풋이 짐작하며 OM/AUM에 대한 명상은 계속되고 있지만……

▶ 샤갈이 그림으로 그려낸 구약성서 창세기의 그림

우주창생을 설명하는 기독교 구약 창세기에서는 이 OM/AUM이란 핵을 건너뛰어 창조주 하느님에 대한 구체적인 설명 없이 천자문의 첫 구절 천지현황 우주홍황(天 地 玄 黃 宇 宙 洪 荒)과 같이 우주창조를 설명한다. "In the beginning, when God created the universe, the earth was formless and desolate. The raging ocean that covered everything engulfed in total darkness, and the power of God was moving over the water.(하느님이 우주를 창조하실 때, 처음에 땅은 무형이었고 황량했다. 모든 것을 덮었던 대양은 온통 암흑이었으며, 창조주 하느님의 힘이 물위를 움직였다.)"고 시작되고 있다.

건너뛴 창조주 하느님과 우주 창생에 대한 설명은 신약 요한복음 1장에서 보완 설명되고 있다. 요한복음 1장에서;

"Before the world was created, the Word already existed ; he was with God, and he was the same as God. From the very beginning the Word was with God. Through him God made all things ; not one thing in all creation was made without him. The Word was the source of life, and this life brought light to mankind. The light shines in the darkness, and the darkness has never put it out. (John 1.1- 1.6)우주 창생 전에 말은 이미 존재하였고; 말은 하느님과 같이 있었고, 말은 하느님과 같다. 태초부터 말은 하느님과 함께했다. 말을 통하여 하느님은 모든 것을 창조하셨으며, 말을 통하지 않고 창조된 것은 하나도 없다. 말은 생명의 근원이며, 이 생명은 사람들을 일깨웠다. 그 빛은 암흑에서 빛나며, 암흑은 이 빛을 꺼버린 적이 없다."

성경에서도 우주창생의 근원과 창조주 하느님을 바로 달(Word)이라 하며, 이 말(Word)은 기독교에서는 일반적인 말이 아니라 복음(福音)이라고 하여 힌두교의 OM/AUM인 진언(眞言, mantra)과 의미가 일치한다. 성경의 말(word)과 힌두교의 OM/AUM이 공통적으로 소리/말이 모든 우주창생의 근원이며 곧 이 말/소리가 창조주임을 의미하고 있다.

인도 종교철학자들이 기독교 성경이 인도 종교철학의 극히 일부분을 베껴다가 만든 것이며, 예수그리스도와 세례 요한(John)이 인도에서 고행과 수행을 하였다고 주장하는 근거가 되기도 하는 것이 바로 창세기와 요한복음이다. 물 또한 모든 죄를 씻어내는 말이 만들어낸 신성한 물체의 기본이며, 기독교의 세례는 바로 인도 힌두교의 물 씻음(죄 씻음)을 모방한 의식이라고 보는 것이다. 갠지스 강에 찾아와 죄를 씻는 힌두교도들을 보면 수긍이 가지 않는가? 인도의 종교 철학자들은 더 나아가서 뉴턴의 만유인력은 물론 지동설, 질량불변의 법칙, 아인슈타인의 상대성원리 등 서양의 모든 과학 원리조차도 모두 인도 종교와 철학서를 베낀 모조 이론들이며, 이런 종교와 철학서들은 로마교황청 보물창고 xxx번만 열면 증명이 된다고, 오랜 기간에 걸쳐서 훔쳐간 종교철학서와 인도에서 가져간 지혜들에 대하여 이 창고 문을 열고 확인하자고 주장하고 있다고 한다.

말(OM/AUM)은 모든 우주창생의 근원이며 시작의 에너지며 또한 창조주 하느님이 바로 말이다. 말로 처음 창조된 것이 죄 씻음의 물이며, 다음에 인류와 우주의 모든 것이 만들어 졌다. 그러니 우리가 하는 말은 곧 하느님의 말씀이며 우리의 영혼이 담겨야 하며, 거짓말은 신을 모독하고, 자신의 영혼을 악령에 파는 죄악인 증거·증좌가 여기에 있는 것이다. 중국의 철학과 사상을 표상하는 한자에서도 인간[人]의 말[言]은 곧 믿음[人+言=信]이 있어야 한다는 것을 강조한다. 우주만물 인생사 어느 것 하나 말로 이루어지지 않은 것이 없으니 진실과 진심이 담기지 않은 거짓말은 악령 사탄이며, 진실과 영혼이 담긴 말은 창조주 하느님이다. 우리가 말을 할 때에 창조주 하느님에 대한 경외감을 가지고 신중에 신중을 기하여 진실과 영혼을 담아야 하는 이유가 여기에 있다. 말은 곧 창조주 하느님이며, 세상만사 우주만물 어느 것 하나 말로 이루어지지 않은 것이 없다.

중국의 문화와 철학이 함축된 한자에서도 사람[人]의 말[言]을 믿음[人+言=信]으로 표시하여, 구체적인 사람의 말에 대한 설명은 없지만 역시 글자로 사람의 말을 믿음으로 표시하여 말의 중요성을 함축하여 의미하고 사람의 말은 곧 믿음이어야 함을 가르치고 있다.

이런 중요한 인격과 영혼을 나타내는 것이 말이며, 말이 우주창생의 시작이고 곧 창조주 하느님인데, 박근혜의 말이 지닌 위력과 마력의 비밀은 과연 무엇일까?

2. 박근혜 말의 위력 비밀은 Sfumato

박근혜의 말이 엄청난 위력을 지니고 파장을 일으키는 것은 그녀의 말에는 그녀의 순결한 혼과 화·정의·용기로 완성된 철학과 사상의 정신이 깃들어 있는 영혼의 말이며 믿음을 주는 말이기 때문이다. 그녀의 말은 그녀의 혼연일체를 이룬 화·정의·용기의 철학과 사상이 그녀의 순결한 영혼과 결합하여 듣는 모든 사람들에게 감명·공명을 일으키고, 무한하게 스스로 생각하고 사고하고 명상할 수 있는 여지와 여운과 여백을 제공하는 Sfumato를 내포하고 있기 때문이다.

〈모나리자〉와 『메밀꽃 필 무렵』이 시대와 인종을 초월하여 불후의 예술적인 아름다움을 지니며, 박근혜의 말이 위력과 마력을 지니고, 박근혜가 국민의 높은 지지와 인기를 유지하는 비밀은 아름다움과 정신세계와 인생을 표현하는 공통적인 기법이며 천재적인 예술성인 여운과 여지, 여백, 부족함을 남기는 Sfumato(연기)와 미완(未完)에 있지 않을까? 보통 우리가 모르고 '신비주의'라고 표현하는 그 천재성의 표현이 바로 Sfumato다.

　명확한 선과 색, 윤곽의 구분을 없애고 흐리게 표현하는 미완의 기법이 Sfumato(안개)다. 이 Sfumato의 기법으로 그림을 보거나 소설을 읽는 독자들과 사람들을 그림을 통해서 소설을 통해서 말과 행동을 통해서 무한한 상상의 세상으로 해방시켜 나름의 그림과 소설 그리고 인생과 사상을 각자의 상상을 통하여 감상하게 하는 여지·여백·여운을 남기는 고도한 천재적 표현의 기법이 Sfumato다. 박근혜의 말이 가지는 위력과 마력은 그녀의 정신세계에서 우러난 철학과 사상을 여지와 여백을 남기고 표현하는 Sfumato며, 미완의 기법이 아닐까?

　인물과 작품 그리고 예술을 감상하면서 작품 속에 감춰진 미완의 아름다움과 Sfumato(연기)를 통한 각자의 심미안을 무한의 세계로 유도하는 그 기법, 그리고 또한 아름다움은 이런 미완에 있지 않을까? 〈모나리자〉가 불후의 명작이 되고 『메밀꽃 필 무렵』이 영원한 소설이 되고 박근혜의 말이 무한의 위력과 마력을 지니며 국민들의 심금에 공명을 일으키는 것은 레오나르도 다 빈치와 이효석, 박근혜가 의도적이건 예술의 표현 기법이건, 선천적인 천재성이건 훌륭한 작품과 순결한 영혼에서 우러난 진실한 언행 속에 사람들을 위해 남긴 여운과 여지와 미완에 있지 않을까? 스푸마토(Sfumato)는 여운을 남기는 흐릿한 '연기'라는 뜻의 이탈리아어에서 나온 미술 용어이다.

모나리자

　레오나르도 다 빈치의 초상화 〈모나리자〉는 오랜 세월을 두고 많은 논란과 신비와 의혹에 싸여 있으며, 특히 똑바로 응시하지 않고 옆에서 주변 시야로 모나리자를 바라보아야 보이는 '모나리자의 미소'는 요술인

▶ 모나리자 Mona Lisa

지 과학적인 묘사기법인지 아니면 마법인지의 논란도 끊이지 않고 있다. 〈모나리자〉는 보는 사람이 상상하고 추측하고 생각할 수 있는 미완의 여지를 남기고, 분명하지 않은 흐릿한 윤곽과 부드러운 색채로 상상할 구석을 남겨놓는 'Sfumato' 기법을 유난히 많이 사용하였다. 특히 초상화의 표정과 생동감을 살리며 핵심이 되는 눈과 입가의 묘사에서 배경의 흐릿한 동양화 같은 묘사는 보는 사람의 무한의 상상과 사유를 가능케 하며, 그림의 미완으로 열려진 문을 통해 무한의 우주로 우리의 생각과 상상을 해방시켜 준다. 그려 넣지 않은 양 눈썹과 '모나리자' 미소의 신비와 아름다움은 여지를 남긴 미완에 있는 것이다.

〈Gioconda's Smile〉 **시와 함께 모나리자를 다시 감상하면서 해방된 나의 상상의 나래를 마음껏 무한의 우주로 펼쳐본다.**

메밀꽃 필 무렵

이효석의 대표작으로, 모르는 이 없이 갈수록 유명해지는 소설이며 새로워지는 낭만적 소설이다. 드팀전 장돌뱅이 허생원이 그의 동료 조선달과 기방(술집)인 충주집에서 아직 젊은 나이의 장돌뱅이인 동이를 만나 셋은 다음날 대화장을 보러 은은한 달빛 아래 메밀꽃이 흐드러지게 핀 길을 함께 걸으면서 옛날 얘기를 시작한다.

허생원은 반복해 들려주던 그의 평생 단 한 번 괴이한 인연인 그 날밤 그 얘기를 또 꺼냈다. 그는 밤중에 홀로 개울가에 목욕을 하러 가서 옷을 벗으러 물방앗간으로 들어갔는데, 그곳에서 성서방네 처녀와 단둘이 마주쳤다. 그녀는 봉평에서 제일가는 소문난 미색이었는데, 그때의 성서방네는 한창 어려워 들고날 판이었고, 그 때문에 처녀는 울고 있었다. 그날 밤 허생원과 성서방네 처녀는 둘 다 처음 사랑을 나누며 함께 그 밤을 보냈다. 이 하룻밤 물레방앗간의 허생원과 성서방네 처녀의 만남이 미완의 사랑으로 소설 전편을 흐르고 20년간 허생원은 한 번도 거르지 않고 봉평장을 찾으면서 흐릿하고 완성되지 않았으나 많은 여운과 상상을 남기는 애틋함을 혼자만의 가슴에 간직한 채…….

허생원의 뒤를 이어 동이가 자신은 어머니가 아비 없이 키운 자식이며 아버지가 누군지도 모르고 어머니는 술장사를 했고, 모친의 친정이 봉평이라는 이야기를 한다. 어머니는 아비를 항시 보고 싶어 한다하며, 그녀가 홀로 제천에 있고 가을에 봉평으로 모시려 한다는 말을 한다. 개울을 건널 때 본 동이가 자기와 같은 왼손잡이라는 것을 허생원은 느끼며 20여 년 전의 그날 밤 메밀꽃이 필 무렵 성서방네 처녀와의 하룻밤이 긴긴 인연으로 동이와 연결되며 여운과 여지를 남기면서 미완으로 이야기는 끝난다.

그 후 허생원과 동이가 함께 동이 어머니를 만나러 갔는지? 동이 어머니는 틀림없는 20년 전의 성서방네 처녀인지? 옛날의 하룻밤 정사로 이어진 동이를 매개로 만나서 행복한 여생을 즐겼는지? 이 모든 얘기는 읽는 독자들의 상상으로 나름의 얘기를 엮도록 하면서 미완으로 끝을 맺은 그 『메밀꽃 필 무렵』의 기법도 모나리자의 그림에 나타나는 문학에서의 Sfumato(연기/여운) 기법으로 해후와 그 이후의 이야기에 대한 미완과 여지/여운에 있다.

박근혜 말의 위력과 마력

올바름을 잃음은
집착의 시작이며,
그것은 바로
고통의 시작이다.

이 짧은 미니홈피의 글에서 읽고 듣는 사람들을 그 말을 통해 무한의
상상과 사유의 세계로 해방시켜 각자 나름의 여지 여백, 여운, 미완에
마음껏 자신들의 상상과 사유를 펼쳐볼 수 있게 하는 천재적 예술성인
Sfumato와 미완에 박근혜의 말이 지니는 위력과 마력의 비밀이 있지
않을까?

그냥 단편적인 '허리꺾기'나 '꼭짓점 댄스', '삼보 일 배' 등의 일시적인
주의끌기나 어릿광대 같고 사탕발림 같은 몸 개그와는 비교나 비유될
수 없는 높고 깊고 넓은 경지의 예술과 사상과 철학과 인생의 최고 경
지에서나 가능한 흐리한 Sfumato와 완벽하지 않은 미완의 여유와 여백
그리고 여운…… "전방은요?" "대전은요?" "오만의 극치" "국민도 속고
나도 속았다." "정치의 수치" "집안 강도" "국민들도 (미디어 관련법 수정
과 야당의 무력저지와 여당의 강행통과) 이해하시겠지요?" "운하는 아니
라고 하잖아요?" "신뢰와 원칙." 등등 모든 말 속에는 듣는 사람들이 모
두 각자 나름의 무한 상상과 사유와 사고를 할 수 있는 여지, 여백, 여
운과 미완이 남겨져 있지 않은가?

박근혜의 말과 글 속에 남겨지는 이 여지, 여백, 여운의 불분명한
Sfumato와 미완이 그녀가 지닌 말의 위력과 국민의 높은 지지율의 비

밀은 아닐까? 그녀의 올곧은 행실과 정직하고 신뢰를 지닌 말과 범절에 어그러지지 않는 언행으로 나쁘게 생각하고 상상하고 사유할 수 없는 조건들과 어우러져서 무한으로 펼쳐지는 Sfumato와 미완의 마력과 마법에 의해 국민은 그녀의 말 한마디로 무한의 상상과 사유의 나래를 펼치고 그 상상과 사유와 명상은 다시 박근혜에 대한 높은 국민의 지지를 형성해 가는 것이 아닐까? 천금 만금의 무게를 지닌 위력과 함께 흐릿한 Sfumato와 여지, 여운, 여백까지 마련하는 미완의 그 신비 그것이 그녀의 말과 글이 지닌 위력이며 높은 국민 지지의 비밀이며 또한 상호 상승과 확대 재생산의 효과를 일으키고, 이것이 바로 우리가 느끼지 못하고 알지 못했던 박근혜의 말과 글이 지닌 위력의 비밀이며, 그녀의 철학과 사상을 담은 순결한 영혼의 소리가 엄청난 위력을 발휘하는 것은 Sfumato가 지닌 여지/여운이 아닐까?

아름다움은 미완에서 찾아야 하고, 모든 말과 예술작품은 물론 인생에서도 최고의 아름다움은 완벽하게 여백 없이 완성된 인생이 아니라 아쉽게, 안타깝게 꽉 차지 않은 여운과 여백과 미완을 남긴 인생이 아닐까? 예수와 소크라테스, 이상, 슈베르트, 바이런, 아니 박정희와 노무현의 일생까지도…….

예술에서 미(美)는 흐릿한 안개 같은 Sfumato의 여지와 여운을 남긴 미완(未完)에 있고, 모든 말과 작품 인생 또한 완성되지 않은 아쉬움과 여운을 남기는 미완이 아름답지 않을까?

모나리자-메밀꽃 필 무렵-박근혜로 이어지는 공통적인 여지 여운, 여백. 어렴풋하나 더 큰 힘을 가지고 더 큰 효과를 자아내는, 그 마력과 매력은 역시 흐릿한 안개 Sfumato다.

박근혜의 말이 지닌 그 엄청난 위력, 마력, 천재성은 그녀의 말이 지닌 진실과 영혼을 절제된 언어로 표현하고, 단정적이지 않고 흐릿하면서도 그녀의 말을 듣는 모든 사람들에게 스스로 채울 수 있는 여지와 여운과 여백을 남기는 Sfumato에 있다.

"대인자, 언불필신, 행불필과, 유의소재(大人者, 言不必信, 行不必果, 惟義所在)"란 말처럼, "큰 사람은 언행에 있어서 단정적인 약속과 결과에 대한 장담보다는 올바름을 생각한다.(다른 해석도 있지만……)"는 가르침은 박근혜의 신뢰와 원칙이며 그녀의 언행을 일컫는 말이 아닐까? **박근혜의 진실과 영혼을 담은 절제된 언행에서 단정적이지 않은 Sfumato가 박근혜 말이 가진 경천동지의 위력과 마력의 비밀이다.**

3. 박근혜 말의 위력

조중동을 비롯한 모든 언론, 한나라당 최고위원회를 비롯한 제 정당, 이 대통령을 비롯한 당정청이 그토록 아기처럼 보채면서 애타게 기다리고 고대하더니 박근혜가 오랜 침묵을 깨고 그날(2011. 2. 16) 국회의원식당에서 열린 '국회를 빛낸 바른 언어 시상식'에 참석하여 국정현안들에 대하여 짧고 명백하고 완전무결하고 깔끔히 말문을 열어 의견을 말했다. 이미 예상했던 것처럼 박근혜는 중요한 국정현안과 복지법안에 대하여 그녀의 순결한 영혼에 기초한 화·정의·용기의 철학과 사상을 논리성(Logic without Contradiction), 명료성(Clarity without Ambiguity), 간결성(Conciseness without Redundancy)을 완벽하게 갖춰 말하여 반론이나 이론 논쟁의 빌미나 허점이 없는 언어마술사며 언어달인으로 현 시대 국내에서는 상대를 찾지 못할 고차원의 경지를 보여주었다. 정치인들 발언의 한 모델로도 손색이 없는 완벽해도 너무도 완벽한 무결점의 완벽한 언어구사였다.

"내가 말을 적게 한 게 아니라 내가 할 이야기가 아닌 걸 안 하고 내가 해야 할 이야기만 했을 뿐입니다. 많은 분들이 과학 비즈니스벨트, 동남권 신공항 문제에 대한 입장을 밝히라고 하는데, 사실은 그게 제가 답할 사안이 아니라서 가만히 있었을 뿐입니다. 과학 비즈니스벨트는 대통령이 약속하신 것인데 원점에서 검토하겠다고 하면 그에 대한 책임도 대통령이 당연히 지지 않겠어요? 동남권 신공항도 대선공약으로 약속했어요. 정부에서 조만간 이에 대한 발표가 있지 않겠어요? 한나라당 최고위원 한 분(홍준표)이 (이 문제들에 대한) 입장을 밝히라고 하는데, 최고위원들은 당 지도부의 일원입니다. 한나라당이 집권 여당인데 갈등문제에 대해 책임감을 가지고 처리해야 하지 않나요? 이 이야기는 제가 아니라 당 지도부가 먼저 입장을 밝혀야 합니다. 사회보장기본법 개정안을 두고도 여러 말씀이 있으신데, 의원의 본분은 입법입니다. 이 보장법에 대해서도 여러 좋은 안들을 내놓아야 합니다. 내놓고 국회에서 선택해서 국민이 평가하게 해야 합니다. 이런 안은 많을수록 좋습니다. 많은 것 중에 선택하면 되니까요. 먼저 법을 내놓고 논의를 해야지, 비판을 위한 비판이 돼서는 안 된다고 생각합니다. 당 지도부에서 논의할 일이죠." - 신문 기사에서 발췌

박근혜의 신뢰·원칙의 주장은 전혀 변하거나 곡학아세(曲學阿世)하지 않고 또한 여론이나 파당적인 언급이 전혀 없이 아주 교과서적이다. 자꾸 기자들이 물으니, 자신의 철학과 과거의 주장을 그대로 유지 반복했을 뿐이다. 약속과 신뢰가 무너지면 정치는 생명을 잃고 국가와 사회의 모든 근본이 뒤흔들리는 것을 몹시도 경계하는 말로, 모두가 귀가 있으면 듣고, 머리가 있으면 이해하고, 생각과 철학이 있으면 고개를 끄덕이고 무릎을 칠 명언이기도 하다. 또한 오늘의 박근혜 말들은 벌써 세종시 수정안을 막무가내로 이명박 대통령이 밀어대며 혼란을 야기할 때

이미 강조해서 반복적으로 말했던 똑같은 내용의 발언이다.

그 말들의 철학·사상은 공자님께서 정치를 논하여 "정자정야 족병-족식-민신지의 민무신불립/政者正也 足兵-足食-民信之矣-民無信不立"이라고 『논어』에서 강조하신 정치철학과 사상에 뿌리를 둔 올바름(정의)과 믿음을 지키는 원칙에 대한 발언이었다. 이미 모든 중요한 국가적 현안에 대한 박근혜의 답은 모두 나와 있었고, 말귀가 어둡고 귀를 닫고 어깃장이나 놓는 패악스런 반 박근혜 정치인들만 공연히 트집을 잡고, 논쟁·정쟁의 흙탕물로 박근혜를 끌어들이려고 박근혜의 의견을 되묻곤 했다. 흙탕물 속의 악어는 물가의 먹이를 물면 곧장 흙탕물 속으로 물고 들어가서 먹이를 죽여 포식을 하듯이 기회를 엿보고 빌미를 잡으려 혈안이 되어서 말이다. 그러나 박근혜는 흙탕물 속의 악어에게 잡힐 정도로 어수룩하지 않고, 악어 떼들이 범접하지 못할 높은 수준에 있음을 알아야 한다. 박근혜의 말에 숱한 반 박근혜 여야 정치인들이 딴죽을 걸고 논쟁을 불러일으켰지만 한 번도 박근혜가 그들의 의도대로 휩쓸려 들지 않는 이유는 언제나 그녀의 철학과 사상 및 영혼을 철저하게 지키며 흔들림이 없기 때문이다.

이미 옛날에 반복 강조해서 말했던 모든 현안과 문제에 대한 박근혜의 생각과 의견이 궁금하다면, 이제는 조중동 등 모든 언론들도 이명박 대통령을 비롯한 당정청도, 여야 정당들도, 모든 국민도 위의 공자님 말씀인 『논어』의 철학·사상과 정진선미(正眞善美)의 가치에 기초한 박근혜의 신뢰와 원칙에 따라 답을 찾으면 이미 답은 명명백백하게 정확히 찾을 수 있을 것이다. 귀 막고 머리를 외로 흔들어대면서 어깃장이나 놓고 패악스럽게 흙탕물로 박근혜를 끌고 들어가려는 반박 조무래기 여야 정치인들과 극소수 반 박정희/박근혜의 고정관념에 빠진 사람들을 제외하고, 그 외 누구나 공자님과 박근혜가 똑같이 말하고 강조하는 정진선미에 기초한 신뢰와 원칙을 생각하면 모든 문제와 현안의 답은 자명해지는 것이다.

조중동 등 모든 언론과 여야 제 정당, 당정청은 이제 자꾸자꾸 복지국가와 국가 미래에 대한 걱정과 해답 찾기에 여념이 없이 바쁜 박근혜에게 이미 준 해답을 반복해달라고 더 이상 치근대지 좀 말아야 한다. 특히 극소수 한나라당 친이계 내의 반박 의원들과 인터넷 게시판의 반박 논객들은 이제 더 이상 억지와 어깃장, 건강부회를 멈추고 박근혜와 함께 더불어 어우르고 아우르며 희망찬 미래를 열 위국애민과 정진선미의 가치와 인의예지의 윤리도덕에 기초한 신뢰와 원칙으로 돌아와 건설적인 평가와 판단으로 비판해야 한다.

너무 말을 아껴서 박근혜는 정치인으로서 무척 손해라고 생각했다.

좀 더 활발하게 국민을 설득하고 자신을 내보이면 좋겠다고 생각했다.

정상모리배가 들끓는 정치판에서 침묵으로 자신을 알릴 수 있을까 걱정했다.

적극적으로 국민과 자주 만나 정책발표와 홍보를 하라고 강력하게 제안했다.

나의 생각과 주장이 틀렸고 박근혜의 침묵과 말 아낌이 옳았다는 걸 이제 알았다.

조선일보 김대중 고문과 여야당과 게시판 반박돌이들이 안달복달하는 걸 보고 알았다.

저들이 저토록 안달복달 안절부절못하는 것은 매우 불안하고 불만이기 때문이다.

더 침묵하면 반박들은 가뭄 물꼬에 송사리처럼 입만 뻥긋뻥긋할 것이다.

저들의 보채기는 박근혜에게 해가 되니 침묵을 계속 지켜야 한다.

박근혜가 최고수임을 반박들이 안달복달 말해달라고 보채는 걸 보고 알았다.

박근혜의 절제된 발언은 그녀의 순결한 영혼에서 발원되기에 전혀 계산적이거나 시류에 따라 변하지 않고 일관되며, 그녀의 말꼬투리를 잡고 흔들어대며 온갖 비난과 비방을 일삼아도 그녀는 적극적으로 나서서 변명하거나 논쟁을 하는 일도 없다. 그저 "인부지이불온 불역군자호(人不知而不慍 不亦君子乎/사람들이 나를 알아주지 않아도 화내지 않으니 어찌 군자가 아니겠는가?)"라는 『논어』의 말씀을 묵묵히 지키면서 실천할 뿐이지, 자기의 말과 생각에 대한 곡해나 오해에 대하여 발끈하여 논쟁이나 변명을 하지도 않는다. 더러는 박근혜의 철학과 사상 및 순결한 영혼을 이해하는 나도 답답할 때가 있다. 그러나 시간이 지나고 보면, 말하지 않아도 적극적으로 해명하지 않아도 박근혜의 진심대로 이해되고 국민들의 공감을 얻는 것은 역시 올곧은 철학과 사상을 순결한 영혼으로 말하기 때문이다. 그녀의 말은 단정적이지 않고 암시와 여지와 여운을 가지고 전달되기 때문이다. 박근혜 말의 위력은 Sfumato에 그 비밀과 천재성이 있다.

사랑방 Ⅲ | 나의 말과 글쓰기 3계명 8정도

말을 하고 글을 쓴다는 것은 대단히 중요하며, 한 번 내뱉은 말은 다시 주워 담거나 취소할 수 없듯이, 글 또한 한 번 썼거나 게재된 글은 다시 완전히 지울 수 없다. 비록 사과·사죄·변명·해명하여 말에 대하여 무효화나 중화를 시킨다 해도, 그 말의 핵·씨는 그대로 상대방의 뇌리에 남는 것이다. 말은 곧 그 사람의 영혼(Soul)이며 말한 사람의 핵·

씨이기 때문이다. 글 또한 말과 같다. 그러기에 우리는 말을 하거나 글을 쓸 때 대단히 주의하고 다시 생각하여야 하는 것이다. 말·글은 곧 자신의 신이며 영혼이고 핵이며 씨이기 때문이다.

글이 글답기 위해서는 논리성(Logic without Contradiction), 명료성(Clarity without Ambiguity), 그리고 간결성(Conciseness without Redundancy)을 갖춰야 한다. '진실과 영혼'은 이상 3가지를 글쓰기의 3계명으로 삼아 나름 지키려고 무진 노력을 기울이고 있다. 이 3가지 계명만 철저히 지켜도 아주 멋진 글이 되지 않겠는가? 이에 완벽하게 어긋나는 글들이야 억지이고, 중언부언이고, 애매모호한 글로 글다운 글이 되지 못하고, 다만 낙서나 화풀이나 소일거리로 글을 쓴다고 볼 수 있지 않을까? 글쓰기의 3계명은 여러분들 스스로 생각하면서 나름 사유할 수 있는 여지·여백·미완으로 남기고 긴 설명과 예를 생략하겠다.

다음은 내가 스스로 정한 글쓰기의 8정도며, 표현을 할 때—나 스스로 자주 범하는 실수지만—8정도를 꼭 지키고자 노력한다.

1. 표현은 나의 영혼이며 또한 내가 믿는 신이며 나의 핵이라 생각하여 신중을 기한다.(God is Word, and everything has been created through Words, so be careful in your words and writings.)

2. 읽는 분들로 하여금 울고 웃고 같이 느끼고 즐기고자 한다. 상대를 울고 웃게 하고 나도 울고 웃게(Let others cry and smile, and cry and smile together with others.)

3. 상대의 닉네임이나 실명은 가능한 한 존경심을 담아서 높여 부르고자 한다. (Name or Nick Name is the most important thing for the person in the world.)

4. 상대의 표현을 경청·숙독하여 질문하고 부추겨서 더 열심히 표현하도록 한다.(Listen and read other's expressions with interest, and encourage them to express more.)

5. 항상 상대방의 입장·관점을 생각하면서 표현한다.("If I am in their shoes...?" is the question before expressing my feelings and opinions.)

6. 아무리 험한 표현으로 시비를 걸거나 비방을 해도 상대를 존중한다.(Make other persons feel important with sincerity.)

7. 표현을 극화하거나 소설화하여 생동감과 흥미 있는 표현을 하려고 노력한다. (Dramatize my ideas for others' interest and easy understanding.)

8. 진실과 영혼을 가진 정의감과 용기를 가지고 표현을 하려고 한다.(Express Myself with Courage and Justice based on Truth and Soul.)

이상 '진실과 영혼' 스스로 만들어 이름 붙인 표현(말하기/글쓰기)의 3계명과 8정도를 지키기 위해서 노력 중이며, 제가 이런 3계명과 8정도를 꼭 지킨다고 장담을 하는 것이 아니다. 오직 지키려고 노력하며, 매번 글을 올리고서는 또 "아차." 하면서 후회를 하곤 하지만 점점 점차적으로 개선해 나가고 있다.

여러분도 공감이 간다면 같이 노력하면 좋겠다고 생각하여 이 글을 쓰고 있다.

조금은 무미건조한 본문 글을 읽다가 잠시 쉬는 휴식공간으로 사랑방을 준비했다. 물론 말과 글은 양념과 조미료를 알맞게 섞어 재미가 있어야 하지 않을까? 재미가 없으면 사서삼경이나 성경 불교경전을 읽을 것이다.

Chapter IV

박근혜의 화(和)

박근혜의 철학과 사상의 근본은 갈등과 대립을 화기애애하고 화목하게 하여 모두 함께 더불어 살 수 있는 화(和)이며, 이런 화(和)는 우리의 건국이념인 홍익인간(弘益人間)과 일치하는 널리 모두를 어우르고 아우르는 사상이다. 또한 지금까지 우리 사회의 혼란과 대립 갈등이 국가발전을 가로막고 국론분열과 상호 협조를 가로막는 걸림돌로 파악하는 것이다. 이런 갈등과 대립을 화해와 화합으로 승화시키고자 하는 박근혜의 철학과 이념 사상은 그 누구보다 강하며, 그녀의 정치 목표인 복지국가도 이 화해와 화합을 전제로 한 모든 사람의 건강, 풍요, 행복, 평화로 최종 목적은 화인 평화(平和)이다.

1. 화(和)란 무엇인가?

혈연, 학연, 지연을 연결고리로 가정, 직장, 동창, 지역 등 모든 사회·국가 내의 구성원으로서 우리는 살아가고 이 삶을 인생이라 하며, 또한 인간은 그래서 혼자서는 살 수 없는 사회적 동물이라고 한다. 이런 인생 인간사의 상호 소통과 교류와 관계가 원활하지 못하고 이상적이지 못할 때 필연적으로 발생하는 것이 갈등, 대립, 대결, 분열, 분쟁, 전쟁 등의 불화이며, 이런 대결, 대립, 갈등, 분쟁, 분열, 전쟁 등 불화를 치유할 수 있는 것은 화해·화목·화합이며, 그 치유의 근본인 화해·화목·화합의 밑바탕을 이루는 정신의 뿌리이며 근원은 화(和)이다. 과연 박근혜가 마음속에 철학과 사상으로 품고 있는 화(和)란 무엇인가? 함께 그녀의 정신세계로 들어가 보고, 그녀가 생각하는 화(和)의 정신을 이해해 보자.

和란 한자로 풀어 보면;

和=禾+口, 즉 쌀을 나누어 먹는다는 의미로 간단히 밥을 같이 나누어 먹는다는 것이다. 밥을 같이 나눠 먹으며 화기애애(和氣靄靄)하며 온화(溫和)하고 화목(和睦)한 상태를 나타내는 인간 세상에서의 이상적인 상태가 화(和)다. 음악, 미술, 예술 등에서도 잘 어우러져서 가장 이상적으로 조화(harmonization)된 상태가 화(和)다.

차이를 인정하지 않고서는 和란 성립되지 않으며 서로 다른 다수가 서로의 차이를 유지하면서 각자의 특성과 개성을 살려 조화를 이루어서 이상적인 상태나 형상을 이루는 것이 화(和)다. 반면에 화(化)란 하나 또는 다수를 인위적이고 강제적으로 변화시키고 결합시켜 구성요소의 특성들을 합쳐서 별개의 하나가 되는 현상으로, 구리+주석=놋쇠(brass)가 되거나, 탄소동화(炭素同化)로 여러 물질이 합쳐져 한 특성을 가진 물질을 만드는 과정과 변화로 동적이고 강제적인 변화를 가함을 의미하며, 반면 화(和)는 자유로움이며 자연스러움이며 자발적이고, 각 구성요소의 특성과 역할을 살려 이상적이고 조화롭게 어우러짐을 의미한다.

일본은 和를 생존과 민족보존의 방안으로 한일합병과 만주 중국침략 및 2차 세계대전인 태평양전쟁까지도 고집스레 대동화전쟁(大同和戰爭)이라 화(和)를 붙여 강제성을 띤 화(化)가 아닌 화(和)로 의미를 부여하려 했다. 고대국가 시절에 이미 쇼토쿠(聖德)태자는 일본 최초 헌법 1조에서 "국가와 민족의 정신은 화(和)"라고 강조했다. 일본이 강조하는 국가와 민족정신은 바로 화(和)로 우리의 홍익인간 정신을 차용 변조한 것

IV ― 박근혜의 화(和)

51

이다. 메이지 유신(維新)의 유신을 우리의 미륵불의 개벽 사상에서 차용 변조했듯이……

화(和)는 종국엔 서로의 차이와 특징은 유지하면서 이상적인 하나 됨을 의미하며 종국적으로는 특징과 차이의 경계까지도 없어져 온전한 하나 됨이 진정한 화(和)다. 즉 화합된 하나 속에 각기 다른 여러 특징을 조화할 수 있는 이상적인 상태가 화(和)가 되는 것이니……

한반도 통일정책에서도 북한의 적화통일(赤化統一)이나 남한의 민주화통일과 북진통일(北進統一)은 하나로의 강제적인 통합을 의미하지만, 남북 간의 화해와 화합을 통한 평화통일(平和統一)은 이해와 양보와 자발적으로 하나가 되면서 각자 가진 특징은 유지하는 통일을 의미한다. 6.15선언에 나타나는 통일은 이런 남북 간의 특성과 개성을 인정하는 점진적이고 평화적인 연방제 통일로 박근혜의 화의 정신과 철학으로 바람직한 방향이다.

남북화해, 동서화합, 빈부화목도 강제적인 화(化)가 아닌 화목한 화(和)로 화합을 이루고 나아가 통합을 이루는 과정을 밟아야 한다. 남북통일도 무력이 아닌 화해와 화합을 통해서 평화통일(平和統一)이 이루어져야 하는 이유가 여기 있다.

서로의 다름을 존중하고 인정하여 화(和)는 시작되고, 종국엔 다수는 하나가 되어 함께 더불어 화기애애하게 모든 구성원이 행복해질 수 있는 해결의 시말이 바로 화(和)다. 화해(和解)와 화합(和合)과 화목(和睦)이 지금 우리가 당면한 남북문제, 동서문제, 빈부문제 등 제 갈등과 대립을 풀어낼 수 있는 열쇠이다.

불교에서는 생사열반상공화(生死涅槃常共和)로 화(和)를 강조하니 생사는 열반과 항상 함께 더불어 있다는 의미로 생사열반이 하나 되어 조화(harmonization)를 이루는 상태를 뜻하며, 일반적인 삼사라(사바)와 니르바나(열반)가 하나 되어 그 하나 안에서의 경계조차 사라지며 어우러지는 경지가 진정한 니르바나(열반)이며, 또한 모두 함께 조화를 이루고 있음(有/存)을 의미하는 공화(共和)인 것이다.

화(和)와 화(化)가 최종 종착지에서 완전한 하나 됨은 같지만 화(和)가 강제가 아닌 부드러움과 어우러짐의 조화를 통하여 하나가 되는 반면, 화(化)는 강제적으로 개성과 독립성을 인정하지 않고 하나로 만듦을 의미하여 화(和)와 화(化)의 극명한 차이가 있는 것이다. 강제적인 변화를 의미하는 化는 人+匕로 사람을 칼로 강제하는 의미로 화목하게 밥(쌀)을 함께 먹으며 하나가 되는 화해와 화합을 뜻하는 화(和)와는 상반되는 정신으로 완전히 다르다.

이상이 박근혜가 생각하는 화해와 화합을 의미하고 화기애애하고 화목한 이상적인 조화와 어울림, 아우름을 나타내는 근본적인 철학과 사상과 정신의 화(和)가 박근혜의 근본적인 철학이며 사상이다. 따라서 박근혜의 통일정책은 무력을 동원한 급격한 흡수통일이나 전쟁을 통한 통일이 아닌 점진적이고 상호 인정과 이해를 위한 협력 및 화해와 화합을 통하여 남북 간의 특성을 인정하고 체제를 인정하며 남북의 차이를 이상적으로 조화시킨 화합의 통일이다. 또한 영호남 간의 동서 갈등과 대립의 해소도 박근혜는 사죄와 반성, 용서와 포용의 과정을 거쳐 상호 이해를 통하여 화해와 화합으로 나아가는 동서갈등의 해소를 원한다. 좌우보혁의 대립과 갈등, 남녀노소의 성년 간의 대립과 갈등, 빈부우학(貧富愚學) 간의 사회계급간 갈등과 대립도 일방적이거나 강압에 의한 변화가 아닌 상호존중과 화해를 통한 대립과 갈등의 해소를 원한다.

박근혜는 이미 이런 남북 갈등과 대립의 해소를 위하여 북한을 방문하여 국방위원장인 김정일과 대화를 나누면서, 향후 남북 사이 화해와 협력을 통한 화합과 나아가 평화적인 통일 방안의 가능성을 타진하였다. 또한 동서갈등 해소와 화해 화합을 위하여 김대중 전 대통령을 만나서 부친 박정희 대통령 통치하에서 고통을 당한 김대중 전 대통령을 포함한 많은 사람들에게 화해와 화합을 위한 사죄를 하였다. 이는 가해자의 진정어린 사죄와 반성 피해자의 용서와 이해, 나아가 상호 화해와 화합을 위한 박근혜의 진심어린 행보였다. 이런 박근혜의 화해와 화합을 위한 노력은 진심과 진정이 담겨서 북한의 김정일도 김대중 전 대통령도 호의적인 반응을 보였다. 현재 정치계와 국민의 공감은 동서남북의 지역 갈등과 대립을 화해와 화합으로 승화시킬 수 있는 유일한 적임자로 박근혜를 생각하게 되었다. 박근혜가 추구하는 화해와 화합 및 상생과 상승은 그녀의 철학의 근간인 화(和)에 근원을 찾을 수 있다.

제 갈등과 대립을 화해와 화합을 통하여 이상적인 상태의 조화와 평화를 이뤄 그녀가 추구하고 지향하는 목표점은 전 민족의 건강·풍요·행복·평화를 위한 복지국가의 건설이다. 복지국가의 건설은 그녀의 순결한 영혼, 화(和)·정의·용기가 총화로 이루고자 하는 이상이며 실천목표다.

2. 갈등이란?

갈등이란 보통 시계 반대 방향(／／／)으로 감아 오르는 칡과 시계와 같은 방향(＼＼＼)으로 감아 오르는 등나무가 서로 얽히는 것과 같이 개인이나 집단 사이에 목표나 이해관계가 달라 서로 적대시하거나 불화를 일으키는 상태를 의미한다. 심리학에서는 한꺼번에 해결할 수 없는 2~3개의 강한 욕구가 발생하는 상태를 갈등(葛藤/Conflict, Strife)이라 하며, 문학에서는 소설이나 희곡에서 등장인물 사이에 일어나는 대립과 충돌 또는 등장인물과 환경 사이의 모순과 대립을 이르는 말이 갈등이다. 따라서 갈등은 화기애애하거나 화목한 상태가 아니기에 화해와 화합으로 풀어야만 하는 부정적인 상태를 의미한다.

▶ 나무를 감아 죽이는 칡과 그 꽃   ▶ 그늘을 만들어 주는 등나무 꽃

형제, 고부, 부자, 계층, 지역, 정당, 나라, 남녀…… 상호 이질적인 모든 상대적인 관계에서 일어나는 조화를 이루지 못하는 관계. 심리적으로 선택을 망설이며 평온하지 못한 상태, 안정되지 못하고 갈피를 못 잡는 모든 상태를 나타내는 다양한 의미를 지니고 있는 단어가 갈등이다. 여러 의미로, 여러 사람이, 여러 경우에 가장 많이 쓰는 단어 중에 하나가 갈등이어서 이 갈등의 진짜 본래의 의미를 찾아서 확인하여 보려고 직접 실험을 해봤다. 칡과 등나무의 갈등관계를 보면 갈등해소를 위한 방안이 나오리라는 기대감을 가지고 실험했다.

2009년에는 등나무를 칡들이 무성한 곳에 옮겨 심어서 실험을 했는데, **다음은 칡과 등나무의 싸움 결과다.**

칡과 등나무 싸움의 결과?

이상야릇한 호기심과 어쩌면 칡과 등이

서로 타협하고 화해하여 잘 자라고 있으리라는 기대감.

초봄에 심으면서 "싸우지 말고 서로 도우면서 잘 커."라는

말을 칡과 등이 잘 듣고 무성히 자랐으리란 희망.

그리고 등이 잘 자라주었으면

줄기를 몇 개 땅 묻기를 하여 뿌리를 내린 다음

공원 등에 필요로 하는 사람이 있으면 주어야지…….

아니면, 칡과 등이 치열하고 처절하게 아직도 싸우고 있어서,

내가 싸움을 붙인 잔인한 인간은 아니었나?

싸우다가 둘 다 죽어 있으면……

한 놈은 비참하게 나자빠져 있고, 한 놈은 무성하게……?

칡과 등은 같은 콩과식물이니 호랑이-사자 같은 촌수라,

'계〉문〉강〉목〉과〉속〉종'으로 족보를 따져서

손가락을 꼽아보니 8촌으로 아주 가깝잖아……?

요거 라이거나 타이온처럼 등갈이나 갈등 새끼가 나오면…….

등갈이가 태어나면 공원 식재로 세계적인 붐이 일 것이고.

강낭콩보다도 큰 등의 열매와 메주콩깍지보다 작은 칡의 열매……

라일락 향기보다도 더 은은한 향기와 화려한 등나무 꽃(winsteria)……

향기도 별로 없이 숨어서 피는 작은 칡꽃(kudzu vine)……

할아버지가 칡으로 노끈을 만들어……

왕골을 잘게 갈라 돗자리를 만드시던 옛날……

할아버지한테서 삼국지의 적벽대전은 수십 번 들었었지……

칡뿌리 캐어 입에 물고 입술이 까맣게 되도록 씹던 어린 시절……

일본에서 미국에 옮겨 심은 칡(kudzu vine)은 사태방지와 산림녹화로 좋아서 대대적인 칡 심기 운동이 벌어졌다던 미국친구 얘기도 생각나고…….

난 언제나처럼 온갖 상념에 묻혀서 걸었다.

집에서 현장인 원적산 산수유마을 근처까지는 1시간 도보 거리니……

여하튼 엄청 좋은 일이 일어날 것 같은 기대감과

상상을 초월하는 갈등의 치열한 싸움을 목격할 것 같은 불안감……

여러 생각과 현지 광경을 그리면서, 원적산(圓寂山) 남쪽 기슭 산수유마을 근처에 심어둔 칡넝쿨 사이의 등나무를 찾으러 갔다.

"아니, 이럴 수가…… 이럴 수는 없는데…… 어 어?"

첫 번째 등을 심었던 곳을 확인하고 내지른 탄성이다.

등도 순을 내어 약 2미터 정도 줄기가 자란 상태에서……

칭칭 휘감은 칡넝쿨 사이에서……

시커멓게 줄기가 변해 있었다.

끝을 찾아서 살아 있을 순을 찾았으나 검게 변한 줄기뿐……

칡으로 칭칭 휘감긴 줄기를 냅다 잡아 뽑으니

줄기는 힘없이 삭아서 부서지고 만다.

원 등걸의 모습은 더 비참했다.

칭칭 휘감긴 등 등걸은 뿌리째 뽑혀서 땅 밖으로 나와 있으니……

칡이 이토록 잔인할 수가 있단 말인가?

하나하나 초봄에 정성들여 심었던 다른 등나무 등걸도 확인했다.

모두 줄기는 나왔음을 칡덩굴에 칭칭 휘감겨 끼어 있는 등줄기로 알 수 있었지만 생명을 부지하고 있는 등은 하나도 없었다.

갈등의 결과는 너무 싱겁고 잔인하고
냉혹하며 허무한 싸움이었다.
칡이 옛날보다 훨씬 강해졌나?
아니면 등이 약해졌나?
어찌 이렇게 싱거운 승부란 말인가?
너무 허무하고 공허했다.

한참을 그 자리에 털썩 주저앉아서
별의별 생각을 다해봤다.
내가 실험을 잘못했나?
칡넝쿨 사이에 등나무를 심는 게 아니고
등나무 군락지에 칡을 심으면 어쨌을까?
고향에서 가까운 부강약수엔 등나무 고목이 있었는데
지금도 있을까?
언젠가 도봉산을 오르다 신기하게 보았던
고목 같은 등나무도 생각났다.
있으면, 거기다가 칡을 옮겨 심어봐…….
인천 대공원의 등나무 그늘은 일품인데 몰래 그곳에 칡을 심어서
싸움을 다시 붙여봐……?
이건 갈등도 아니잖아?
칡의 횡포와 잔인한 살등(殺藤)이지……!?

그늘도 없는 칡덩굴 사이에 앉아
마음을 가라앉히며
뜨거운 커피를 타마시면서 머리를 굴렸다.
한 번 산자락을 돌면서 등나무를 찾아보자.

설마 살아 있는 등나무가 없을까…….

벌떡 일어섰다.

서너 시간을 헤매도 등나무는 눈을 씻고 찾아도 원적산자락엔 없다.

산수유 마을로 내려가 노인을 찾아서

"어르신, 원적산 자락에 등나무가 자라는 곳 좀 알려 주세요." 하니

"글쎄? 저쪽에 등성이 있지? 그 너머에 아주 오래전엔 많았는데

최근엔 관심 있게 보질 않아서.

그 흔하던 등나무가 오리나무가 사라지듯 사라진 거 같아.

거기에 없으면 없어……."

그 노인이 가르쳐준 곳도 확인했으나 흔적도 없다.

산에서 야생으로 자라는 등나무는 아무리 찾아도 찾을 수가 없다.

등은 시계 방향(\\\)으로, 칡은 시계 반대 방향((///)으로 서로

돌면서 치열하게 싸우는 광경을 보고 싶었던 산행은, 허무한 등의 완

패와 칡의 횡포와 잔인함만을 보고 돌아왔다.

아직은 오직 하나의 실험으로 왈가왈부하긴 이르지만, 어쩐지 칡의

전성시대로 한국의 산야가 머지않아 온통 칡으로 덮일 것 같은 예감

이 든다. 칡이 산야를 덮고 수목을 죽이면서 칡의 밀림을 이루면……

끔찍하다.

요놈의 칡을……!

미리 확산을 막아야 산을 살리는 건 아닌가……?

미국 너희도 칡 때문에 골치 좀 썩힐 걸…….

미국도 확확 번지는 칡으로 언젠가는 갈등(葛藤)을 느낄 거야.

갈등의 일반적인 의미까지 동원하여 엉뚱한 칡에 대한 미움까지도 일

어났다.

산 밑자락에는 등이 흔적도 없이 사라지고 온통 칡으로 덮여 있으니……

남북의 갈등, 영호남 동서의 갈등, 빈부의 갈등, 서울/수도권과 지방의 갈등, 여야의 갈등…… 모든 갈등은 팽팽한 균형을 이룬 힘겨루기가 아니라, 위에서 본 칡의 일방적인 등의 학살과 같이, 어느 일방의 상대편에 대한 잔인한 학살은 아닌지……?

갈등해소와 화해·화목·화합의 최선의 방안은……?
힘없이 돌아오는 길엔 날린 35만 원 등나무 묘목 값 본전 생각도 났다.
칡과 등의 교배종으로 꿈꾸던 350억 달러의 부풀었던 꿈도 사라지고…….

진실과 영혼 2009. 8. 26. 21:00

2010년에는 칡을 무성하게 자란 등나무 옆에 심어서 실험을 해봤다. 이번 결과도 역시 일반적인 생각과는 달리 무성하게 쑥쑥 자라는 칡의 일방적인 등나무 학살이었다. 칡과 등나무가 서로 얽히고설켜서 대등한 힘겨루기로 치열하게 싸우는 상태가 갈등이 아니고, 강자인 칡이 약자인 등나무를 일방적으로 감고 덮어 고사시키는 살육과 학살이 갈등이었다. 따라서 강자인 칡의 일방적인 약자에 대한 학살과 횡포는 막아주고 강자를 억지하는 것이 갈등의 해소방안이란 결론을 얻었다.

상대적으로 인구가 많고 경제력이 훨씬 강하고, 산업화가 일찍 이루어져서 오랜 기간 한국 정치의 주도세력으로 군림하여 온 영남의 호남에 대한 일방적인 무릎 꿇리기나 항복을 요구하는 행태와 독식을 막고 화해와 화합을 이루도록 하는 것이 동서지역갈등해소의 지름길이다. 약자에 대한 강자의 횡포를 막아주는 것이 정의며 정의의 국가 권력으로 약자를 보호하고 강자의 일방적인 횡포와 약자 탄압을 막아주는 것이 바로 갈등해소며, 이상적인 조화로운 상태로 서로 화해시켜 화합을 이루는 것이 갈등해소를 위한 최선의 방안이라는 결론에 도달했다.

지금까지 갈등이란 단어가 실생활과 학문적으로 어떻게 형성 발전되고 어떤 의미로 사용되어 왔는지 모르겠다. 지금까지 다양하고 일반적인 갈등의 의미와 칡과 등나무 사이의 삶의 현장 상황이 다른 것은 원래 단어 생성 때부터 그랬는지, 아니면 전해 내려오면서 의미와 활용이 변형·변질되었는지는 모르겠다. 그리고 지금이라도 칡과 등나무의 삶의 현장상황에 맞게 실 상황을 나타내는 의미로 바로잡아야 되는지도 모르겠다.

칡의 일방적인 등나무 학살이 갈등이라면, 인간세상의 갈등을 해소하기 위해서는 칡의 퇴치를 위해서 미국이 연간 5억 달러를 쏟아 붓듯이, 우리도 국가가 정의롭고 공정한 국가권력으로 강자를 억제하고 약자를 보호하며, 강자와 약자가 화해와 화합을 하도록 적극 유도하는 것이 갈등해소의 최선책이 아닌가 생각한다.

강자에 의한 일방적인 약자의 탄압, 압제, 착취, 불이익, 독재 등은 강자의 사죄와 사과를 전제로 한 화해와 화합이 최선책이지만, 강자가 솔선수범하여 반성·사과·사죄를 하지 않고 횡포와 학살을 계속한다면, 국가의 정의와 공정한 절대 권력으로 강자를 억지하고 약자를 보호해야 하지 않겠는가?

동서남북의 지역갈등, 빈부우학의 사회계급 간 갈등, 좌우보혁의 이념사상의 갈등, 남녀노소의 갈등 등 제 갈등의 해소를 위해서는 자발적인 화해와 화합을 하도록 유도하고, 불가할 때에는 강력한 국가 권력이 공정과 정의로 강자를 억지하고 약자를 보호할 때 갈등이 해소되리라고 생각한다.

진정한 화(和)의 정신으로 강자와 약자의 화해와 화합이 불가능하다면, 정의와 공정의 국가 권력으로 강자를 억지하고 약자를 보호하여 화해와 화합을 이루어 내는 것이 갈등해소의 차선책이 아닐까?

박근혜는 이러한 갈등의 실상과 현상 및 원 의미를 이해하고 국가권력인 정의의 힘으로 강자의 횡포를 막고 약자를 보호하는 정의사회를 지향하며, 강자의 진정어린 반성과 사죄로 약자와 화해로 화합을 이룰 수 있게 할 갈등해소와 화합의 철학을 가진 유일한 정치지도자이기도 하다. 그녀는 분명 대립과 갈등을 해소하여 화해를 이룰 수 있는 구체적인 해결방안과 실천방안을 가지고 있을 것이다. 일관되게 박근혜가 화해와 화합을 부르짖고 실천하는 모습에서 우리는 대립과 갈등해소에 대한 박근혜의 굳은 의지를 알 수 있지 않은가?

3. 한나라당은 박근혜 중심으로 화합해야 한다

"이명박 대통령이 박근혜 전 한나라당 대표에게 대통령 특사를 제안, 박 전 대표가 이를 수락했다. 이에 따라 박 전 대표는 오는 28일부터 내달 6일까지 이 대통령의 특사로 네덜란드와 포르투갈, 그리스를 방문한다고 청와대가 14일 발표했다." - 2011. 4. 14일자 조선일보에서 발췌

한나라당은 化火和가 모인 화당이다.
이재오의 化, 이명박의 火, 박근혜의 和가 모여 이루어진 정당이다.
'化 火 和'가 3분정립(三分鼎立)으로 분열되어 무기력·무력화된 한나라당이다.

이재오化패 50명, 이명박火무리 30명, 박근혜和파 50명, 나머지 41명 총 171명.

이재오의 化=人+匕로 된 화로 칼을 들고 무력과 우격다짐으로 독재를 의미한다.

이명박의 火=人+' '로 가르고 부수고 태우고 갈팡질팡 분란을 일으키는 불을 의미한다.

박근혜의 和=禾+口로 오순도순 밥을 나눠먹는 화해·화합을 의미한다.

이재오의 化, 이명박의 火는 박근혜의 和로 모이고 뭉쳐야 당이 살고 국가가 산다.

얼마 전부터 이명박의 火는 ' '를 떼어내고 人으로 변화하는 것을 느낄 수 있었다.

문제는 이재오의 化에서 어떻게 匕(비수 비)를 떼어내느냐 하는 문제가 남았는데…….

MB & JOY가 불 버리고 칼 버리고, 박근혜를 받들어 모시면 사람이 되잖아?

火-' '=人이 되니 사람.

化-匕=人이 되니 역시 사람.

JOY는 도저히 박근혜를 받들어 모시지 못하겠으면 밀짚모자를 눌러써.

化+草=花가 되니 영양에 내려가서 일월산 자락에 고추농사나 해라.

그간의 행패와 패악질이 부끄럽고 쑥스러워서라면 넓은 아량으로 용서하겠지?

MB, JOY도 살고, 한나라당도 살고, 한국 보수도 살고, 국민도 살고, 국가도 살고…….

모두 모두 다 살아서 정진선미와 인의예지가 바로 서고 만인의 건강,

풍요, 행복, 평화가 충만한 복지국가로 다 함께 손잡고 어우렁더우렁 갈 수 있는 오직 한 길은 박근혜를 중심으로 화해·화합하는 길이다.

이상은 현재 한국의 보수를 대표하는 한나라당을 구성하는 3세력의 특성을 살펴보고 각인의 개성과 특징을 나타내는 화(火 化 和)를 한자로 풀어 화합과 한나라당이 살고 보수가 살고 국가가 살 수 있는 길을 나름대로 풀어본 것으로 현재의 한나라당이 정권을 연장하고 박근혜의 철학과 사상을 구현할 수 있는 길을 찾아봤다. 과연 화의 정당인 한나라당이 불행한 화(禍)를 당하지 않는 최선의 방안이 아닐까 한다.

4. 제 갈등과 대립의 종결자(Terminator, 終結者/終決者) 박근혜

박근혜는 김대중 전 대통령 자택을 방문하여 박정희 전 대통령 시절 박해·핍박받은 김대중 전 대통령에게 대신 사과·사죄하고 화해를 구했으며, 김대중 전 대통령도 박근혜의 방문과 부친을 대신한 사과·사죄에 감사하는 마음을 유작으로 남긴 자서전에 박근혜에 대한 고마움을 글로 남겼고, 박근혜를 영호남 간의 갈등을 화해·화합으로 만들 수 있는 동서화해의 적임자라고 표현했다.

김영삼 전 대통령이 2009년 8월 10일 오전 연세대 세브란스병원을 찾아가 투병 중인 김대중 전 대통령을 병문안하고 "화해했다"고 말했고, 김대중 전 대통령의 국장 중 단연 화제와 화두는 동서화해와 화합이었다. 또한 현재의 한국 정치, 경제, 사회, 문화, 교육 등에서도 단연 최대의 현안이며 과제는 제 갈등과 대립을 화해〈화합〈통합으로 승화시키는 것이며, 다음 대통령의 제1의 과제와 목표도 제 갈등과 대립을 마찰 없이 승화시키는 화해〈화합〈통합이다.

그러나 화해했다거나, 화해하려 한다거나, 동서화합을 말하는 사람들도 진정한 화해의 전제인 진정어린 사죄를 거론하지 않는다. 김영삼 전 대통령이 말한 화해는 진정한 화해가 아니다. 서로 충분하게 진심으로 사죄·사과하고, 상호 이해하고, 서로 용서하고, 영혼과 영혼이 상호 교류된 후에나 화해지 일방적으로 화해했다고 하여 화해가 이루어지지 않는다.

남북 분단으로 인한 대결이 한반도에 상존하는 비극이며, 영호남의 동서 적대로 인한 대립이 대한민국 정치의 지병·중병이며, 빈부의 격차로 인한 갈등이 사회의 심화되는 골병이다. 이러한 남북의 대결, 동서의 대립, 빈부의 갈등을 치유함이 현금의 명제다. 대결, 대립, 갈등을 치유할 수 있는 것은 화해·화합·화목이며, 그 치유의 근본은 바로 화(和)다.

동서남북의 지역갈등, 좌우보혁의 사상과 이념갈등, 빈부우학의 사회계층갈등, 남녀노소의 성년 갈등 등 제 갈등과 대립을 화해<화합<통합으로 승화시켜야 함은 우리나라가 직면한 최대의 난제이며, 이런 제 갈등과 대립을 화해와 화합으로 승화시킬 수 있는 최적임자가 과연 누구일까? 모든 제 갈등의 종결자(終結者/終決者, Terminator)로서 가장 적임자는 누구이며, 대한국민과 전 민족의 화해와 화합을 이룰 수 있는 해결사는 누구일까?

종결자란 화학적으로 RNA와 RNA 중합효소로 DNA를 화합해내는 인자이며, 천체물리학에서는 음과 양의 경계선을 이루며 조화시키는 명암한계선(明暗限界線)상의 결합인자이며, IT과학에서는 전송선로 양단 간의 마찰을 화합 중화시키는 종단저항(終端抵抗)이다. 이런 모든 종결자의 의미와 역할을 포함하여, 정치·경제·사회·문화 등 제 문제나 이슈의 최종 화해·화목·화합으로의 해결사(解決士)와 종결자로서 역할을 할 수 있는 정치지도자가 바로 박근혜가 아닐까?

화해·화목·화합·통합으로 지금까지의 경제개발·성장의 그늘에서 핍박·탄압과 소외감, 동서남북의 지역차별로 인한 피해의식, 빈부우학의 엄연한 사회계급에서의 박탈감, 남녀노소의 차별로 인한 열등감, 좌우보혁의 패배감 등에서 연유된 제 갈등과 대립으로 인한 모든 불안·분열·소요의 불씨를 끄고 화해와 화합, 나아가서 어우름으로 하나 됨을 이룰 종결자로서, 김대중 전 대통령이 말한 화해의 적임자로서, 진정한 화해의 융합인자로서의 자질·자격을 갖춘 사람이 박근혜가 아닐까? 이런 제 갈등 해소와 화해·화합·통합의 최선의 방향과 목표가 모든 국민들과 민족의 건강·풍요·행복·평화를 이루고자 하는 박근혜의 복지국가 건설이 아닐까?

화의 의미를 찾고, 화해의 실례를 되새겨보고 난 후, 나의 관찰과 명상 사유의 결론은 박근혜야말로 제 갈등을 해소하고 화해와 화합, 나아가 통합을 이뤄 국가 미래를 열 종결자이며 해결사다.

5. 박근혜의 근본 철학/사상은 화(和)

박근혜 경선 패배 승복연설 전문

사랑하는 국민 여러분. 당원동지 여러분.

저 박근혜 경선 패배를 인정합니다. 그리고 경선 결과에 깨끗하게 승복합니다. 오늘부터 저는 당원의 본분으로 돌아가서 정권 교체를 이루기 위해 백의종군 하겠습니다. 대선 후보로 선출되신 이명박 후보님 진심으로 축하합니다. 국민과 당원의 10년 염원을 부디 명심하시어 정권교체에 반드시 성공해주시기 바랍니다.

지지해 주셨던 동지 여러분, 정치를 하면서 저는 늘 여러분의 과분한 사랑을 받아 왔습니다. 이번에도 과분한 사랑을 보내 주셨습니다. 정말 감사합니다. 여러분의 사랑 평생 잊지 않겠습니다.

치열했던 경선은 이제 끝났습니다. 아무 조건도 없이 요구도 없이 그동안 저를 도와주셨던 순수한 마음으로, 이제 당의 정권 창출을 위해 힘을 모아 주십시오. 이제 경선과정의 일들은 모두 잊어버립시다.

저와 함께 당의 화합에 노력하고, 다시 열정으로 채워진 마음으로 돌아와서 그 열정을 정권교체에 쏟아주시길 당부 드립니다. 감사합니다.

이것이 지난 한나라당 경선에 패배하고 곧바로 결과에 승복하면서 패자로서 화합을 위한 염원을 담아 울분을 참고 외친 경선승복 연설문으로 한국 민주주의 발전의 전기를 마련한 백미였으며 가장 아름다운 패배자의 모습이었다고 평가 받습니다.

박근혜가 보인 패자의 도리는 깨끗한 승복과 승자에 대한 축하와 협조 및 지원이며, 나아가 화해와 화합과 통합으로 그녀가 추구하는 철학과 사상의 근간인 화(和)의 철저한 실천입니다.

패자로서 경쟁자로서 박근혜의 기본·근본 철학은 변치 않는 화(和)입니다.

박근혜의 세종시 수정안 반대 토론 연설

지난 열 달 동안 우리 사회의 큰 혼란과 갈등을 가져온 세종시 논란에 대해 이제 최종 결정의 순간이 되었습니다. 먼저 정치권에서 시작한 이 문제로 인해 우리 사회의 갈등과 분열이 커지고 국민 여러분께 걱정을 끼쳐드려 매우 죄송스럽게 생각합니다.

이제 오늘 표결을 끝으로 더 이상의 소모적인 논쟁을 접고 우리 모두 새로운 미래로 나아갈 수 있기를 진심으로 바랍니다.

여러분, 저는 앞으로 우리 대한민국이 가야 할 길은 국민의 삶의 질과 행복을 높이는 데 맞춰져야 한다고 생각합니다. 그것이 국익입니다. 그런데 우리 상황은 어떠합니까?

서울의 인구밀도는 뉴욕의 8배, 파리와 베를린의 4배, 도쿄의 3배입니다. 수도권 인구밀도는 OECD국가 중 최고입니다. 이 좁은 공간에 전 인구의 반이 모여 살고 있고 지방은 반대로 텅텅 비어가고 있습니다. 수도권은 수도권대로, 지방은 지방대로 고통이 커지고 있습니다. 결코 이대로 놔둬서는 안 됩니다.

저는 서울 인구가 700만인 시절에 앞으로 900만, 1,000만 사람 살기 어려운 곳이 되고, 국가 차원에서도 도움이 안 될 것이라는 국가차원의 고민이 있었음을 기억하고 있습니다. 역대 정부에서도 이 문제를 해결하기 위해 수많은 정책을 추진했지만 모두 실패했습니다. 저도 세종시법을 만들 당시 많은 고민을 했습니다. 그래서 과거와 같은 정책을 반복할 것이 아니라 국토균형발전의 새로운 패러다임을 만들어 보자는 데 합의했습니다. 그것이 세종시법 원안입니다.

지금 수정안이 부결되면 자족성 강화를 위해서 더 이상은 없다는 말이 있는데 정말 안타깝습니다. 원안에 이미 자족기능이 다 들어 있습니다. 중요한 것은 그것을 구체화하는 정부의 실천의지입니다. 저는 세종시를 성공적으로 만들 책임과 의무가 정부와 정치권 전체에 있다고 생각합니다.

세종시를 성공시키는 것을 넘어서 대한민국 전체의 균형발전을 위해 여야가 함께 고민하고 노력해야 합니다. 그것이 정치권이 해야 할 도리라고 저는 믿습니다.

여러분, 세종시 문제는 미래의 문제입니다. 우리 정치가 극한투쟁이 아니라 대화와 타협을 통해 미래로 가려면 약속은 반드시 지킨다는 신뢰가 있어야 합니다. 그것이 깨진다면 끝없는 뒤집기와 분열이 반복될 것입니다. 정권이 바뀔 때마다 전 정권 정책들은 쉽게 뒤집힐 것이고, 반대하는 국민은 언제나 정권 교체만 기다리며 반대할 것입니다. 그로 인한 국력낭비와 행정의 비효율은 얼마나 크겠습니까? 수정안이 우려하는 행정 비효율은 그에 비하면 훨씬 작을 것입니다.

저는 수정안을 지지하는 분들도 원안을 지지하는 분들도 애국이었음을 믿습니다. 어느 한쪽은 국익을 생각하고 다른 한쪽은 표를 생각한다는 이분법에서 벗어나야 합니다. 여당이냐 야당이냐, 진보냐 보수냐를 떠나 우리 모두 대한민국 국민입니다.

지금 우리 앞에는 절체절명의 많은 과제들이 놓여 있습니다. 양극화 문제, 고령화 문제, 갈등의 문제, 분열의 문제 등. 오늘 결론이 나면, 하고 싶은 얘기가 있어도 이제는 모두 마음속에 둔었으면 합니다. 모두가 힘을 모아 새로운 미래를 만들기를 바랍니다.

세종시 수정안 표결 시에도 박근혜가 가장 강조한 것은 화해와 화합입니다.

다음에는 박근혜가 승자로서 패자에 아량과 배려와 포용을 베풀며 화를 실천하는 모습을 보고 싶습니다. 역시 박근혜의 승자로서의 모습도 화해와 화합을 위한 화(和) 철학의 실천일 것입니다.

사랑방 Ⅳ | 외할머니들이 보여주신 진정한 화(和)

"네가 어려서부터 풋 동부 넣은 빵을 좋아해서 이 동부를 까서 너 좋아하는 빵을 찌려 한다. 너 조심하라는 3끝은 명심하고 조심하고 있겠지? 요녀석 갓난애 때 겨울이면 얼까 봐 내 속곳 안에 넣어 기른 놈인

▶ 나의 외할머니 생전의 모습과 너무
닮아서……

데, 벌써 대학생…… 그것도 설대학생이야? 요놈." 하시면서 다 큰 나의 볼을 농사일, 막일에 성근 손가락 마디 굵은 손으로 대견스럽다고 어루만지셨다.

"할머니~ 거 속곳 안에 넣어 길렀다는 얘기는…… 이제 좀 그만하세요. 창피하잖아요?" 하면서 마디가 굵고 험한 할머니 손을 두 손으로 꼭 잡아 내 볼에 비볐다.

추석 지난 중추가절에 교련 반대 데모로 학교가 휴교라 고향에 내려가 있을 때였으니…… 어언 40년 전 일이다.

"언니요. 이 죽일 년의 죄를 용서해주세요." 하고 대문 앞에서 대성통곡하는 소리에 놀라 맨발로 뛰어 나가보니 10여 년 소식도 없던 작은할머니였다. 당황하여 대문 앞에 엎드려 통곡하시는 작은할머니를 부축하여 마루로 할머니 옆에 모셨다. 그러나 할머니는 "이년이 무슨 낯으로 내 집 대문을 들어서?" 하고 매몰차게 돌아 외면하셨다.

"언니요. 언니의 용서를 받지 못하고선 눈을 감을 수가 없어요. 요즘은 밤잠도 못자고 뒤척이며 눈물로 밤들을 지내고 있어요.

형님께 평생의 한을 안기고 슬픔을 안기고 사랑을 빼앗은 천벌 받을 이년을 용서해주시오……. 엉~ 어~ 엉~ 형님 용서를 받지 못하고선 편히 눈감고 죽을 수도 없어요.

언니. 제발 이년을 두들겨 패시던지…… 용서한다 말만이라도 해주시요. 거짓말이라도……."

그러나, 되돌아 앉은 할머니는 한참을 대성통곡하면서 매달리는 작은 할머니를 애써 못 본 척 고개도 돌리지 않으셨다. 아무리 앉은 발아래 작은 외할머니가 엎어져서 울고 두 손을 잡고 흔들며 슬프고 슬프게 흐느끼며 용서를 빌어도 할머니는 넋 나간 사람처럼 멍하니 미동도 않으시며 말이 없었다.

그렇게 두 입술을 지그시 무시고 먼 산만 바라보시며 아무 말 없이 묵묵부답으로 30여 분이 흘러가고……. 그 소란에 40여 호 되는 동네 한가운데 있던 샘(동네 공동 우물) 안집 우리 대문 안팎엔 온 동네 사람들이 다 모였으나 낌새를 눈치 챘는지 누구 한 사람 나서서 거들고 말하는 이도 없었다.

그러다가 드디어 한 시간이 가까워 올 무렵……
북받치는 눈물을 억제치 못하고 외할머니도 구슬프게 가슴을 쳐 통곡하시며……

"아니네, 동생. 내가 너무 자네한테 모질고 모질었어. 모두 팔자소관인 걸. 모두가 운명인 것을…… 모두 자네 탓으로 돌리며…….
논둑길에서 우연히 마주쳐도 둑 아래로 내려서서 푹 고갤 숙이고 있는 착한 자네였고…….
비록 내가 대문 안에도 안 들이고 매번 내쫓은 은진(나의 어머니 이름)이 아버지도 자네가 억지로 밀어 보냈던 것도 알지……. 이른 새벽 소복 입고 몰래 그분 산소에서 울던 자네를 보고 '죽은 남편까지 빼앗아 가려는 악독한 년'이라고, 머리끄덩이를 잡아 흔들어 한 움큼 머리카락을 뽑아도 그저 울기만 하던 착한 동상이 아니었나……?

내가 아주 몹쓸 년이었어. 이년을 이제 용서하게나……

남편에 대한 미움과 자네에 대한 죄스러움이 뭉쳐진 두 개의 응어리가 가슴을 짓눌러 왔다네……

이 한 평생을…… 아이구…… 엉엉 엉엉~……"

두 할머니는 서로를 얼싸안고 서로 서로 같은 내용의 용서를 빌고 또 빌며 슬프디 슬프게 울고 또 우셨다. 얼굴을 서로 부비고, 손을 맞잡고, 얼싸안고 뒹굴면서…….

그 후 밤을 지새우며 한 이불을 덮고 도란도란 얘기도 하시고, 낮이면 같이 밭일도 하시고, 아이들처럼 같이 손잡고 두 할머니는 논둑 개울가에서 메뚜기도 같이 잡아오시고……. 가셔야 한다는 작은 외할머니를 세 번이나 주저앉혀 일주일이나 두 분이 같이 자고, 먹고, 일하고, 손잡고 시냇가를 거니셨다.

헤어지는 날 고개마루턱에서 다시 얼싸안고 큰 소리로 우시고 또 우시면서

"동생. 또 와! 또 와서 우리 같이 얘기도 하고, 같이 밭에도 가고……. 이젠 가슴에 평생 매달려 있던 바위가 가슴을 답답하게 막던 돌멩이가 다 부서져 내린 것처럼 속이 뻥 뚫렸어……. 고마워 동생. 잘가."

"예, 형님 한가해지면 다시 오고 또 형님 모시고 우리 집에도 가야지요. 형님 건강하셔야 해요. 오래오래…… 저도 이제 가슴에 가졌던 천근 짐을 내려놓은 듯 휑하니 텅 빈 가슴이 된 것 같기도 하고 하늘을 날 듯 가벼워요, 마음이……."

몇 번을 가다가 돌아오고, 가는 분 쫓아가서 얼싸안고, 다시 또…… 이렇게 헤어진 작은 외할머니는 한 달이 안 돼 돌아가셨다는 연락을 받았으니……. 두 할머니의 만남은 고개에서의 아쉬운 이별이 마지막이었다.

돌아가신 외할머니를 그리며……

나의 외할머니는 20대에 절손을 염려하던 손 귀한 집안의 5대 독자이신 외할아버지를 시앗(작은 외할머니)에게 빼앗기고 홀로 무남독녀인 어머니와 사셨다. 일제강점시대에 여중을 졸업하신 어머니는 초등학교 교사로 잠시 계시다가 외할머니를 모시기 위해 아버지를 데릴사위로 맞아사시며, 자식과 형제는 많을수록 좋다는 어머니의 지론대로 우리 형제자매들 9남매(5남 4녀 중 나는 장남)를 낳으셨다.

어머니가 교통사고로 내가 결혼과 군 제대 후 첫 직장을 잡았을 때 돌아가셨으니…… 어머니 사후에도 줄줄이 어린 동생들을 내내 건사하시면서 79세에 고생만 하시다 돌아가셨다. 벽촌(고2 때 전기가 들어옴)에서 9남매를 대학 교육을 시켜 의사, 약사, 건축사, 교수로, 손녀사위도 의사, 건축사, 사업가 찾아서 여읠 수 있었던 바탕은 부모님의 고생과 외할머니의 피눈물 나는 각고의 보살핌 덕분이 아니었나 싶다. 눈물이 나서…….

9남매면 요즘엔 방송 탈거다. 나의 형제자매 아홉을 외할머니께서는 갓난아기 때부터 초등학교까지는 모두 맡아 길러주셨으니, 그 고생과 어려움이야 오죽하셨겠는가? 그러나 장성한 후에도 시앗에게 외할아버지를 빼앗기고 외할머니가 겪으셨을 과부 아닌 청상과부로서의 일생을 이해하지 못했다. 그 한과 고통이 오죽하였으랴마는…….

건너 마을에 살던 작은 외할머니는 한문 서당을 하시던 외할아버지가 환갑을 지내시고 얼마 안 있어 일찍 돌아가시자, 있는 논밭을 팔고

데리고 들어온 장성한 아들과 손자, 며느리 데리고 수십 리 떨어진 작은 외할머니 고향으로 돌아가셨다.

그러곤 10여 년 서로 소식도 모르고, 왕래도 끊고 살다가…….

작은 외할머니와 외할머니의 사죄와 용서와 화해·화목·화합하는 모습을 나는 지금도 위 글처럼 생생하게 머릿속에 기억한다. 지그시 눈을 감으면 그날 두 할머니의 사죄와 용서, 그리고 화해의 모습 그리고 그 후 일주일간의 화기애애 화목한 모습과 화합을 그릴 수 있다.

그날 이후 평생 얼굴에 서렸던 어두운 고독과 우수의 슬픈 그림자는 할머니의 얼굴에서 사라지고, 밝으신 얼굴로 사시는 할머니 모습을 지금도 난 문득문득 떠올린다. 물론 작은 외할머니도 평생을 지니며 말 못한 마음의 짐을 화해를 통해 홀가분하게 털고 저승을 가시는 마음도 가벼웠으리…….

이런 모습이 화해가 아닐까??

진정어린 사죄와 반성-용서와 사죄 반성-상호이해와 화목-화해의 순서로 이루어져야 하나니, 우선적으로 진정어린 가해자의 사죄와 피해자의 이해와 용서가 전제되어야 상호 화해가 되고, 나아가 화기애애한 화목을 이루고, 더 나아가서 화합이 이루어지지 않을까?

국가지도자와 정치인들이 화해와 화합을 말할 때면 늘 떠올리는 우리 외할머니들의 사죄-용서-화해-화목-화합이 진정한 화(和)이며 화는 상호적이어야지 일방적일 수 없다고 생각하곤 한다.

나의 부끄러운 가정사의 비밀까지 들추어 내가 전하고자 하는 화(和)의 의미가 우리 모든 사람에게도 전해졌으면 하는 바람이다. 혹시라도 풀지 못한 인생에서 오해와 불화로 생긴 앙금과 매듭이 있다면 이제는 서로 화(和)로 홀홀 털고 풀어야 하지 않을까?

옛날 얘기 속의 나의 외할머니들처럼…….

우리나라도 화(和)를 으뜸으로 하는 공화국(共和國)인데 공화(共和)를 너무 소홀히 하고 민주만을 너무 강조했던 것은 아닐까?

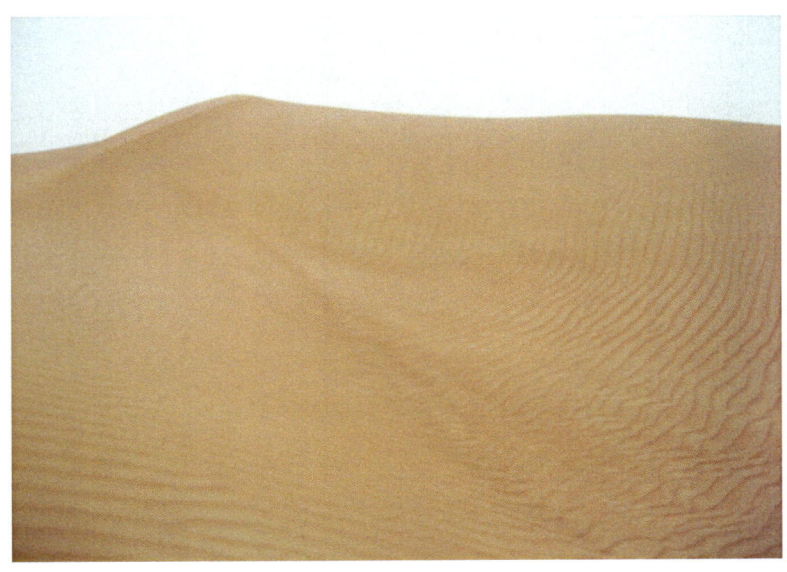

UAE의 사막/사막 모래 물결과 언덕도 자연의 신비스런 어울림의 화(和)다.

Chapter V

박근혜의 정의

  동양의 철학과 사상의 중심을 이루는 유교에서도 정치는 올바름을 뜻하는 정의를 근본으로 하여 공자는 "정자정야(政者正也)"라 했으며, 정의는 우리 인류를 지탱하여주고 영속시켜주는 으뜸의 가치며 종교와 윤리도덕이 융합된 철학과 사상의 기본·근본정신이다. 박근혜가 올바름을 추구하는 정치인임은 그녀의 내면을 흐르는 정의에 대한 신념을 읽으면 바로 이해될 수 있다.

  정의란 무엇인가에 대한 최근 하버드대학의 M. Sandal 교수의 정의에 대한 개념과 우리 전통의 가치관과 윤리도덕의 근본을 이루는 유교사상을 비교해보면서, 정의에 대한 일반적인 개념을 살펴보자. 공정한 사회나 정의로운 사회도 정의를 근본사상으로 하며, 부정부패가 없는 사회나 부조리가 없는 사회도 정의가 전제조건이며 필요충분조건이다.

  정의(JUSTICE-What's the right thing to do?)란 정진선미의 인류가 지향하는 가치와 인의예지의 윤리도덕이 결합된 우리가 지켜야할 올바른 길을 의미한다.

1. 박근혜의 정의

  서양의 사상·철학과 중국·우리나라의 동양 사상·철학을 한 번 비교해보자. 수천 년간 우리 한국 사회를 지배하고 지탱해온 윤리·도덕·사상·철학은 유교다. 그중에서도 공자의 가르침과 공자의 사상을 집대성하고 구체화하여 실용화시킨 맹자의 가르침은 고려시대부터 이씨조선을 관통하여 현재도 한국인의 보편타당한 도덕·윤리의 생활규범과 근본적인 사상·철학으로 흔들림 없이 자리 잡고 있다. 이러한 공맹의 유교사상은 고려의 안향, 이조의 이퇴계와 이율곡 등의 학문연구로 국내에서도 자체적으로 발전하고 나름의 철학·사상을 계승·발전시켰으며, 그 유학의 근본적인 핵심이 바로 4단7정에 관한 연구와 나름의 해석이다. 길게 조선시대의 이퇴계와 이율곡의 학문에 대하여 논하기보다는 그 기본이 되는 맹자의 4단7정론을 살펴보자.

맹자 성선설의 근거가 되는 사단은 측은지심(惻隱之心)·수오지심(羞惡之心)·사양지심(辭讓之心)·시비지심(是非之心)을 말하는데, 각각 인·의·예·지의 실마리가 된다. 즉 인의예지(仁義禮智)는 선한 인성의 4단에서 자연적으로 발생하는 인간의 기본·근본·기초적인 심성으로 파악하고 이해하는 것이다.

측은지심 인지단야(惻隱之心 仁之端也)는 남의 어려움을 보고 측은하게 여기는 마음이다.

수오지심 의지단야(羞惡之心 義之端也)는 잘못된 행위에 대한 부끄럽고 미워하는 마음이다.

사양지심 예지단야(辭讓之心 禮之端也)는 타인에게 양보하고 사양하는 마음이다.

시비지심 지지단야(是非之心 智之端也)는 바르고 그름을 가리는 마음이다.

이런 근본적이고 기본적인 인간의 4단을 기초로 한 우리의 7가지 감정을 칠정이라 하며, 『예기(禮記)』의 예운(禮運) 편에 나오는 희(喜)·노(怒)·애(哀)·구(懼)·애(愛)·오(惡)·욕(欲)이라는 사람이 가진 7가지 감정을 말한다. 인의예지가 올바로 서고 도덕·윤리·사상·철학적으로 자리를 잡아야 우리의 7가지 감정을 바르게 다스리고 억제해 나가며 이런 4단의 인의예지(仁義禮智)와 7정의 희노애구애오욕(喜怒哀懼愛惡慾)에 대한 자세와 마음가짐 그리고 태도와 제어를 가르침이 바로 유교의 근본적인 가르침이며 우리의 일상을 규율하는 도덕·윤리며 학문적인 사상·철학이다.

이런 4단7정의 발생에 대한 사상·철학으로 이기일원론(理氣一元論)과 이기이원론(理氣二元論)의 연구와 논쟁은 조선시대 유학의 학파를 형성했다. 정몽주(鄭夢周)·길재(吉再)·김숙자(金叔滋)·김종직(金宗直)·김굉필(金宏弼)·정여창(鄭汝昌)·조광조·이언적·기준 등으로 이어지는 학통을 계승한 기대승은 주자학설 가운데 중요한 위치를 점하는 사단칠정론(四端七情論)의 이기일원론을 주장하며, 이기이원론을 주장하는 이황·정지운·이항 등과의 논쟁을 통하여 체계가 이루어졌다. 기대승은 이황과 정지운의 이기이원론(理氣二元論)이 지나치게 주자어류(朱子語類)와 운봉호씨설(雲峰胡氏說)에만 근거한 것이라고 비판했다. 이율곡도 기대승의 이론에 동조하여 4단7정의 이기일원의 사상·철학을 견지했다. 이런 이기일원론과 이기이원론의 논쟁은 조선시대 유교학을 관통하는 사상·철학의 논쟁이기도 했다.(상세한 내용은 차후 정리하여 좀 더 스스로 생각한 후 상세히 논하고자 한다. 심오하고 흥미있는 사상/사유/철학/학문의 논쟁이다.)

정진선미의 가치와 4단과 선의의 7정에 대한 올바른 확신이 믿음(信)이며, 그 믿음의 적극적인 실천이 올바른 정의(justice)다. 이것은 하버드대학교수인 M. Sandal의 『정의란 무엇인가?』라는 책과 강의에서 내린 결론을 더욱 구체화시키고 명확하게 하는 동양의 유교철학과 사상의 정의에 대한 해석이기도 하다.

"불인부지 무례무의 인역야(不仁不智 無禮無義 人役也)"란 유교에서

어질지도 못하고 지혜롭지도 못하여 예의도 없고 의리도 없다면 남에게 무시당하고 인간으로서의 소양이 없으며 사람 취급을 못 받고 행세도 할 수 없다고 가르친다. 즉 인의예지란 근본적이고 기본적인 교양과 실천이 없으면 제대로 사람 구실을 할 수 없다고 강조한다.

작년(2010년)에 한국에서도 선풍적인 인기를 일으키며 유행하던 하버드대학 Michael Sandal 교수의 『정의란 무엇인가?(Justice: What's the Right Thing to Do?)』에서 마지막 결론으로 "법은 엄격한 도덕적 문제들에서 공정할 수 없다. 공정한 사회를 구현하는 최선의 방법은 우리의 도덕적인 확신을 피하기보다 적용하는 것이다.(The law can't be neutral on hard moral questions. Engaging rather than avoiding the moral convictions of our fellow citizens may be the best way of seeking a just society.)"라고 결론짓는다.

Michael Sandal 교수의 『Justice: What's the Right Thing to Do?』의 12강의에서 살핀 모든 사유와 연구 토론은 이미 우리의 실생활 윤리·도덕·사상·철학의 기초가 되고 있는 유교의 4단7정에서 이미 구체적으로 가르치고 더 심도 있게 집약하고 더 넓게 실용화하고 있는 유교적인 가르침을 적극적으로 활용하는 것을 정의라고 하는 것이다. 그러기에 좀 더 심층적인 연구는 논어·맹자, 이퇴계와 이율곡의 사상과 철학을 공부하면 Michael Sandal 교수가 생각하지 못했던 것들보다 고차원적이고 광범위하며 심층적이고 근본적인 정의와 모든 인간적인 기본을 배울 수 있다고 확신한다.

우리는 이미 Michael Sandal의 정의를 모두 파악하고 맹자 이후 옛날 안향의 고려시대부터 유교의 가르침을 실생활에 적용하여 도덕·윤리·사상·철학으로 실천하고 있으니, 동양의 윤리·도덕·사상·철학의 교육은 서양에 비하여 훨씬 앞서가고 있다. 다만 그 실천과 새로운 인식이 부족할 뿐이다. 정의는 우리에게 전혀 새로운 개념이나 고차원적인 개념이 아니라, 유구한 전통의 우리 일상의 유교적 가르침을 적극적으로 실천하고 활용하는 올바른 인간의 도리를 말하는 것이다.

정진선미(正眞善美)의 가치와 인의예지(仁義禮智)의 윤리도덕을 확고부동하게 지닌 박근혜는 정의에 대한 사상과 철학의 뿌리를 유교에 두고 M. Sandal이 심층적으로 설파한 정의의 신념을 가지고 있다. 정의란 가치기준인 정진선미(正眞善美)와 종교와 윤리도덕인 인의예지(仁義禮智)를 적극 실천하여 인간사회의 혼란과 타락을 야기하는 사위악추(邪僞惡醜)와 윤리도덕의 문란을 야기하는 불인부지 무례무의(不仁不智 無禮無義)를 적극 추방하는 것이다. 정의롭고 공정한 사회는 박근혜가 이루고자 하는 사회며, 그 근본 철학과 사상은 정의(正義)다.

2. 박근혜의 정의구현

올바름을 잃음은
집착의 시작이며,
그것은 바로
고통의 시작이다.

박근혜는 그녀의 미니홈피에서 인의예지의 도덕성에 더해 M. Sandal 교수의 정의(正義, justice)에서 다룬 정진선미(正眞善美)의 가치를 강조하고, 인류가치의 기본이 되고 기초며 시작이 되는 올바름[正]을 강조하고, 인의예지(仁義禮智)의 윤리도덕과 정진선미(正眞善美)의 가치인 올바름을 강조하여 표현하였다. 바로 정의는 정진선미의 가치와 인의예지의 윤리도덕을 확신을 가지고 실천하는 것이란 의미를 가장 축약·함축적으로 인식한 그녀의 철학이다.

박근혜는 M. Sandal 교수가 설파한 정의의 개념보다 훨씬 명확하고 광범위한 동양의 윤리도덕관인 인의예지(仁義禮智)와 더불어 정진선미의 가치까지 아우르는 올바름의 정의를 그녀의 근본 철학과 사상으로 항상 견지하고 있다. 영고불변의 가치인 정진선미(正眞善美)를 신봉하며 그 반대인 사위악추(邪僞惡醜)를 증오 구축하고자 하는 투철한 정의에 대한 신념과 철학을 가지고 있는 박근혜다. 박근혜의 내면을 흐르는 변할 수 없는 종교적 신앙보다도 강한 그녀의 정신의 밑바탕을 흐르는 사상이 바로 올바름을 추구하는 정의다.

올바름·정의를 지키고 실천하는 것이 박근혜의 원리원칙이며, 항상 주문처럼 외우는 신뢰와 원리원칙은 박근혜의 정의에 대한 신념의 표현이다. 신뢰와 원칙은 곧 정의·올바름을 지키기 위한 그녀의 신념이다.

3. 현정권 심판자 박근혜

동양에서 법(法)은 수(水)+치(廌)+거(去)의 3글자가 합처진 것으로 고대에 오랜 동안 법의 의미로 사용되어 오다가, 해태를 의미하는 치(廌)는 법원·왕의 상징물이 되면서 생략되어 법(法)이라 사용되고, 대신 치(해태=廌)를 왕궁과 법원 앞에 세웠다. 따라서 동양에서의 법은 공평(水), 정의(廌), 그리고 강제(去)를 의미한다.

　서양에서 law는 두 눈을 가리고 한 손에 칼을, 또 한 손에 저울을 든 정의의 여신(Lady Justice)으로, 칼(coercive power=강제력)+저울 (weighing of competing claims 가늠=정의)+눈가리개(impartiality공평/공정)가 상징하는 공평-정의-강제력을 나타낸다.

동서양의 법에 대한 개념은 공평+정의+강제의 의미로 일치한다.
　공평·정의·강제 중에서 어느 하나라도 집행이나 실행이 불가능하다면 그 법은 법이 아니며 이런 정부나 국가는 무법천지가 되고 마는 것이다.

　현재 우리나라에서 실시되고 있는 법을 상기 기준으로 객관적으로 한 번 살펴보자.

우리의 법은 정의롭고 만인 앞에 공평한가? 병역법이 공평하다면 청와대와 정부부처 고위직 및 장차관, 국회의원 등 특권층에 비역기피자들이 우글우글 몰려 있을 수 없다.

합법을 가장한 부정과 불법이 일반화되어 형평성을 잃은 법적용이 대다수 국민의 원성과 불만의 근원이 되고 있지 않은가?

우리 법은 공평하게 적용되고 강제되지 않으니 정의(正義, Justice)의 법이 아니고 법집행이 아니고 법이 아니다.

우리의 법은 강제력이 있는가? 약한 사람 억누르고, 미운 놈 잡을 때는 강력한 강제력을 가지지만, 특권·기득권층 즉 3력(권력·금력·조직력)을 갖춘 자들에겐 적용되지 않는다.

약자에게만 법의 강제력이 적용되고, 강자에게는 적용도 되지 않을 뿐만 아니고 강자를 위한 약자들의 통제와 착취의 수단으로 쓰일 뿐이다.

또한 지금까지의 정권에서는 이러한 현상의 개선이나 정상화도 기대할 수 없었다.

이러한 대한민국의 참담한 현실을 생각할 때, 제일 먼저 캄보디아의 Killing Field가 떠오른다. 전 인구 1,000만 명 중 300만 명이 학살된 노동자·농민에 의한 민중혁명은 부정부패한 일부 기득·특권층에 대한 울분과 노동자·농민의 불만이 고조되어 발화점에 달했을 때 폴 포트가 점화시켜서 부정부패한 기득특권층을 포함 지식인들까지 무자비하게 학살한 인류의 비극이었다.

노동자·농민 빈민과 서민들의 인계·발화점에 이른 현 정권이 저지르는 불공정과 불의에 대한 불만과 울분은 누군가가 발화만 시키면 점화폭발될 위험한 상황에 이르렀다.

지독한 Killing Field의 피비린내와 대학살의 잔상이 전과자·범법자·병역기피자들이 독점적으로 점령하고 그들의 기득 특권을 철옹성화하며 대물림하려는 국회와 정부요직을 점령한 부정부패한 정상배들의 뻔뻔스런 얼굴 위로 주마등처럼 스치는 것은 나만의 느낌은 아니리라고 본다.

　　현 정권의 패악과 해악의 결말은 민중봉기에 의한 Killing Field의 피비린내 나는 아수라 지옥 대량학살 외에 어떤 결말이 있겠는가? 대통령을 비롯한 현 정권은 더 이상의 패악과 독식 전횡을 멈춰 피비린내를 없애야 한다.

　　법(공평+정의+강제)을 적용하여 국민을 다스리고 보호하는 것이 정치다. 현 정권의 패악과 해악을 엄중하게 심판하고 응징하지 않고서는 공정하고 정의로운 국가를 되찾을 수 없다.

　　공정하고 정의로우며 강제력을 가진 국가권력을 회복하려면, 현 정권의 패악과 해악과 불의와 부패를 엄중하게 심판 청산하지 않고서는 불가능하다.

　　패악과 해악 불의 독식 전횡의 현 정권의 끝은 비극일 수밖에 없다.

　　현 정권에는 극에 달한 부정부패와 독식 전횡만 있을 뿐 공정하고 정의로운 국가권력의 적용은 아무리 찾아도 전혀 없다.

　　차기 정권의 최우선 과제는 현 정권을 비롯한 지금까지 모든 정권들의 해악과 패악의 엄정한 심판이다. 현 정권에 대한 보복이 아닌 화·정의·용기로 엄정한 심판을 할 심판자는 박근혜가 최적임자다. 현 정권의 실정과 독선 및 부정부패와 대형비리에 대한 엄정한 심판 후에 박근혜는 승자의 도리로 실패한 정권의 주체인 이명박 대통령과 패악의 주역들을 배려하고 용서하고 포용할 것이다. 정의로 심판한 후 승자의 도리로 배려할 수 있는 사람은 바로 박근혜이며, 그 심판은 보복이 아닌 정의의 구현이 될 것이다.

우리나라에서도 베스트셀러에 올라 있는 Michael Sandal의 실제 정의에 관한 강의는 그의 관련 웹사이트에서 현장감 있게 시청할 수 있다. 강의도 명확한 발음과 잡음 없는 제작이라 책을 사서 읽는 것보다 실감나게 시청할 수 있다. 참조: Justice with Michael Sandel(http://justiceharvard.org/)을 클릭하면 12시간의 하버드대학 강당에서의 강의 그대로의 실황 녹화를 볼 수 있다.

정의(正義)란 무엇인가?(Justice: What's the Right Thing to Do?)
정의(正義 = Justice)란 개념에 대한 정의(定義)는 우리가 수없이 지속적으로 반복하며 사유의 화두가 되어왔으나 인류는 아직도 피상적인 정의에 대한 개념을 가지고 있을 뿐 아주 심층적으로 정의에 대하여 명확한 해답을 갖지 못하고 있다. 관심이 있었던 정의에 대한 나름의 사유와 명상은 자연스럽게 유명한 하버드대학 교수 Michael Sandal에 관심을 가지고 그의 강의와 저서를 읽게 하였다.

그의 유명한 강의이며 또한 저서의 제목이기도 한 『정의(正義)란 무엇인가?(Justice: What's the Right Thing to Do?)』에 대한 개략적인 내용과 나의 '진실과 영혼'이 정의에 관한 사유/명상을 통해 깨달은 나름의 정의에 대한 의견을 비교 비평하고자 한다.
12개강의(각 1시간 총 12시간)를 통하여 많은 질문을 던지고 토론한 후, 마지막 강의에서 Michael Sandal은 "많은 경우에, 법은 근본적인 도덕성의 문제들에서 엄정 중립적일 수 없다. 정의로운 사회를 추구하는 최선의 방법은 우리 시민들의 도덕적인 확신을 피하기보다는 적극 개입시켜 적용하는 것이다.(The law can't be neutral on hard moral questions. Engaging rather than avoiding the moral convictions of our fellow citizens may be the best way of seeking a just society.)"라고 결론짓는다.

어떤 사건이나 사물 상황에 대한 가치는 정의(正義, Justice)란 하나의 가치기준으로 종합<분석<평가<판단하여서는 부족하며 항상 정사·진위·선악·미추(正邪·眞僞·善惡·美醜) 4개의 가치기준으로 평가해야 한다. 나아가서 정사·진위·선악·미추의 4가지 가치기준 외에 인의예지(仁義禮智) 윤리도덕의 기준을 추가하여 판단해야 한다. 우리는 사물의 개념과 가치평가에서 항상 입체적인 상황·정황과 시간이란 요소(factor)를 판단의 자료로 활용하고 직관적 예지(Instinctive Wisdom)까지 추가하여 종합<분석<평가<판단해야 한다.

정사-진위-선악-미추는 8개 각각으로, 4개의 쌍으로, 또는 1개의 총개념으로 사물의 가치를 판단하는 기본적인 기준이며, 인의예지(仁義禮智)의 윤리도덕을 함께하고 여기에 시간과 입체적인 상황·정황과 우리의 직관적인 예지(Instintive Wisdom)까지 판단 기준으로 하여 개념이나 사물의 가치를 판단하고 규정(definition)하여야 정확하고 입체적인 정의(正義, justice)의 개념이 확실하게 정의(定義)될 수 있고 판단될 수 있다.

Chapter VI

박근혜의 용기

　사람이 교육과 학문, 수양, 고행, 명상, 사유, 경험 등을 통하여 정사, 진위, 선악, 미추의 구분을 알고 인류가 지향하여야 할 지고지선(至高至善)의 가치인 정진선미(正眞善美)를 추구하고 사위악추(邪僞惡醜)를 멀리하며 증오한다 해도 정진선미를 구현하고 실천 실행할 수 없으면 아무런 소용도 가치도 없다. 이런 가치와 윤리도덕을 움직이는 동기나 기운이 있어야 한다.

　사람이 윤리도덕의 목표인 인의예지(仁義禮智)를 이해하고 안다고 해도 이를 행동으로 옮겨 실행하지 않는다면 아무런 가치가 없다. 그저 수동적으로 앎(knowing)에 지나지 않으며, 이해(understanding)에 지나지 않는 것이다. 이런 지고지선의 가치인 정진선미와 인류의 윤리도덕인 인의예지의 가치가 발현되고 구현되는 것은 행함의 실천이 수반되어야 하고 바로 행동으로 나타나야 하며, 이런 익힌 가치와 윤리도덕을 행동으로 실천으로 움직이게 하는 그 힘이며 동력이 바로 용기(勇氣)다.

　박근혜는 평생을 살면서 배우고 깨닫고 익히고 느끼고 안 모든 지고지선의 가치인 정진선미와 윤리도덕인 인의예지를 행동으로 옮기는 강한 동기의 힘인 용기를 가지고 있는 정치지도자다. 정진선미(正眞善美)의 가치와 윤리도덕의 인의예지(仁義禮智)가 결합된 정의와 용기와 화의 정신을 지키고자 하는 것이 신뢰(信賴)와 원칙(原則)이다. 박근혜는 흔들림이나 망설임 없이 신뢰와 원칙을 지키기 위한 자신의 희생과 위험과 모함을 겁내지 않고 실천하는 강력한 힘을 가지고 있으니 이것이 바로 박근혜의 용기(勇氣)다. 그녀가 지닌 모든 가치관과 윤리도덕이 흔들림 없는 일관성과 굴하지 않는 강력한 힘을 가진 근원이 그녀가 가진 투철한 신념과 신뢰·원칙에 대한 믿음에서 발산되는 강력한 힘이며, 모두가 말하는 그녀의 진정한 용기(勇氣)인 것이다.

박근혜의 내면 정신세계와 그녀의 철학과 사상의 능동적인 동력인 용기에 대하여 심층적으로 고찰을 해보고 그녀의 용기를 이해해보자.

1. 용기(勇氣)란 무엇인가?

용기는 자신의 철학과 사상 및 신념을 지키고자 하는 씩씩하고 굳센 기운 또는 철학과 사상 및 신념이 이뤄낸 신뢰와 원칙을 지키기 위하여 자기희생을 겁내지 아니하는 기개를 의미한다. 용기는 신념을 지키려는 정신적인 용기(Moral Courage)와 인기에 영합하지 않는 자신의 주의를 지지하는 용기(Spiritual Courage), 종교적 신앙을 지키고자 하는 용기(Religious Courage) 등이 있고, 직접 행동을 강조하는 용기(Bravery)로써 적과의 싸움에서 애국심을 지키고자 하는 자기희생을 각오한 용감한 행동, 불의에 맞서 정의 실현을 위해서 무력까지도 불사하는 강력한 행동을 수반하는 용기(Bravery For Justice) 등 수많은 용기와 상황·정황에 따른 다양한 용기가 있다.

동양에서는 노장사상이 집약되어 인간의 살아가는 도리를 설파한 『도덕경(道德經/The Tao Te Ching)』에서 "용기는 자(慈/사랑 Love), 고(故/원칙과 주의 Causes), 능(能/능력 Ability), 용(勇/강한 힘 Brave)으로부터 나오는 기(氣)이며, 과격한 만용은 생명을 죽이고, 부드럽고 온화한 용기는 생명을 살린다."고 용기를 정의하여 너무 과격하지 않은 부드러운 용기를 가지라고 강조한다. 즉 사랑, 주의, 능력, 용감함이 조화를 이룬 상태에서 발휘되는 용기가 인류에 유익한 용기라고 강조하고 있다.

또한 유교의 논어, 맹자, 대학, 중용에서도 공자와 맹자 및 유교의 주류를 이루는 학자들이 전체적으로 강조하는 것이 바로 행동으로 실천하는 용기를 강조했으며, 행동이 없는 단순한 앎이나 이해란 소용이 없다고 설파하고 있다. 공자는 "知爲知之 不知爲不知 是知也/아는 걸 안다고 하고, 모르는 걸 모른다고 하는 것이 진정한 앎이다."라고 용기 있는 솔직한 행동[爲]을 강조했을 뿐만 아니라 "非其鬼而祭之 諂也, 見義不爲 無勇也/비기귀이제지 첨야, 견의불위 무용야(모르는 귀신에 제사지내는 것은 아첨이며, 올바름을 보고도 행하지 못함은 용기가 없는 것이다.)" 라고 용기를 강조하고 있으며, 유교의 모든 가르침의 근저에는 실행을 전제로 전개하는 교훈이 들어 있다. 단순한 생각이나 이해나 앎이 아닌 말과 행동의 일치[言行一致]를 전제로 한 실행이 학문과 지혜의 목적이며 유교의 근본이다. 행은 곧 용기에서 출발하며 모든 옳은 행동의 원동력이 바로 용기다.

서양철학에서도 Socrates가 강조하고 그 제자들이 전파한 미덕이 용기며, Socrates는 자기의 신념인 정해진 인간의 행동·생각의 규범인 법은 모두가 지켜야 질서가 선다는 자기의 주장과 신념에 대한 믿음을 지키고 실천하기 위해서 도망갈 기회가 있었고 권유를 받았어도 기꺼이 독배를 마셔 언행불일치(言行不一致)의 비겁(卑怯=Cowardice)이 아닌 언행일치의 용기(勇氣=Courage)를 보였다. 서양의 철학과 사상에서 논하는 bravery, valor, gallantry, heroism, fearlessness, nerve, lionheartedness, boldness, daring, audacity, resolution, determination 등이 용기(courage)의 다양한 유형을 나타내는 단어들이다.

석가모니가 갖은 고행 끝에 보리수나무 밑에서 득도 해탈한 후에 세상에 터득한 진리를 전하면서 중생구제에 나선 것이 바로 용기이며, 예수 그리스도가 40일간의 산상 기도 후에 하느님의 말씀을 듣고 세상에 복음을 전파하기 시작한 것이 바로 용기다. 모든 지식, 경험, 지혜, 깨달음 등이 그 자체로 그치고 실천과 행동이 없다면 무용지물이며, 올바름과 신념, 신앙, 주의, 주장을 위해 떨쳐 일어나서 행동으로 옮길 수 있고 굴하지 않는 마음의 원천이 바로 용기다.

2. 용기의 심층적 고찰

용기는 이상 살펴본 바와 같이 인간이 살면서 지녀야 할 가장 중요한 덕목 중의 하나이며, 아무리 지식이 많고, 지혜가 넘치고, 도통을 하고 득도를 해서 깨달음을 얻었다고 해도 그것을 행동으로 실천할 수 없고 강한 힘에 굴복하거나 타협한다면 진정한 용기가 아니라 비겁(卑怯, cowardice)으로 모든 지식과 지혜와 경험과 깨달음은 무용지물이 되고 마는 것이다. 우리는 절대로 비겁하지 말아야 한다.

또한 용기는 아무리 지식, 지혜, 경험, 깨달음이 넘쳐도 절제되지 않고 과격하고 과도하게 행하여질 때는 유익(benefit)보다 유해(harm)를 초래하는 헛된 용기인 만용(蠻勇, recklessness)이 된다. 따라서 화해와 화합을 위한 최대한의 노력 후에 조화롭게 올바름이 지켜질 수 없을 때에 발휘되는 적절하게 절제된 용기가 진정한 용기가 되는 것이다. 그러기에 『도덕경』에서도 무절제(audacity)한 용기는 죽음을, 절제되고 조화된 용기는 생명을 지킨다고 강조한다.

비겁(卑怯, cowardice)하지도 않고 만용(蠻勇, recklessness)도 아닌 조화로운 화(和)를 통한 지식, 지혜, 경험, 깨달음, 주장, 신념, 주의, 신앙의 실천과 행동이 진정한 용기(勇氣, courage)인 것이며, 용기는 모든 인간관계와 국가와 사회 발전의 원동력이며 근원이 되는 기운이며 힘이다.

인류 지고지선의 가치인 정진선미(正眞善美)와 윤리도덕의 기본인 인의예지(仁義禮智)를 지켜내는 힘이 용기이며, 사위악추(邪僞惡醜)와 불인부지무례무의(不仁不智無禮無義)에 굳건히 맞서 싸울 수 있는 강력한 힘이 바로 용기다. 용기는 우리를 인간답게 살 수 있도록 지켜주는 원동력이며, 실천과 행동을 수반한 용기는 모든 인류 발전의 견인차이기도 하다.

모든 축적된 지식, 지혜, 경험, 기술, 신념, 윤리도덕, 규범, 신뢰, 원칙, 신앙 등 모든 것들의 가치와 진면목을 드러내 주는 것이 바로 용기이며, 용기가 없는 모든 것은 무가치한 개념적이며 수동적인 무용지물인 것이다. 엔진에서도 흡입(吸入, intake)〈압축(壓縮, compression)〈점화/폭발(點火/爆發, ignition & Explosion)〈배기(排氣, exhaust)의 네 과정을 거쳐야 자동차도 기차도 비행기도 기계도 움직일 수 있는 힘이 생기는 것이다. 바로 점화&폭발(Ignition & Explosion) 과정이 용기(勇氣, courage)이며 진정한 모든 동력의 원천인 것이다.

인간들의 행위에서도 무엇이든지 움직여 이루고자 하면 축적된 모든 유용한 자산을 모아서 취사선택하여 '기동화(起動化, Mobilization)〈활용화(活用化, Utilization)〈최대화(最大化, Maximization)'하여 성취하고 난 후 평정화(平靜化, Pacification)의 과정을 거치는 것이며, 이 과정 중 기동화·활용화·최대화를 이룰 수 있는 원동력이 바로 용기인 것이다. 이런 과정을 거치지 않고 용기가 없어 움직일 수 없는 축적된 모든 지식, 지혜, 경험, 깨달음, 신념, 원칙, 신앙, 믿음은 무용지물이며 죽은 것이다. 행동하지 않는 양심은 양심이 아니며, 불의에 맞서 일어설 수 없

는 지성은 지성이 아니며, 허위에 맞서 일어설 수 없는 지식은 지식이
아니며, 악에 항거할 수 없는 선은 선이 아니며, 추악함에 대적할 수 없
는 아름다움은 아름다움이 아니듯이…….

3. 박근혜의 진정한 용기

진정한 용기는 공포, 아픔, 위험, 불확실성, 협박(fear, pain, risk/
danger, uncertainty, or intimidation) 등에 맞서고, 대중적인 반
대, 불명예, 악소문, 낙담(popular opposition, shame, scandal,
discouragement) 등도 불구하고 감수하면서 희생과 불이익을 각오하
고 올바름과 신념에 입각한 굳건한 의지와 신념의 고수며 실천이다.

용기는 단순한 지식보다 근본적이고 본능적인 인간의 본성이기도 하
다. 일례로 불타는 집 속으로 또는 달려오는 기차에도 불구하고 자식을
구하려고 뛰어드는 부모의 용기는 군인들이 전쟁터에서 목숨을 내던진
용감한 행위보다도 더 우리 인간의 기본을 이루는 사랑(Love)에서 기인
되는 본능적이고도 정신적인 힘이다. 자식을 구하려는 부모의 자기희생
을 감수한 용기는 이성적인 판단이나 지성적인 결론에 의한 용기가 아
닌 것이다. 진정한 용기는 좀 더 인간성의 근본적이며 본능적인 사랑이
나 윤리도덕관, 가치관 신앙에서 출발하며, 자기희생과 불이익을 감수하
는 행위다.

석가모니가 부귀영화를 버리고 가출하여 고행하고 수도한 것은 용기
이며, 예수가 복음을 전파한 것도 용기이며, 마호메트가 코란을 들고 나
와서 알라의 가르침을 전한 것도 용기며, 수많은 사람들이 애국심에서
나라를 지키기 위해 기꺼이 죽음을 택하는 것 또한 용기다. "쿼바디스
도미네(Quo Vadis Domine)/주여 어디로 가시나이까?"라고 물으면서,

로마로 뒤돌아가서 거꾸로 매달려 순교한 예수의 사도 베드로(Peter)의 순교를 시작으로 순교한 기독교도들의 순교 또한 용기다.

  박근혜의 세종시 원안 고수를 위하여 분연히 떨쳐 일어선 용기는 '신뢰와 원칙'이라는 그녀의 윤리도덕관에 근거한 용기다. 박근혜의 미디어 관련법 막판 수정과 법률상정 저지는 '국민에게 고통을 주는 법'으로 미디어 관련법을 인식한 그녀의 정의감에 입각하여 모든 희생과 불이익을 각오한 용기였다. 최근 이명박 대통령의 동남 신공항 백지화에 맞서 보인 '동남 국제신공항'의 계속 추진에 대한 의지표명은 신뢰와 원칙 및 거짓(僞)에 맞선 참다움(眞)을 지켜내기 위하여 여론의 불리함이나 절대 권력의 위협에도 굴하지 않은 용기다.

  그녀의 정진선미의 가치와 인의예지의 윤리도덕에 대한 믿음은 모든 것을 희생하고 원리와 원칙을 지킬 수 있는 용기를 가지게 한다. 박근혜의 내면 정신세계의 강력한 힘을 발휘하는 그 힘의 원천은 바로 용기다. 올바름과 참됨과 착함과 아름다움의 가치를 지키고 인의예지의 윤리도덕을 지키고자 하는 그녀의 철학은 종교적인 신앙과 같으며, 이를 바탕으로 발현되고 실천되는 그녀의 용기는 어떤 위협이나 유혹, 회유에도 전혀 흔들릴 수 없다. 또한 그녀의 용기는 위에서 살펴본 바와 같이 이기심(利己心, Egoism)에서 출발하는 용기가 아니라, 항상 국민들을 위한 이타심(利他心, altruism)에서 출발하는 홍익인간의 정신이며 또한 화(和)에 대한 철학이고 신념이다.

  박근혜의 내면 정신세계에 축적된 모든 홍익인간의 화(和, Harmony)와 정의(正義, Justice)는 인내와 인고의 세월을 거쳐서 기동화〈활용화〈최대화와 흡입〈압축〈점화/폭발〈배기의 점화/폭발의 무서운 힘을 발휘하게 하는 무한한 용기가 있기에 무한대의 강력한 힘과 폭발력을 가질 수 있다. 점화와 폭발(Ignition & Explosion)의 기운, 기개, 힘이 바로 박근혜가 가진 정의와 화합에 대한 신앙과 같은 믿음이며, 이를 실천하고 행동에 옮길 수 있는 자기희생과 불이익을 감수하는 이타적이며 희생적인 용기인 것이다.

박근혜의 순결한 영혼, 위력적인 말, 화(和)의 신념, 정의(正義), 지식, 지혜, 깨달음을 점화시키고 폭발시켜서 움직이게 하는 원동력이 바로 용기이며, 박근혜는 이 모든 철학과 사상 및 지혜와 깨달음을 기동(Mobilization)〈활용(Utilization)〈최대화(Maximization)할 수 있는 원동력인 진정한 용기를 가지고 있어 어떤 권력이나 불의에도 굽힐 줄 모르는 것이다.

사랑방 VI │ 용기는 실천의 원동력

우리가 무슨 목적을 가지고 목표를 향해서 매진할 때는 바람의 힘, 즉 염력의 힘이 성패를 좌우하게 된다. "믿음이 있고 바람이 있으면 산이라도 움직일 수 있다."는 말을 믿고, 무함마드는 수많은 사람을 모아놓고 앞에 보이는 산을 끌어다가 군중 앞에 놓겠다고 큰소리치면서 몇 번을 약속하고 그 자신도 굳건히 믿고 기도하며 염원했지만 산은 움직여지지 않았다. 결국은 모인 군중을 이끌고 산으로 가서 "산이 움직이지 않으면 우리가 움직이면 된다."고 모인 군중을 설득하여 위기를 모면했다. 그는 믿음과 바람이 있어도 행동이 없으면 무용지물이란 것을 깨닫고 그 후 적극적인 행동과 실천으로 이슬람교를 전파하기 시작했다.

믿음을 넘어서 바람, 욕구, 간구, 소망의 염력의 힘은 무한하지만 행동과 실천으로 옮길 수 없으면 아무 소용이 없다. 지식, 지혜, 득도, 해탈을 했다고 해도 그 모든 것들을 행동으로 옮기지 않으면 무용지물이 되며, 이렇게 믿음, 소망, 지혜, 깨달음이 위력을 발휘하는 것은 행동과 실천이며 그 행동과 실천을 가능하게 하는 것이 바로 용기다.

"Ask, and you will receive; seek, and you will find; knock, and the door will be opened to you./ 요구하라 그러면 얻을 것이요; 구하라 그러면 찾을 것이요; 두드려라 그러면 문은 열릴 것이다.(from Matthew 7.7)"라는 성경말씀은 필히 하느님에 대한 믿음(Belief)과 염원(Desire & Wish with Prayer)이 있다 하더라도 행동과 실천이 없으면 소용이 없으니, 실천하고 행동할 것을 가르치는 교훈이다. 즉 용기 있는 행동과 실천을 강조한 가르침이다.

말보다 믿음보다 염원보다 지혜나 득도 해탈보다 더 중요한 것은 행동이며, 행동할 수 있게 하는 정신력이며 힘의 원천은 용기(勇氣)다. 모든 우리의 말, 믿음, 소망, 지식, 지혜, 깨달음, 발견도 행동하고 실천하지 않으면 아무런 소용이 없으며, 이런 행동과 실천을 가능하게 하여 점화와 폭발을 일으키는 정신력이 용기다.

용기 있는 실천과 행동은 말, 믿음, 소망, 지식, 지혜, 깨달음보다 중요하다.(Courageous actions speak louder than words, believes, desire, wisdom, knowledge, and anything else.) 모든 미덕은 용기를 동반해야 한다.

Chapter VII

박근혜의 복지국가

박근혜의 언행일치로 위력을 지니고 예술적인 최고경지의 마법과도 같은 Sfumato로 상대의 심금을 울리고 공명을 일으키는 말의 위력과 함께, 박근혜의 갈등과 대립 및 부조화와 분열을 해결하여 화해와 화합을 이뤄 모든 사람들을 널리 복되게 하는 홍익인간의 철학인 화(和)와 올바름을 추구하는 정의, 이 모든 것들을 기동시키고 활용하고 효과를 극대화하는 힘의 원천인 용기, 모든 그녀의 정신세계의 바탕이 되는 순결한 영혼이 합쳐서 추구하려는 박근혜의 정치 목표는 모든 이의 건강-풍요-행복-평화를 실현하는 복지국가(福祉國家, Welfare State) 건설이다.

그녀가 추구 지향하는 복지국가에 대하여 철학과 사상 및 정치적 관점에서 심층적으로 살펴보자.

1. 복지 논쟁 찬반양론의 쟁점 비교

요즘 박근혜의 언급으로 복지가 국내의 화두이며, 정치권의 요란한 논쟁이며, 찬반의 논란이 점점 심각해지고 있어서, 자칫 복지에 관한 논쟁이 빈부우학(貧富愚學)의 사회적 계급 간 갈등과 대립을 야기하고 좌우보혁(左右保革)의 사상과 이념 간 정당과 정파 간 정쟁의 불씨가 되지 않을까 걱정된다. 물론 복지가 국가와 정치의 가장 중요한 목표이며 이상이지만, 그 복지를 실현·구현하는 방법과 절차에서 동서고금을 통하여 그치지 않는 논쟁이 있어왔던 것도 사실이다.

이에 우리는 가장 객관적이고 보편타당한 시각으로 양측의 주장과 논쟁의 핵심을 살펴보고, 최선·최적의 타협과 합의점을 도출해야 하지 않을까? 자칫 끝없는 빈부우학과 좌우보혁 남녀노소 간 불필요한 갈등과 대립과 첨예한 논쟁으로 끝없는 분란만 조장할 수도 있는 이슈가 바로 복지다. 박근혜의 복지국가 건설의 목표는 정의와 용기로 실천하는 화(和)의 철학과 사상에 기초한 모든 사람들의 건강-풍요-행복-평화가 넘치는 이상과 꿈의 실현인데……

복지에 대한 핵심적이고 전통적이며 주된 공통적 찬반양론을 개략적으로 같이 살펴보자.

찬성론: 인간의 생존권과 인간답게 살기 위한 최소한의 필수요건은 기본적인 권리로서 국가로부터 보호되고 보장되어야 하며 국가·정부의 규제나 정책의 미비로 부당한 고통을 받아서는 안 된다.

반론: 자유 시장경제 원리는 국가의 규제·통제를 최소화하는 것인데, 복지우선국가(nanny state)는 국가가 개인의 경제활동과 재산권까지 규제하여, 다른 사람들을 위해서 재산권과 자유를 희생할 것을 의무적으로 강요하는 통제된 정책이므로 반대한다.

찬성론: 빈자와 약자의 보호는 도덕적으로도 만고불변으로 인류애로서 실천되어야 할 선행이며, 빈자와 약자의 보호는 국가적인 의무이기도 하다.

반론: 부자와 강자의 도덕적인 의무는 국가가 규제하고 강제할 수 없는 자발적인 희사와 봉사정신으로, 부자와 강자들의 도덕적인 자비심으로 이루어져야 한다. 가난은 나라도 어쩔 수 없는 필연적인 불평등으로 국가가 아닌 사회의 자체 기능에 맡겨져야 한다.

찬성론: 같은 금액이라도 빈자와 약자에게 배분되었을 때는 더 큰 총체적인 행복을 만들어 낼 수 있다. 또한 수요와 공급의 계획경제가 가능하여, 노동의 수요와 공급도 예측 통제가 가능하여 실업률도 줄일 수 있으며, 교육·가족·노동의 목표를 효과적으로 통제하고 향상시킬 수 있다.

반론: 자유 시장경제에 복지를 맡기는 것이 비용적으로 절감되고 효과를 극대화시킬 수 있으며, 높은 복지비용은 과중한 세금이 되어 경제성장을 저해하고 결과적으로 실업을 증가시켜서 역효과가 날 수 있다.

찬성: 모든 종교는 개인보다 사회 구성원 모두의 발전을 강조하며, 자선을 종교적 의무로 가르치며, 복지국가가 바로 이런 종교적인 가치를 국가정책으로 반영하는 정의사회다.

반론: 자발적인 자선이 종교적인 선이며, 복지국가에서는 이런 종교적인 자선의 실천 의지를 감소시키는 부정적인 역기능도 있다. 자칫 복지국가에서는 더 이상의 약자와 빈자를 위한 자발적인 선행심을 소멸시킬 수도 있다.

찬성: 무의탁·무능력 장애인과 사회적 약자에 대한 국가적인 보장으로 일할 수 있는 다른 가족 구성원들이 좀 더 적극적이고 활발한 경제활동을 할 수 있는 여건을 마련할 수 있다.

반론: 복지국가에서는 국가의 보조·보호에 의지하여 일할 동기와 의욕을 좀먹어 근로의욕을 해이하게 할 수 있다. 심지어는 근로능력이 있는 사람들까지 근로의욕 감퇴로 게으른 수혜자를 양산할 수 있다.

찬성론: 자신의 노동에 의한 부의 축적과는 상관없이 상속과 증여에

의한 부자들의 재산은 장애인과 병약자 등 불가항력적인 약자들에게 분배하는 것이 사회정의이며 공정한 분배와 세금정책으로 해결할 수 있다.

반론: 상속과 증여도 법이 정한 세금을 내고 합법적으로 상속과 증여를 받는 것이기에 사회정의 구현과 무노동 상속 증여와는 관련이 없다. 오히려 과중한 상속 증여세의 부과는 재산축적 의욕을 감퇴시켜 가난의 대물림 현상까지 두드러지게 나타날 수 있다.

찬성론: 광역 상하수도, 국민의료보험, 국방, 소방서 운영, 전염병에 대한 방역 등 국가에서 대량구매와 국가조직을 통한 통제와 운영으로 경비가 절약되고 낭비를 방지할 수 있다.

반론: 복지국가의 정권은 정권을 계속 유지하기 위하여 적극적인 생존권, 부의 재분배, 공정한 사회 등 추상적인 구호로 목표를 적극적인 복지권, 생존권, 인권 등으로 선전선동하여 강력한 조세권과 도덕적인 우월감을 바탕으로 국민을 교육시키고 세뇌시켜서 장기 독재정권을 획책할 수 있다.

찬성론: 기본 생존권이 보장된 복지국가에서는 생계형 범죄와 잡 범죄가 줄어든다.

반론: 복지혜택을 받는 수혜자들은 자괴감과 모멸감 그리고 일하는 사람들에 대하여 느끼는 열등감으로 마약이나 성범죄 또는 정신질환 등 부작용을 증가시킬 수 있다. 복지는 고율의 세금을 수반하기 때문에 세금탈루를 위한 갖가지 탈세범죄가 유행하게 되고, 복지혜택을 받을 수 있는 자격요건에 대한 점증하는 증명서류나 요건 강화로 꼭 복지혜택을 받을 무능력자들보다 부정한 관료와 밀착된 자들이 불법적으로 복지혜택을 가로챌 수 있는 여지가 충분히 발생할 수 있다.

이러한 양측의 주장과 장단점을 슬기롭게 조화시키고 양측의 합의점을 찾아서 타협하고 화합하여 더 이상의 논쟁, 정쟁, 분쟁, 논란을 중단하고, 최단 시간 내에 우리 모두가 원하는 최선·최적의 복지국가의 모델을 만들어낼 수 있도록 국민적인 총의를 모아야 하겠다.

복지는 중·서민들에게는 직접적으로 피부에 와 닿는 이슈여서 자칫 국론분열과 사회갈등의 원인이 될 수도 있다. 벌써 서울시 초등생 의무급식(전면 무상급식)에서는 정당 간 정쟁으로 비화되고 있다. 여당은 여당대로 야당은 야당대로 상기의 찬반양론을 비교하고 연구하여 여야 및 모든 국민이 상생·상승할 수 있는 최대공약수와 최소공배수를 찾아서 우리의 현실과 능력에 맞는 최선의 복지정책을 만들어낼 수 있어야 하겠다. 여야, 좌우보혁, 빈부우학, 남녀노소 모든 국민의 타협과 합의를 조속히 이끌어 낼 수 있는 지혜와 정치력이 아쉬운 상황이다. 이런 시점에 박근혜는 복지국가에 대한 이상과 실천으로 국민총화를 이루는 구심점이 될 것이고, 또한 모든 계층과 정파를 아우르는 역량을 발휘할 것이다.

2. 박근혜의 공정한 사회, 정의로운 사회, 복지국가의 개요

인의예지(仁義禮智)의 윤리도덕이 정착되어
부정부패와 특혜·특권이 완전히 추방·구축되고
만인이 동등한 기회와 권리를 향유하는 사회가 공정한 사회다.

정진선미(正眞善美) 지고지선의 가치가 확립되어
사위악추(邪僞惡醜)의 패악이 완전히 발본색원 일소되고

모든 사람의 정진선미 가치가 확립된 평등한 사회가 정의로운 사회다.

모든 사람의 기회균등과 평등의 기초 위에 공정한 분배가 이루어져 건강(Health)·풍요(Wealth)·행복(Happiness)·평화(Peace)를 향유, 모두가 건풍행평(健豊幸平, HWHP)을 누릴 수 있는 지상낙원이 복지 국가다.

박근혜가 꿈꾸는 복지국가 건설을 위해서
공정하고 정의로운 사회는 선결 필요충분조건이다.
공정하고 정의로운 사회에서는 신뢰와 원칙이 바로 선다.

박근혜의 홍익인간 정신의 화해와 화합의 화(和).
공정하고 정의로운 사회를 건설하고자 하는 정의.
화(和)와 정의를 실천하는 힘의 원천인 용기.
순결한 영혼의 바탕 위에 화-정의-용기와 말의 위력이 총합을 이뤄서
박근혜가 추구하고 지향하는 것은 모든 국민의
건강-풍요-행복-평화를 위한 복지국가의 건설이다.

3. 박근혜의 한국형 복지국가

복지국가(福祉國家)는 국가정치를 논한 공자(孔子)의 족병(足兵=국방/국가안위/치안), 족식(足食=민생), 민신지의(民信之矣)라는 3대 요소 중 국민의 의식주 기본을 보장하는 족식(足食=민생)의 정치철학·사상에 뿌리를 두고 11세기 송대의 명재상 왕안석(王安石)이 송나라의 경제불황을 타개하고, 재정적자를 해결하고, 백성들의 최저생계를 위한 최저임

금과 실업자 노인들의 연금법을 실시하는 등 경제개혁을 실시하여 복지
국가의 효시를 이룬다.

국가적으로 백성·국민들의 최저 생활을 보장하는 정책을 쓴 송대 왕
안석의 국가정책이 복지국가의 효시다. 그러니 복지국가(Welfare State=
福祉國家)의 기원을 근·현대의 유럽에서 찾는 것은 모순이다. 공자의 정
치사상·철학에 뿌리를 둔 복지국가의 시작은 동양의 중국이며, 이는 빈
민구제나 궁휼미 등의 일시적 비상시의 구제가 아닌 공자의 족식(足食;
민생경제와 국민복지)에 기초하여 모든 국민의 건강-풍요-행복-평화를
지향하고 추구하여 국가가 제도적으로 실시한 국가정책을 의미하는 것
이다.

국가가 국방 및 치안만 목적으로 하는 야경국가(夜警國家=Night
Watchman State)는 개인주의와 자유방임주의로 자본주의 약육강식의
폐단이 심각하여, 야경국가에서 나아가 국민의 공공복리와 행복의 증
진을 주요한 목표로 하여 적극적으로 국가가 사회의 경제질서에 개입하
여 경제적인 이해의 대립을 조화시키고, 국민 복리의 실질적인 보장을
확보하려고 노력했다.

따라서 복지국가를 지향하는 복지정책은 기본적인 생존을 위한 복지
를 국민들의 권리로써 보장해야 하며, 이런 이념과 사상에 입각하여 우
리의 헌법에도 국민의 행복추구권과 인간답게 살 권리, 노동자들의 단
결권, 단체교섭권, 단체행동권도 보장하는 것이며, 취업·근로도 의무로
서뿐만 아니고 권리로서 완전고용을 보장하는 것이 바로 복지국가의 목
표이며 목적이다. 헌법에 보장된 이런 국민의 권리를 시혜가 아닌 권리
로서 보장해주는 국가가 복지국가이며, 박근혜가 주창하는 복지국가의
목표와 이상도 바로 여기에 있다.

그러나 국가의 재정능력과 경제여건을 감안하여 이런 복지국가 건설을 위한 최소공배수와 최대공약수를 찾아서 한국의 현 실정에 맞는 복지국가를 위한 기초적인 법률제정이 절실히 필요하다. 정치구호로나 사용되고 중구난방으로 여기저기 흩어져 있는 기존의 '사회보장 기본법'부터 국민의 중론과 요망을 총망라하여 여론을 수렴하여 조직적이고 이상적인 개정을 하자고 포문을 연 것이 지난 2010년 12월 20일에 박근혜 주도로 열렸던 "사회보장기본법 전면개정을 위한 공청회"였다.

물론 우리나라도 복지의 개념이나 복지제도가 처음 도입되는 것이 아니라 어느 정도 복지국가의 틀은 유지하고 있다고 볼 수 있다. 그러나 지금까지는 산발적이고 중구난방으로 흩어져 있으며, 복지예산의 지출도 효과를 극대화·최대화시킬 수 없도록 산만하게 흩어져 있고 중구난방이며 또한 편중되고 중복되고 목적이 불분명하고 유명무실한 사회보장법과 예산들이 집행되어왔다. 이상적인 복지국가의 건설을 위하여 이런 불합리하거나 산만하고 중첩·편중된 모든 사회보장기본법을 전면 재검토하고 전면 개정해야 할 시대적인 요청과 경제적인 단계와 국민 의식 수준에 도달했다.

따라서 박근혜의 '사회보장기본법 전면개정을 위한 공청회'는 시기적으로 경제수준과 국민의식 수준으로 최적기에 최대효과를 얻을 수 있는 제 조건·환경·욕구에 맞춰서 시작된 것이다. 기존의 모든 사회보장과 복지에 관련된 법률과 제도를 총 점검하고 재검토하여 이상적인 복지국가 건설의 기틀을 마련하자는 박근혜의 주장은 아무런 비판이나 딴죽걸기의 대상도 폄훼와 비판·비교의 여지도 없는 당연하고 시대적인 흐름에 순응한 적절한 주장이다.

사회보장과 복지에 관련된 기존의 모든 기본법을 전면 개정하여 복지국가 건설을 위한 기틀을 마련하고자 하는 것이다. 이런 사회보장 기본법을 한국의 실정과 재정능력과 경제수준과 국민의 욕구에 가장 적절한 최소공배수·최대공약수를 찾아 전면적으로 개정하자는 것이 '사회보장 기본법의 전면 개정을 위한 공청회'의 목적이었다. 이제 박근혜가 꿈꾸고 목적으로 하는 복지국가 건설을 위하여 '사회보장 기본법 전면 개정안'이 국회에 제출되었다. 복지국가의 초석을 마련하자는 취지이며, 중구난방으로 여기저기 흩어져 있는 법들을 체계적으로 검토하여 복지국가 건설의 골격과 기초를 마련하자는 것이며, 복지국가 실현을 위한 법적인 기초 작업의 준비이다.

이런 박근혜의 복지국가를 위한 진정어린 기초 작업을 복지 포퓰리즘(populism)이나 복지가 망국이라고 비난·폄훼·비판을 하는 사람들은 복지국가나 복지의 개념을 전혀 이해하지 못하고 반대를 위한 반대와 비판을 위한 비판을 하거나 시기나 질투심에서 내지르는 이유 없는 소아병적인 반항일 뿐이다. 더 이상 복지국가의 역사와 개념을 모르고 내뱉는 구상유취의 딴죽걸기와 무분별한 비판과 비난은 자제하여야 하며, 지금까지 추상적으로 거론되고 구호화했던 모든 사회보장기본법과 복지에 관한 논의는 박근혜를 구심점으로 검토되고 종합되고 논의되어야 한다.

사회보장기본법을 한국의 재정-경제능력에 맞게 전면 개정하여 한국형 복지국가 건설의 기초를 다지고 기본적인 틀을 만들어서 모든 국민의 건강-풍요-행복-평화가 충만하게 보장되는 박근혜의 복지국가 건설의 꿈이 이루어져 인권이 보장되고, 완전고용이 실현되고, 국민의 기본적인 욕구가 구현되고, 사회적인 약자와 장애인들도 헌법에 보장된 행복추구권과 인간답게 살 권리를 향유할 수 있는 맞춤형 복지, 한국형 복지, 종합적이고 입체적인 복지가 보장되는 한국형 복지국가를 건설할 수 있기를 바란다.

박근혜의 한국형 복지국가 건설은 시대적 요구이고 국민적 욕구이고 역사적인 사명이며 또한 대한국민과 박근혜에게 내리는 신의 소명이다. 또한 박근혜의 모든 사상과 철학과 그간 쌓아온 신뢰와 원칙을 총집결하여 가동하고 활용하고 효과를 최대화하여 이룩하고자 하는 그녀의 정치이상이며 목표인 복지국가 건설은 꼭 우리가 국가적으로 이루어야 하는 현시대의 모든 국민들의 바람이기도 하다.

4. 박정희 대통령의 복지정책

한때는 일자리가 남아돌아 골라서 일자리를 구하고, 3D업종(dirty, dangerous, and difficult) 또는 희망이 없는 직업(dreamless)까지 합쳐서 4D업종은 급료를 올려줘도 종업원을 구할 수 없어서 전전긍긍하던 시절이 있었다. 이런 구인난을 해결하기 위하여 궁여지책(窮餘之策)으로 해외공장을 가진 업체들부터 산업연수생이란 명목과 핑계로 80년대 중반부터 외국인 노동자들을 수입하여 활용하게 되었다. 또한 완구, 피혁, 니트, 신발, 봉제, 단순조립 전자업종 등 많은 4D업종은 환경규제와 최저임금제 등의 천덕꾸러기로 전락하여 중남미와 중국, 인도, 아프리카, 동남아를 비롯한 전 세계 저개발·저임금 국가로 피난을 갔다.

노동집약 산업인 봉제, 신발, 완구, 가방, 피혁, 전자 단순조립 등은 모두 저개발·저임금 국가로 피난가고, 남은 4D업종에는 공식적으로 50~60만 외국인 근로자와 불법체류자 및 근래에 급격히 조국 방방곡곡 면소재지의 외국어학원까지 취업하고 있는 원어민 어학강사들 까지 합쳐 대략 100여만 명의 외국인 근로자가 한국인들의 일자리를 빼앗았다. 엎친 데 덮치기로 구조조정과 명예퇴직, 사무자동화와 생산자동화로 노동자 숫자를 줄이는 것이 경영개선이 되어 일자리는 기하급수적으로 줄어들고 있다. 외국인 노동자 수입, 해외로 갖고 가는 4D업종, 사무·생산자동화, 구조조정과 경영개선 등으로 불가피하게 줄어드는 일자리에 대한 대책 미비는 머지않아 비극적인 실업자 천국으로 전락할 수 있는 위험을 내포하고 있다.

이렇게 모든 경영개선이 인건비 절약, 즉 고용인원수를 줄이는 흐름인데, 정부에서는 근본적인 일자리 늘리기의 대책도 없이 노래처럼 일자리 창출을 한다고 외치고 있으니 모두 공허한 구두탄이 되는 것이다. 이런 산업과 사회의 흐름을 외면하고 그저 일자리 창출을 하겠다면 일자리가 만들어지겠는가? 따라서 정부에서 줄기차게 부르짖는 일자리 창출은 해결책이나 방안을 가진 정책이 아니고, 임시방편 실현성이나 현실성이 없는 구호에 지나지 않는 것이다.

정부의 획기적이고 근본적이며 시간계획까지 포함한 입체적인 종합적 실업대책이 세워지지 않는 한, 외국인 고용을 늘려나가는 한, 불법취업이 근절되지 않는 한, 비정규직 증가에 대한 근본 대책이 없는 한, 정규적이며 먹을거리를 해결하는 진정한 일자리는 늘어나지 않고 줄어들 뿐이다. 궁여지책으로 만든 임시직이나 시간제 비정규직은 기하급수적으로 늘어 전 한국인 근로자들의 50%가 넘는 900여만 명으로 늘어나 가장 큰 사회적인 이슈가 되고 있다. 한국인 비정규직들은 외국인 근로자들과 같은 최저임금에 묶여 있고, 복리후생 등도 외국인들과 동등한 대우로 신음하고 있다. 전 근로자의 50%가 넘는 비정규직들은 노동 3권도 제대로 누릴 수 없는 착취와 인권·노동권 말살의 사각지대에서 눈물 흘리며, 그래도 실업의 고통보다는 낫고, 입에 풀칠은 해야 하니 울며 겨자 먹기로 견디고 있고, 심지어는 외국인 근로자들보다도 못한 열악한 환경에 고통 받고 있다.

조기퇴직과 수명연장으로 55~70세의 일할 힘과 의욕은 있어도 일자리가 없는 노년실업과 20~30세 100~200만 명의 실질적인 청년실업은 날로 늘어 가는데, 과연 이런 실업문제를 풀어 나갈 정부의 근본적인 대책이 있는가? 보편적 복지, 선택적 복지, 맞춤형 복지, 평생 복지 등 모든 복지문제의 필요충분조건이며 필수 선결과제는 일할 능력과 의욕을 가진 모든 국민이 자의에 반하여 일자리가 없어서 실업상태에 빠지는 실업지옥에서 탈피하도록 하는 대책이다. 실업자가 점점 증가되는 현 상태에서 어떤 재원으로 복지국가를 만들 수 있는가? 현재의 실업대책과 일자리 창출 방안은 무엇인가? 복지정책의 시작과 끝은 바로 모든 국민의 완전고용을 이룰 수 있는 종합정책 없이는 불가능한 정책이 아니겠는가? 복지를 논하기 전에 모든 좌우보혁의 제 정당과 정부는 근원적인 복지의 필요충분조건인 실업해소와 일자리 창출, 나아가 완전고용의 입체적이고 종합적인 대책을 우선적으로 마련해야 한다.

노동집약적 4D업종을 강력한 환경규제와 높은 최저임금으로 계속 천덕꾸러기로 몰아 고사시키고 해외로 몰아내야 하는가? 해외로 피난 가 있는 노동집약적인 봉제, 가방, 완구, 피혁, 전자 부품 및 완제품 단순조립 등의 산업을 다시 국내에 불러들여 일자리를 만들어내지 않고 일자리가 창출되겠는가? 한국인의 실업은 늘어나는데, 100여만 명의 외국인 노동자들의 국내 수입이 과연 타당한 정책인가? 조기퇴직과 사무·생산 자동화로 인한 일자리 감소는 어쩔 수 없는 실업 유발 요인인데, 이렇게 줄어드는 일자리를 대신할 산업은 무엇인가? 대기업 대형 매장과 제품 침식으로 점점 소규모 재래시장과 상점 및 음식점 등 자영업은 문을 닫고, 농축어업의 1차 산업은 규모가 대형화되고 기계화·기업화되어 일자리는 점점 줄어드는데, 2011년 1월 10일 이명박 대통령의 라디오/인터넷 연설처럼 페이스북을 창업한 마크 주커버그가 나올 수 있도록 21세기에는 창의력을 마음껏 펼치라는 로또복권보다도 가능성이 희박한 선무당 경 읽기 식의 국민 기만이어서는 실업대책이 전혀 아니며 이명박 정부의 실업대책은 전무하다. 이제부터라도 이명박 정부는 이 모든 유휴 노동력을 활용할 구체적이고 현실성 있는 대책 마련이 시급히 요구된다.

정부는 연기를 없애겠다고 굴뚝에서 그때그때 임시방편으로 부채질이나 하는 재작년의 희망근로 같은 실업대책이 아니고, 비정규직 보호법 개정을 해서 기간을 2년에서 4년으로 늘리려는 개악의 시도가 아니고, 아궁이에서 섶과 땔감을 꺼내 불을 꺼서 연기를 제거하는 부저추신(釜底抽薪)의 근원적인 실업대책을 우선적이고 필연적으로 세워야 한다. 본인의 의사에 반하는 실업이 없는 완전고용을 지향하는 실업대책이 모든 복지에 우선적으로 수립되어야 한다. 복지의 알파와 오메가며 필요충분의 선결조건은 바로 완전고용을 향한 실업대책 일자리 창출이다. 실업천국에 복지는 있을 수도 없고, 있어서도 안 되고, 있지도 않고, 있을 필요도 없다.

새마을운동, 수차의 경제개발 5개년 계획, 잘살아 보세, 국민교육헌장을 관통하고 일관하는 국부 박정희 대통령의 모든 정책이 바로 거지, 양아치, 실업자가 없는 국민 완전고용을 통한 복지정책이었고, 이런 박정희의 완전고용을 지향하는 복지정책을 통한 국가건설이 바로 박근혜의 복지국가이다. 완전고용을 지향한 복지의 교훈과 실례도 박정희대통령에게서 시작된 것이며, 박정희 대통령의 완전고용을 향하고 통한 복지정책이 바로 박근혜의 복지국가 건설의 근본 철학이고 사상이며, 핵심이다.

5. 박근혜의 복지와 여타 복지의 비교

박근혜의 맞춤형복지와 복지국가의 철학, 사상과 구상을 살짝 엿보자.

박근혜 최종 목표와 꿈은 복지국가 건설

박근혜가 지난해 12월 20일 '사회보장 기본법 전면 개정을 위한 공청회'를 열면서 본격적으로 국가정책으로서 가장 중요한 복지를 주창하자, 좌파 민주당은 '무상의료/무상보육/무상교육(급식)'이란 3무 복지를 외쳤고, 우파 한나라당은 복지를 populism이라고 복지정책을 폄훼하면서 복지가 재정파탄을 야기한다고 돈 걱정을 하면서 선택적인 복지를 들고 나왔다. 이로써 우리는 국가의 가장 중요한 복지가 얼마나 소홀히 정치구호로 또는 선심성 시혜로 실질적인 복지와 동떨어진 정략으로 취급되어 왔는지 알 수 있다. 또한 대한민국의 여야 좌우보혁을 통틀어서 복지에 관한 심층적인 고민을 해온 정당이나 정파가 전무했다는 것도 실증적으로 알 수 있게 되었다. 현재까지 좌우보혁 여야당 모두가 생각하고 요란스레 외치는 복지는 박근혜의 복지가 아니다.

공자의 말씀을 정리한 『논어』의 정치를 논한 가르침을 살피면 "정자정야(政者正也=정치란 바로 올바름 정의다)"며 "족병/족식/민신지의(足兵=國防/足食=民生福祉/民信之矣=國民信賴)", 즉 국가안보, 민생복지, 국민신뢰를 목표로 하는 것이라고 정의했다. 이 공자의 정치철학과 사상 중 족식은 바로 국민을 등 따시고 배부르게 하는 것을 의미하는 동서고금을 관통하는 국가의 목표인 현대적 의미의 복지다. 이런 국가안보와 복지, 그리고 국민신뢰는 국가와 정치의 삼위일체로 우선순위나 중요성을 논하기 어려우나, 공자는 굳이 따진다면 국민신뢰〉민생복지〉국가안보로 민무신불립(民無信不立)을 강조했다. 이런 국가 정치의 가장 중요한 3각 축의 하나인 복지에 대하여 지금까지 국가나 정치권이 선심성 정치구호로나 활용하고 정책적으로 소홀히 해왔다는 것은 부끄러운 일이다.

이런 공자의 족식(足食=민생복지)을 국가적인 정책으로 도입하여 실제로 실행한 효시가 바로 11세기 송대의 재상 왕안석의 신법(新法)에 따른 정책으로 동서양의 복지국가의 효시이며 또한 모델로 보는 것이다. 왕안석의 신법을 살펴보면 우리가 활발하게 논의하고 있는 복지국가의 윤곽이 드러난다. 신법은 균수법(均輸法), 청묘법(靑苗法), 시역법(市易法), 모역법(募役法), 보갑법(保甲法), 보마법(保馬法) 등으로 획기적인 개혁정책이며 국치의 종합정책이기도 했다.

왕안석의 신법을 간단히 요약하면;

1) 균수법은 정부가 지방의 물자를 사들여 다른 지방에 팔아 이익을 얻음으로써 물자 유통을 원활히 하고 물건 값의 조절과 안정을 꾀하고자 한 정책이다. 대상인의 폭리방지, 유통경비 절감 물가안정책이다. 현대적인 의미의 물가정책으로 계승 발전시킬 수 있다.

2) 청묘법은 농민들에게 낮은 이자로 농사에 필요한 자금을 빌려주어 지주들의 비싼 이자 돈을 얻어 쓰는 일이 없도록 한 정책이다. 서민 지원 저금리 금융정책이다.

3) 보갑법은 10집을 1보로, 5보를 대보로, 10대보를 도보로 편성하여 장정을 징집·훈련하여 민병으로 삼아 평화 시에는 본업과 치안 임무

를 수행하고 전쟁이 일어나면 관군을 돕게 한 정책이다. 즉 예비군과 민방위 정책이다.

4) 시역법은 자본이 적은 상인들에게 돈을 빌려주어 대상인들이 이익을 독차지하는 것을 막고 국가 수입을 늘리기 위한 정책이다. 즉 독과점 방지와 중소 자영업 보호책이다.

5) 모역법은 역이 면제되어 온 관리 사원으로부터 돈을 받아 실업자들에게 일을 시키고 품삯을 주어 역의 형평을 기하고자 한 정책이다. 즉 병역이나 사역 면제자나 특혜자들에게서 돈을 받고 대역자들에게 보상한 정책이다. 병역면제·기피자들은 형평성에 입각 돈을 내야 하지 않을까?

6) 보마법은 백성들에게 정부가 일부 보조하여 말을 기르게 하여 평시에는 농사일에 쓰고, 전쟁이 일어나면 군마로 쓰도록 한 정책이다. 군사무기와 농기구를 혼합·병행하여 만들 수 없을까?

7) 연금법은 이런 여러 가지 개혁과 복지법으로 중소 자영업자를 보호하고 일자리를 창출하여 완전고용을 이루면 가정경제가 윤택해져 모든 국민들의 복지를 실현하게 된다. 그래도 가족이 돌볼 수 없는 무의탁 장애인과 노인들은 국가에서 장애연금과 노후연금으로 최저 생활을 영위할 수 있도록 보살펴주었다. 국가가 국가재정으로 공짜로 주는 복지혜택은 최소화하는 것이며, 별도의 복지를 위한 재정 지출을 무로 하는 것이 목표이다.

왕안석이 연구하고 정책으로 실시한 이상의 모든 신법을 종합 연구하면 입체적인 복지정책이 수립되는 것이다. 복지의 시작이며 끝은 일자리 창출과 왕족·기득특권층인 귀족·부자·대상인·고리대금업자들의 착취와 매점매석, 고리대금을 국가에서 관리 통제하여 국민을 보호하고 자력갱생할 수 있도록 도와주는 정책이 신법이며 이런 신법의 정책들이 복지정책이고 이런 정책을 국가에서 시행하여 모든 국민의 건강-풍요-행복-평화를 보장하는 국가가 바로 복지국가인 것이다.

생애 주기에 따른 맞춤형 복지란 출생〈보육〈교육〈취업〈결혼〈육아〈노후〈사망, 즉 '요람에서 무덤까지(from cradle to grave/all through the life)' 평생을 통해서 생애 단계별 필요에 따른 복지정책이고, 모든 맞춤형 복지의 기본은 일자리 창출을 통한 완전고용, 자급, 생산과 연계된 복지이다. 이런 완전고용의 맞춤형 복지에서도 낙오된 무의탁 장애인과 노인들의 시혜적이며 구제적인 복지는 수적으로 최소화, 질적으로 최상화하는 정책이 맞춤형 복지다. 맞춤형 복지가 완벽하게 실현되어 모든 국민이 건강-풍요-행복-평화를 누릴 수 있는 국가가 바로 박근혜가 추구하고 부르짖는 복지국가이다.

이런 박근혜의 복지국가의 철학과 사상은 공자의 사상-왕안석의 신법을 기본으로 우리나라의 박정희 대통령이 강력하게 시행하고 조국의 근대화를 이루고 산업화의 기적을 이룬 새마을운동과 국민교육헌장의 철학·사상·정신이며 그 목표·이상이다. 피폐한 농촌의 고리채와 도시 빈·서민들의 고리대금을 없애고, 가마니치기나 취로사업 등의 근로사업으로 농한기 도박을 없애고, 쓰레기와 휴지 줍는 양아치들과 거지들, 실업자들을 해외수출을 위한 편직공과 미싱공 및 중동을 비롯한 해외건설 산업현장의 역군으로 완전고용을 이룩했던 시대가 박정희 대통령의 경제부흥기였으며, 이런 정신과 정책을 발전시켜서 다시 완전고용과 맞춤형 복지를 이루고자 하는 것이 바로 박근혜의 복지국가의 철학이며 사상이다.

좌우보혁, 빈부우학, 동서남북, 남녀노소 간의 다양한 논쟁, 보편적 복지와 선택적 복지의 논쟁, 복지보다 안보가 우선이라는 주장, 복지보다 경제성장이 우선이라는 주장, 복지 populism이라고 복지를 폄훼하는 여당 정치권, 재정 부담과 조세 부담의 가중 등을 이유로 돈타령부터 하는 부자들의 걱정과 궁상, 무상복지를 부르짖는 좌파적인 정치선동 등은 각각 의미가 있고 복지의 장단점 일부일 수는 있다. 그러나 이 모든 논쟁과 구호와 우려는 박근혜의 맞춤형 복지와 복지국가의 의미도 방향도 모르고 감도 못 잡은 결과이며, 박근혜의 복지에는 접근도 하지 못한 현상들이다. 연작이 대붕의 뜻을 어이 알겠냐마는 박근혜는 그저 그들의 재롱에 싱긋이 미소 지을 뿐이다.

맞춤형 복지와 복지국가 건설을 위한 완전고용과 중소기업·중소상인·농축어업인 등을 보호 육성하는 세부 실천·실행을 위한 입체적인 종합계획과 시간계획은 다음에 상세히 설명하기로 한다.

대기업과 중소기업의 상생·상승 조화 방안, 농축어업의 활성화와 발전 방안, 아놀드 토인비가 가장 부러워하며 단 하나를 가지고 지구를 떠나야 한다면 한국의 이것을 가져가겠다는—자녀들이 노후의 부모를 봉양하는 미풍양속을 살린—우리 가족제도의 부활 방안, 청년실업과 노년실업의 해결방안, 노동집약적인 산업의 재 육성방안과 유휴노동력의 활용방안, 복지제도를 통한 남녀노소를 연계한 일자리 창출 방안 등은 싱크탱크를 통하여 좀 더 입체적이고 구체적으로 연구할 과제들이다. 위에서 살펴본 바와 같이 기본적인 철학과 사상과 틀은 알 수 있지만, 하나하나 점검·연구·분석·검토하는 구체적인 정책이나 구상은 예

113

측으로 말할 수도 없지 않은가? (또한 조조의 계륵이란 군대 암호를 발설하여 미움을 받아 처형당한 양수가 되기는 싫어서 이쯤으로 변죽만 울린다. 변죽만 울린다는 것이 너무 깊이 건드려서 공개하지는 않았는지 걱정도 되는데…….)

여야당, 좌우보혁, 빈부우학, 동서남북, 남녀노소 모두 박근혜의 맞춤형 복지와 복지국가 건설의 청사진을 기대해도 된다. 박근혜의 맞춤형 복지는 좌우의 보편적 복지나 선택적 복지도 아니고, 국가재정을 낭비하는 서구적 복지도 아니다. 박근혜는 서두르지 않고 충분한 시간을 가지고, 대선 전까지 아버지 박정희 대통령께서 경제개발 5개년 계획을 수립 실천하듯이 평면적인 계획이 아니라 입체적이며 시간계획과 정신과 영혼까지 결합시킨 5차원적인 맞춤형 복지와 복지국가의 청사진을 준비해서 발표하고 적극적으로 추진할 것이다.

맞춤형 복지와 복지국가의 청사진은 철저히 준비 완료하여, 대선을 통하여 국민들의 적극적이고 열화 같은 지지를 획득하여, 다음 대통령 임기 중에 강력하게 실천하기를 바란다. 이상적인 정신과 육체의 건강, 완전고용으로 이룰 경제적인 풍요, 모든 이의 건강과 풍요로 이루어질 모든 이의 행복, 그리고 이 모든 것의 이상적이고 완벽한 조화가 박근혜 복지국가 건설의 목표며 정치적 이상의 실현이며, 그녀의 모든 철학과 사상의 정신세계의 결정체다.

국가의 재도약과 모든 국민의 건강-풍요-행복-평화가 충만한 복지국가를 기다리며…….

사랑방 Ⅶ | 복지 다음의 이슈는?

정치와 국가의 이슈도 세월 따라 변하는가?
반공‹통일‹자유‹민주‹평등‹인권‹정의‹화해로 이슈가 변하더니 요즘은 온통 복지가 정치·경제·문화·교육 등 전 사회의 이슈다. 그렇다고 어느 하나 완벽하게 성취되고 실현된 이슈는 없다. 그냥 시류나 상황에 따라 변하고 바뀌어 왔을 뿐이다. 우리가 살아가는 데 어느 하나 소홀하게 다룰 수 없는 이슈지만 모든 이슈의 최종 도착점은 모든 사람의 건강-풍요-행복-평화가 보장되는 복지국가가 아닐까?

복지보다 중요한 다음의 이슈는 무엇일까? 복지보다 중요한 이슈는 있을 수 없다.

박근혜 철학의 사례

지금까지 살펴본 박근혜의 철학과 사상과 내면의 정신세계는 관념적이고 영혼의 5차원적인 분야라서 독자와 국민의 좀 더 생생한 이해를 위하여 그간 박근혜가 그녀의 언행으로 보여준 구체적인 사례들을 들어 독자들과 함께 각각의 사안들을 검토하고 생각해보고자 한다.

각각의 언행과 실천에 나타나는 박근혜의 내면의 정신과 사상·철학 및 그녀의 국가관, 인생관을 살펴본다는 것은 매우 뜻 깊은 새로운 시도이며 또한 선거공약이나 일반 정치행위보다 심층적인 대통령으로서의 자격과 자질을 점검해보는 방법이 아니겠는가?

박근혜의 말에 실리는 위력, 그녀의 화해·화합의 화(和) 철학, 올바름을 추구하는 정의감, 모든 역량과 철학 사상을 총집결 발휘하는 용기, 그리고 모든 언행과 정치행위의 기초가 되는 순결한 영혼을 함께 살펴보자.

1. 경선패배 승복은 화(和)

치열했던 지난번 한나라당 당내 대선 경선은 노무현 정권에 실망한 많은 국민의 정권교체 요구에 따라 실질적인 대선이나 다름없었다. 이명박 후보와의 대선 경선은 한 치 앞을 내다볼 수 없는 치열한 접전이었으며, 이명박과 이재오의 줄 세우기와 금권동원 및 막무가내 야합과 협잡이 난무하는 경선과정이었으며, 무법·불법·편법이 난무한 이명박 측의 이재오와 포섭된 당대표 강제섭이 야합하고, 박근혜의 경선패배의 원인이 된 1인6표제란 어불성설의 여론조사였다.

그러나 박근혜는 땀을 쥐게 하는 초박빙의 경선결과를 미리 예견하고 준비한 듯 의연하고 깨끗하게 승복하며, 당의 화합과 당의 목표인 정권교체를 위해 헌신할 것을 경선패배 승복 연설을 통하여 밝혔으니……

한나라당은 대선 후보 경선 투표 결과 이명박 후보가 8만 1,084표를 얻어 7만 8,632표에 그친 박 후보를 2,452표차로 이겼으나, 그 내면의 내용을 보면 1인6표제라는 전화 여론조사 결과로 패배한 것이다. 1인6표제란 당의 운명을 위협하며 벼랑 끝 전술과 의원들과 당원들 줄 세우기와 당대표 포섭 및 금품동원을 한 결과였으나, 박근혜는 이의 없이 경선결과에 승복하고, 백의종군을 약속하고, 경쟁후보였던 이명박 후보를 축하하고, 당원들의 화합과 정권교체를 위한 노력을 당부했다. 나아가서 경선과정에서 있었던 승자와 패자의 감정대립이나 앙금도 잊을 것을 당부하고 약속하면서, 당의 목표인 정권교체에 최선을 다할 것을 당부하였다.

얼마나 위대한 희생정신이며, 민주주의의 아름다움이며, 넓고 높은 포용력이며, 아우름과 어우름의 백미이며, 패자의 도리를 보여주는 대인의 풍모인가? 경선승복 연설과 그 후에 보인 승자의 부당한 패악과 핍박에도 불구하고 대선에서 끝까지 한나라당 이명박 대선 후보의 선거운동을 전개하여 경선승복의 약속을 지킨 의연한 모습은 지금까지 볼 수 없었던 민주정치의 진수를 보여주는 아름다움이었다. 박근혜의 국가지도자로서의 진면목을 여실히 보여주는 훌륭하고 아름답고 감동적이며 위대한 모습이었다.

친 박근혜 좌장이라 불릴 정도로 박근혜의 최측근이었던 김무성은 2010년 8월 박근혜를 배신하면서 등 뒤에 말의 비수를 꽂으며 악의적으로 "박근혜 전 대표는 민주주의 개념이 부족하며, 사고의 유연성이 부족하다. 차기 대선에서도 박근혜는 2등표다."라고 했다. 이런 측근들의 배신과 등 뒤에 꽂아대는 말의 비수에도 아랑곳하지 않는 박근혜이지만, 김무성은 박의 철학과 순결한 영혼을 아는 국민의 증오의 대상이 되고 만다. 경선결과에 대한 아름답고 위대한 승복을 보고도 어떻게 저런 악의적 비난과 악담을 할 수 있는가? 박근혜가 한나라당 대표 시절 입안의 혀처럼 박근혜를 도와 대변인 역할을 하던 전여옥도 숱한 배신과 변신을 거듭하며 자신의 존재확인을 위하여 박근혜를 헐뜯지만 한 번도 박근혜는 맞대응하거나 변명한 적이 없다. 이 얼마나 소인배와 대인의 극명한 대조의 본보기들인가?

한나라당의 안정과 국가의 안정을 위한 자기희생을 불사하고 패배의 아픔도 억누르고 측근들의 숱한 배신과 헐뜯기에도 맞대응하지 않고, 언제나 화해와 화합을 호소한 것은 박근혜의 신념이며 신앙과도 같은 화해 화합을 이루고자 하는 화(和) 철학의 실천이었다.

2. 박근혜의 친박 지원은 순결한 영혼에서 나온 의리

경선패배 후에 당의 화합과 정권창출을 위하여 경선패배를 깨끗이 수용하고 이명박 대통령의 당선을 위해 최선을 다했지만, 한나라당 친이계가 이 핑계 저 핑계로 총선 후보 공천을 미루다가 마지막 순간 친박계를 대량 공천에서 배제하는 '공천학살'을 단행했다. 공천학살당한 친박 의원들은 공천학살에 반발하였고, 박근혜는 정권의 동반자란 달콤한 사탕발림으로 선거지원에 끌어들이고 그에 대한 배신으로 친박계 의원 16

명에 대한 공천학살을 단행한 이명박 대통령과 공천학살의 주역인 친이계를 향해 그 유명한 "국민도 속고 나도 속았다"고 한탄했다.

이런 탄압 속에서도 박근혜는 친박들의 억울한 희생을 위로하며 "살아서 돌아오라" 격려하고 친박들을 응원하는 '영상메시지'로도 그들의 당선을 위한 노력을 하였다. 이런 박근혜의 억울함과 진심이 통하여 친박연대는 14명의 의원을 당선시키는 쾌거를 이루었다. 비록 친박연대(미래연대) 서청원 대표는 정치탄압으로 불법자금수수란 죄명을 쓰고 감옥에 갇히는 희생을 감수했지만……. 박근혜는 이들에 대한 의리와 인의예지 윤리도덕에 입각한 순결한 영혼으로 이들을 어루만져 주었으며, 친박연대와 무소속 친박 당선의원들의 복당을 줄기차게 요청하여 한나라당에 복귀시키고 비례대표의원들은 아직도 미래연대에 잔류하고 있다.

그뿐 아니라 총선 내내 지역구에 머무르면서 한나라당의 총선지원을 거부했던 박근혜 의원은 총선 막판 단 한 사람 불리한 상황에서 고전하는 대전 서구의 강창희 후보를 지원 방문(2008.4.6)했다. 또한 2008년 12월 11일에는 경선 시 자신을 도와주고 경주 재보선 출마가 예상되는 정수성의 출판기념회에 참가하였다. 이상득 의원의 정수성 의원에 대한 정치공작과 선진국민연대의 정종복 후보 선거지원 등에 대하여 "민주정치의 수치"라고 강력히 반대하는 결단력 있는 단호한 입장까지 겸비하고, 또한 2009년 8월 11일에는 강릉 재보선에 출마준비 중이었던 심재섭 후보의 선거사무소 개소식에도 참석하여 그들의 도움을 되갚는 인의예지의 의리를 여실하게 보여주었다.

많은 의혹제기와 무성한 뒷말과 왜곡 억지가 예상되어도, 자기를 도와준 사람들이 자기의 도움을 필요로 할 때는 무리를 해서라도 은혜를 갚는 박근혜의 태도는 바로 인의예지에 기초한 그녀의 순결한 영혼을 보여주며 의리를 지키는 사례들이다. 자신에 대한 여론이나 정치적인 공격의 빌미를 제공할 수 있는 불리한 상황에서도 자기를 도와준 사람들에게 철저하게 보상하고 돕고자 하는 인의예지에 기초한 박근혜의 순결한 영혼의 단면을 보여주는 사례들은 그 외에도 많다.

3. 미디어관련법 저지와 수정은 용기와 정의

2009년은 방송법과 정보통신망법을 비롯한 총 7개 미디어에 관련된 법인 미디어관련법으로 정국이 혼란한 한 해였다. 장기간 여야 간 공방은 첨예하게 계속되고 강행처리를 하려는 다수의 여당 한나라당과 이를 저지하려는 야당 민주당과 민노당 등은 격돌했다. 심지어는 미디어관련법을 무리하게 강행 통과시키려는 한나라당 내에서조차 비판과 자성의 목소리가 높았다.

결국 국회 내의 여야 간 쟁점일 뿐만 아니고 사회쟁점화가 되어 신문과 방송을 통한 찬반 논란도 뜨거웠다. 야당들의 철야 농성과 전국 언론노동조합의 총파업, 국회분과 위원회의 직권상정으로 정국은 뜨겁게 달아올랐다.

모든 언론과 정치계는 박근혜 의원의 미디어관련법에 관한 입장표명을 기다렸으며, 박근혜 의원은 오랜 침묵 끝에 강행통과를 밀어붙이던 한나라당의 당론에 반대하여 용기 있게 "미디어관련법은 국민에게 고통을 주는 법"이라며 반대 입장을 분명히 하였다. 특히 나경원법/궁예법 등으로 강력하게 언론자유를 통제하는 정보통신망법(정보통신망 이용촉진 및 정보보호 등에 관한 법률)과 재벌과 조중동 보수신문재벌의 방송장악을 가능케 하는 방송법 국회 본회의 통과를 온몸으로 막아 나섰다.

한나라당이 강행 통과시키고자 하는 방송법은 재벌과 조중동 보수신문재벌의 방송장악을 위한 법이라는 것을 간파하고 지분율을 지상파방송 20%〉10%로, 종편 49%〉30%로, 보도채널 49%〉30%로 줄여서 수정안을 만들도록 막판에 조정하였으며, 국민의 눈과 귀, 입을 막아 언론자유를 완벽하게 통제하는 나경원법/궁예법/Zombie법이라는 '정보통신망법'의 국회 본회의 상정을 막았다.

그리고 야당인 민주당으로 하여금 여당 한나라당과 재벌과 조중동신문재벌의 지분율을 좀 더 축소할 수 있는 기회를 주었다. 그러나 야당 민주당과 한나라당은 대국민 사기극인 강행통과와 무력저지 연극만 계속할 뿐 마지막 협상 조정의 기회조차 외면했다. 방송법의 재벌 및 신문재벌 독점을 막기 위하여 민주당은 충분히 지상파방송 5%, 종편 15%, 보도채널 15%로 지분율을 축소할 수 기회가 있었는데도 말이다.

박근혜는 본회의장 진입이 어려워지자 밖에서 기다리면서 "국민들도 미디어관련법에 대하여 이해를 하시겠지요?"라는 말을 남기고 여야 몸싸움으로 아수라장이 된 본회의장 진입을 포기하고 돌아갔다. 이는 여야당 간의 대국민 사기극에 대한 국민의 상황파악과 박근혜가 여야의 비난을 무릅쓰고 막판에 온몸으로 막아서 국민을 위하여 국회 본회의 상정을 저지한 '정보통신망법'과 재벌과 조중동 거대 신문들의 방송독점을 막기 위한 지분율축소에 대한 이해를 구한 것이다.

이것이 미디어관련법(7개 법안 중 5개 법안 국회본회의 통과 법률로 정해지고, '정보통신망법'과 '디지털전환법'은 아직도 입법화되지 못했다)에서 보인 여야의 대국민 사기극의 내용이며, 박근혜가 모든 비난과 정치공세를 무릅쓰고 보인 정의와 용기의 실례이다. 비록 아직도 국민이 미디어관련법에서 보인 박근혜의 정의와 용기를 이해하지 못하고 있지만 말이다.

4. 세종시 원안 고수와 충청 과학벨트의 철학

지난 대선 경선 후 박근혜의 화해와 화합을 강조하는 경선패배 승복 연설과 대권 승리를 위한 당의 단합을 강조한 위대한 민주주의의 모범을 보인 패자의 도리에도 불구하고, 이재오를 주축으로 한 친이들은 박근혜를 완전하게 무릎 꿇리고자 무조건 항복을 강요하면서 무자비하고 잔인한 핍박을 가하여 "오만의 극치"라는 박근혜의 피눈물 흘리는 울부짖음이 있었다.

그 후 온갖 비리로 곤경에 처한 이명박은 잠시 '국정의 동반자'로 박근혜를 대선 선거에 유인하면서 득표에 활용하였으나, 당선 후에는 또다시 박근혜의 수족을 자르는 친박계의 공천학살이 자행되었다. 박근혜는 또다시 억울하고 비참한 심정으로 "국민들도 속고 나도 속았다"고 피눈물을 흘리면서 학살당한 친박계 의원들의 생환을 기원했다. 친박연대와 무소속 친박의 선전으로 기적을 나은 총선 결과로 친이계의 잔혹한 박근혜 죽이기에 대한 국민의 강력한 응징이 있었다.

그러나 이명박 대통령은 여러 가지 복합적인 정략과 모략으로 세종시 수정안을 들고 박근혜 죽이기를 계속했으며, 박근혜는 '신뢰와 원칙' 및 '원안 +알파'를 주장하면서 여론이나 한나라당 내의 고립무원의 상황에서 강력하게 대통령의 세종시 수정안에 반대하면서 원안 고수를 외쳤다. 갖은 언론매체를 총 동원한 대국민 세종시 수정안 여론몰이와 함께 박근혜를 마지막 궁지에 몰아 여론재판을 실행할 기세였다. 그러나 꿋꿋이 굽힐 줄 모르는 박근혜의 '신뢰와 원칙'은 국민의 심금을 울리고 여론을 반전시켰다. 그러나 끈질기게 세종시 원안 백지화를 획책하면서 박근혜를 죽이고자 하는 흉계는 멈출 줄을 몰랐다.

박근혜와 이명박을 이해하려면 세종시 원안과 수정안으로 대립했던 그 심층적인 진상을 알아보면 바로 그들의 철학과 사상, 정신세계가 극명하게 비교된다. 세종시 수정안의 시초는 다름 아닌 사독교(邪毒敎) 먹사들의 타 종교 정감록신앙을 말살시키기 위한 음모이다. 종교적인 음모가 정상모리배들의 박근혜 죽이기란 정치모략과 결합되었다. 이는 다시 사기와 협잡의 수단을 총동원한 가장 악랄했던 이명박 정권의 정교연합세력의 총공격이었다. 온갖 수단을 동원한 세종시 백지화와 박근혜 죽이기의 모략·흉계·정략·협잡이 총망라된 수치스런 기록이 될 것이다. 세종시 수정안 국회 본회의 부결 후에도 그 흉계와 음모는 '충청 국제과학 비즈니스벨트' 백지화란 이슈로 계속되다가 여론의 뭇매와 영남의 독식·포식에 대한 악화된 국민여론에 밀려 충청 국제과학 비즈니스벨트도 원안대로 정상 환원되었다.

이런 세종시를 백지화시키고자 하던 세종시 수정안을 저지하고 세종시를 유령화시키고자 했던 충청 과학벨트 분산을 획책하던 이명박 대통령의 강한 의지에 끝까지 맞서 싸워 세종시를 지켜낸 박근혜의 신뢰 원리원칙에 기초한 정의와 용기는 세종시와 함께 길이 빛나는 역사가 될 것이다. 세종시 수정안 백지화와 충청 과학 비즈니스벨트 분산을 통한 세종시 유령화의 심층적인 분석과 연구는 이명박 정권을 가장 구체적이며 입체적으로 이해할 수 있는 패악의 정책이기도 하다.

세종시 수정안의 음모와 모략에 대하여 심층적으로 살펴보자.
세종시 수정안의 뿌리는 종교적인 음모다.
멍청하고 악령에 영혼을 팔아먹은 사독교 먹사들은 악령의 좀비가 되어 오두방정을 떨고 오직 정사-진위-선악-미추의 종교-윤리-도덕 중 악령의 교리중심인 사위악추(邪僞惡醜)만을 추종하고 정진선미(正眞善美)를 철저히 파괴·말살하려고 발버둥 치며, 기독교 중 일부 교회는 이미 진정한 기독교가 아닌 사독교(邪督教)로 이런 사독교의 목사는 목사가 아닌 먹사다. 이 사독교 먹사 및 사독교 신도들의 행패와 횡포는 절 태우기, 절 땅 밟기 등으로 이명박 정권 정교연합의 가장 더러운 역사의 기록으로 남을 것이다.

이 대통령 주변을 맴돌면서 이 대통령의 영혼을 사고 세뇌시켜서 악령의 사도로 만들었거나 만들려고 시도하는 일부 사이비 목사들이 바로 사독교 먹사라고 보면 된다. 이미 이명박 대통령의 영혼이 사독교 먹사들에 의하여 영매가 되었는지도 모른다.

이러한 사독교 먹사들은 이미 이 대통령을 부추겨서 서울시를 악령에게 봉헌토록 했으며, 악령에게 봉헌된 서울-수도권에서 어떠한 중앙부처나 독립기관도 세종시로 이전하는 것은 악령에 대한 사기로 죄악이라고 세뇌하여, 세종시로의 중앙부처 이전을 극구 반대하면서 세종시 원안을 완전 백지화시키고 파괴·말살시키고자 하는 것이 사독교 먹사들과 일부 세뇌되어 좀비가 된 신도들의 패악이며 사위악추의 추구며 악령에 대한 맹신이다.

봉헌된 서울에서 티끌 하나라도 세종시에 이전할 수 없다는 것이 먹사들의 음모이며 세뇌이며 악령에 대한 그들의 경도된 종교적 사명이다. 고로 이 대통령이 이미 먹사들에게 영매를 당했다면, 생사를 걸고 세종시 원안 백지화를 관철시킬 것이며, 수단은 사위악추의 총동원이라 예측된다. 이명박 대통령과 사독교도들의 세종시 죽이기는 '충청 국제과학 비즈니스벨트' 분산 시도가 원안대로 정상 환원됐다고 끝난 것이 아니고 한나라당 내의 대선 경선과 대선의 이슈로도 끈질기게 이어지면서 박근혜 죽이기를 시도할 것으로 예측된다.

기독교의 십계명 중 제일 중요한 제 1, 2, 3 계율과 정감록비결의 세종시 관련부문을 비교 검토해보자.

기도교 십계명의 제 1, 2, 3 계명
일. 나 외에는 다른 신을 두지 말라.
이. 우상을 섬기지 말라.
삼. 하느님의 이름을 망령되게 하지 말라.

정감록비결의 세종시와 구세주 재림
"鷄龍鷄足間眼存 眞人居所 山鳥入宮 聖壽何短不幸--
天火飛落燒人間 十里一人難不見------鄭上眞人再生民救諸."
"계룡산과 계족산 사이에 진인이 통치할 수도 터가 있다. 민족의 구세주 진인이 왕궁에 드시어 오랫동안 통치를 하신다. 왕궁에 입궁하시는 날 온통 불꽃놀이로 10리에 사람 하나 만나지 못할 정도로 온 세계 사람들이 수도로 다 모여들 것이다. 진인(민족의 구세주)이 당나귀 타고 재림하시어 백성을 구제하신다./ 이 내용은 단지 성경의 구세주를 흉내 낸 정감록의 세종시 관련 구전일 뿐인데……)"

이 대통령 주변을 맴도는 사악한 악령의 ZOMBIE 사독교 먹사들은 이 예언을 이렇게 해석한다.
1) 세종시 원안의 행정부 이전을 정감록비결의 왕궁으로, 진인을 사탄으로 해석하고 오인하였다.
2) 먹사들은 정감록비결의 정상진인의 만인구제를 재림예수에 대한 모독과 도전으로 인식하였다.
3) 먹사들은 정감록비결의 세종시 원안 건설을 예수의 적 진인을 위한 준비와 우상화로 해석했다.
(십계명 제 1, 2, 3 계명을 명백히 위반하는 사탄과 악마의 시도로 세

종시 원안 추진을 해석한 심각한 사독교 먹사들의 오류다. 또한 사독교 먹사들의 타종교 탄압과 압살의 상징적인 본보기가 세종시 죽이기다.)

이 대통령의 세종시 원안 백지화, 완전 분쇄, 흔적 없애기, 씨 말리기는 흉악한 종교적 인식의 오류가 사독교 먹사들의 확신과 신념이 되고, 바로 이 대통령을 세뇌·교화·영매시키려 했을 것이다. 이들의 입장에서는 악령의 유혹에 반하는 원안 고수를 주장하는 사람들은 악마-사탄-강도로 규정되고 탄압하고 제거하려 한다. 또한 먹사들의 미친 교리에 반하는 단군교, 정감록비결, 불교, 천주교 등 타종교들도 엄청난 탄압과 말살의 흉계에 시달려 왔고 앞으로도 계속 시달릴 것이다.

세종시 원안/수정안 다툼의 시말은 명백한 종교분쟁(전쟁)으로 봐야 한다.

지금까지의 분석과 추론과 논리가 맞고 이 대통령이 이미 사독교 먹사들에 의해서 악령에 영매되었다면, 그는 이미 이성적으로 세종시 문제에 접근하고 해결할 수 없는 상태에 있으며, 어떠한 수단방법을 동원해서라도 세종시 원안을 완전 백지화·파괴·분쇄하고 흔적까지 없애려 할 것이니 세종시를 핵심으로 하는 충청 과학벨트의 백지화는 세종시 수정안으로 세종시를 백지화하고자 했던 사독교 음모의 연장이었다. 온갖 사위악추(邪僞惡醜)로 표현되는 악령의 모든 수단이 동원되고 세종시 죽이기와 박근혜 죽이기는 이명박 정권 내내 계속될 것으로 예상된다. 충청 과학벨트 원안 회귀로 세종시 죽이기가 끝난 것이 절대 아니다.

세종시 죽이기와 박근혜 죽이기의 종교와 정치적인 음모는 결합되었다.

세종시 수정안·원안 백지화는 아직도 끝나지 않고 '충청 국제과학 비즈니스벨트'의 핵심이고 중심인 세종시를 분쇄 파괴하기 위한 사독교 먹사들의 음모는 계속 수단과 방법을 바꿔서 이 대통령에 의하여 진행될 것이다. 차기 대선경선과 대선의 주요 이슈로까지 활용하면서……

이렇게 종교적인 이유로 시작된 세종시 죽이기는 반박 이재오와 김문수가 중심이 되고, 친이재오 계열의 박형준, 차명진, 이해규, 김성식 등 십수 명의 이명박 정권 당정청 핵심에 포진한 민중당 출신들이 주축이 되어 이상득파와 연합하여 벌인 박근혜 죽이기의 정략적인 음모로 발전되었다.

이명박 대통령을 중심으로 한 사독교 먹사들의 종교적 음모와 이재오파의 민중당 출신과 범이파가 공동으로 벌인 박근혜 죽이기의 정략으로 세종시 수정안, 세종시 백지화가 추진되었다. 비록 표면적으로는 세종시 수정안 국회 본회의 표결(2010년 6월 29일 국회본회의/ 재적의원 291, 참석 275, 찬성 105, 반대 164, 기권 6/ 한나라당 찬성 102. 반대 50, 기권 5)로 수정안이 부결되어 완전히 종결된 것처럼 보이지만. 친이·반박의 정략과 사독교 먹사의 음모가 결합되어 악랄하고 악착같이 추진되는 세종시 백지화 박근혜 죽이기 모략·정략은 세종시가 핵심·중심인 '충청 국제과학 비즈니스벨트' 분산이라는 수단과 방법만 바꿔서 줄기차고 끊임없이 자행되었고, 앞으로도 계속될 것이다.

세종시 원안을 지켜낸 박근혜의 약속과 신뢰, 원칙은 또다시 어떠한 희생을 치르더라도 세종시와 세종시의 핵심·중심이 되는 '충청 국제과학 비즈니스벨트'를 지켜내서 세종시를 지방 균형발전과 국제과학 비즈니스벨트의 핵심 거점으로 완성하여 행복도시와 세계중심도시 및 21세기 최첨단 이상 도시로 완성할 것이다.

세종시원안 고수와 '충청 국제과학 비즈니스벨트' 지킴이로서의 박근혜를 보면 그녀의 철학·사상과 정신세계의 근간을 이루는 화(和), 정의(正義), 용기(勇氣), 그리고 순결한 영혼(靈魂)의 참모습을 볼 수 있다.

5. 영남 신공항 계속 추진은 박근혜의 원칙

우왕좌왕 갈팡질팡 오두방정의 패악정치를 하며, 거짓말과 약속 뒤집기, 공약 백지화를 가볍게 해대는 막가파 막무가내 5,000년 우리 역사상 최악의 MB정권에 국민은 깊은 시름과 눈물로 학정 하 인고의 세월을 견디고 있으며, 이런 눈물과 시름, 신음, 고통에도 한 줄기 희망의 빛을 주면서 이미 다다른 국민 고통의 인계점과 울분의 발화점에서도 국민소요를 막고 인내를 몸소 보여주며 국민과 함께하는 정치인이 박근혜다. 박근혜가 없었더라면 패악의 이명박 정권은 이미 벌써 국민의 봉기나 시민혁명으로 흔적도 없었을 것이다.

이런 구국과 정의와 희망의 정치인 박근혜는 역시 '동남권 국제 신공항' 공약 백지화를 선언한 MB정권의 패악과 무신의 정치에 들불처럼 일어나는 영남인들의 분노의 불길을 잠재우고 기다림의 미덕을 강조하면서 동남권 신공항 건설의 필요성과 계속 추진을 발표하여 국민의 불만을 보듬어 안으면서 미래에 대한 희망을 주고, 정치인 신뢰와 원칙의 모범을 보여주며 신뢰와 원칙의 정치를 강조했다.

박근혜 전 대표는 3월 31일 대구 방문에서 이명박 대통령의 동남권 국제 신공항 공약 백지화에 대하여 다음과 같이 분명한 입장을 나타냈다.

"국민과의 약속을 어긴 것이라 유감스럽다. 미래에 분명히 필요할 것이라고 확신하고 있다. 그래서 동남권 신공항은 계속 추진돼야 한다. 지금 당장은 경제성이 없다고 하지만 장기적으로 우리나라 남부권에 신공항이 필요하다는 말을 입지평가위원장도 했다. 그게 바로 미래의 국익이라고 생각한다. 제 입장은 이것은 계속 추진해야 할 것이라 생각한다. 신공항은 건설하는 데만도 10년 정도 걸린다고 한다. 대비를 안 하고 있다가 절실하게 필요성을 느낄 때는 늦었다고 생각할지도 모른다. 앞으로는 국민과의 약속을 어기는 일이 없었으면 좋겠다고 생각한다. 이번을 계기로 해서 우리 정치권 전체가 거듭나야 한다고 느끼고 있다. 정부나 정치권이 국민과의 약속을 어기지 않아야 우리나라가 예측이 가능한 국가가 되지 않겠느냐? 세종시는 법으로 국회에서 통과된 것이었고 이번 공항 문제는 공약을 이행하지 않은 게 됐고 그렇다."

부산광역시 357만, 대구광역시 251만, 울산광역시 100만, 경상남도 324만, 경상북도 272만 총 1,300만 명의 주민을 가지고, 우리나라 제1의 국제항구 부산, 제3의 대도시 대구 및 제1의 산업도시인 울산을 가지며, 대한민국 전 인구의 25%를 가진 지역에 현대시설을 갖춘 국제 신공항 건설은 너무나도 당연하고 타당한 국책사업이다. 이를 정략적인 꼼수로 경제성이 없다는 단견과 어설프고 구차스런 이유로 자신이 한 약속을 무효화·백지화시키는 MB는 일반 윤리도덕과 정진선미의 가치기준으로는 도저히 정상인으로 평가할 수 없는 꼼수와 사기의 달인일 뿐이다.

대한민국 정치인들 중에서 정진선미(正眞善美)와 인의예지(仁義禮智)를 추구 지향하며, 사위악추(邪僞惡醜)의 무리와 불인부지무례무의(不仁不智無禮無義)한 정상모리배들을 소탕 박멸하고 정의롭고 공정하며 윤리도덕률이 확립된 사람 사는 국가를 건설할 유일한 희망이 박근혜다. 또한 옳고 올바름을 말할 수 있는 유일한 정치인이 박근혜다. 이런 박근혜가 지역적인 특성과 미래 수요예측을 통하여 '동남권 국제 신공항' 계속 추진을 천명하여 정의감과 사명감 그리고 용기는 비교대상이

VIII — 박근혜 철학의 사례

국내에 없는 유일무이한 국민 희망의 정치인임을 다시 한 번 우리에게 보여주고 있다.

영남인들도 '동남권 국제 신공항 계속 추진'을 천명하여 신뢰와 원리원칙을 고수하는 박근혜가 말뿐 아니라 행동으로 정의와 용기를 몸소 실천하는 정치인이라는 것을 확인했다. 박근혜에게 기대와 희망을 걸고 영남인들도 솟구치는 MB에 대한 배신감과 울분을 달래기 바란다.

영남인들은 지혜를 모아서 대구-울산-부산과 경남북을 아우르고 어우르고 더불어 연결·연계할 수 있는 이상적인 최적 지역을 찾아서 서로 싸우지만 말고 솔로몬의 지혜를 모아 최소의 비용으로 최대의 효과를 거둘 수 있도록, 화목·화해·화합을 통하여 동남 국제 신공항을 계속 추진 성공적으로 건설하기를 바란다.

또한 이런 미래 비전을 밝혀 영남인들의 울분과 MB에 대한 배신감을 보듬고 어르는 박근혜의 용기 및 신뢰와 정의 원칙에 다시 한 번 뜨거운 박수를 보낸다.

기타 수많은 박근혜의 철학과 사상이 깃든 사례들은 읽으시는 독자들의 사유의 여백으로 남긴다.

사랑방 Ⅷ | 여자가 우는 마음?

7개월이라는 짧은 기간 동안 영어교사로 제천에 재직했을 때의 일이다.

자주 만나 얘길 나누며 밤길을 거닐던 시내 학교 여선생은 아무 말 없이 내 두 손을 잡고 두 눈을 응시하면서 눈물을 글썽이다가 내 손에 쥐어 준 곱게 접은 핑크색 종이쪽지에는 "주님 안에서 사랑하는 구 선생님."으로 시작하여 "주님 품안에서 영원히 말동무 하고 싶었는데……"라면서 결혼을 하기로 결정했다는 내용을 전했는데, 왜 눈물을 글썽였을까?

군산 공군비행장에 정보장교로 파견근무를 하던 시절의 일이다.

초등학교 한 여선생과 말동무로 길안내로 공휴일이면 같이 바다가 훤히 틔어 고군산열도와 강 건너 장항이 보이던 월명공원을 걷고, 더러는 배를 타고 여름방학이면 선유도에도 같이 가면서 오누이처럼 다정하게 지냈다. 나보다도 나이가 많아 누이처럼 대했는데, 고향 부모님 약속과 권유로 군 제대 전에 결혼하기로 했다고 아무렇지도 않게 알려줬을 때 비오는 창밖을 내다보면서 말없이 흘리던 그녀의 눈물을, 헤어지면서 "이젠 더 만날 수 없겠네."라며 두 손을 꼭 잡고 흘리던 눈물을, 그 뒤로 한 번도 만난 적이 없지만 영영 쓸쓸해 보였던 뒷모습과 함께 잊을 수가 없다.

"가면 어떻게…… 혼자만 가면 어떻게…… 나는 외로워서 어떻게?"라면서 엉엉 소리 내어 울고 껴안고 몸부림치던 이별도 있었다. 오만에 나가 홀로 지내던 어느 날 종합병원 앞에서 내 차를 세워 타고 무조건 멀리 멀리 달려보고 싶다던 Viki는 필리핀에서 중동 오만에 와서 병원 간호사로 일하는 외로운 처녀였다. 그 후로 목요일 오후면 만나서 드라이브와 별이 촘촘한 하늘을 보면서 밤이 이슥하도록 얘길 나누던 Viki는 내가 고독을 못 견디고 귀국하겠다고 얘기를 꺼내자 끝없이 엉엉 격렬하게 울었다.

몇 년 후 Viki를 우연히 만난 것은 마닐라의 신축 고급호텔 로비였고, 그녀는 호텔 영업과장으로 내가 그 호텔에 머물 때면 온갖 정성으로 모든 것을 챙겨주었는데…….

옛날 필리핀 독립 초기 부통령의 직계 중손녀인 Nila는 일찍 남편이 사고로 죽은 청상(?3아들 낳고)과부로, 친정에 와서 살면서 내가 필리핀에 처음 살기 시작하여 낯설고 물 설을 때 본인이 자청한 나의 근무 후/휴일 비공식 운전기사, 비서 겸 섭외 및 가이드, 말동무까지 무급으로 해줬던 나보다 10세 젊은 아줌마다. 그녀 할아버지의 동상이 바로 집 앞에 있는 대저택에 언제라도 무상으로 출입하고, 같이 Coconut Shell(야자열매)을 매달아 Orchid도 기르고, 울적한 밤이면 언제라도 정원 테이블에 야식과 커피 한 잔 놓고 대화를 나누던 말동무였는데……. 들락이는 파도 선 따라 야광이 환한 선을 그었다 지우는 늦은 밤 해변 백사장에 앉아 두 무릎 사이에 얼굴을 파묻고 구슬피 어깨를 들먹이면서 울던 Nila는 내가 캄보디아로 떠난 후 바로 재혼했다는 소식만 전해 듣고 만난 적이 없다. 왜 그날 재혼한다는 말을 안 하고 울기만 했을까?

여자가 남자 앞에서 우는 그 마음을 남자인 내가 어찌 알리오마는…… 그래도 말로 다 풀어내지 못한 찌꺼기가 있고, 상대의 마음을 내가 헤아리지 못한 아쉬움도 있어 오래오래 기억되나 보다. 여자의 우는 마음을 어이 남자가 알랴마는…….

Chapter IX

박근혜의 장자방

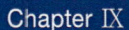

　병법 36계 및 모든 동서고금의 전략전술의 핵심은 적아식별(IFF)〈적의 취약점 및 급소분석(EVA)〈목표물 및 치명적 급소 타격(TAHO)〈평정 및 사후관리(PANO)로 요약된다고 했다. 각각 단계별 설명과 실전에서의 예가 수없이 많고 방대한 분량이 될 것이나, 여러분 각자의 사유와 생각을 위해 남긴다. 적아식별(Identification of Friend or Foe)만 해도 내외의 적을 식별하는 방법도 다양하고 실례와 간첩·세작을 잡는 법도 다양하지만, 우선 취약점 및 급소 분석(EVA) & 목표물 타격(Target Homing)에 관하여 설명하고자 한다. (참고: IFF=Identification of Friend or Foe / EVA=Enemy Vulnerable Point Analysis / TAHO=Target Homing & Attack Operation / PANO = Pacification & Normalization)

　아무리 물샐 틈 없는 완벽한 철옹성이라 해도, 아무리 완벽한 방어대책을 강구한 적이라 해도 그곳에는 언제나 치명적인 급소(Vulnerable Point)가 있고, 이것을 찾아서 공격해야만 가장 효과적·경제적으로 단시간 내에 적을 제압하고 무력화시킬 수 있는 것이다. 아무리 수많은 공격을 하고 주먹을 날리고 포탄을 퍼부어도 적의 치명적인 급소를 타격하지 못하면 소용이 없다. 정치, 경제, 군사, 개인 간의 어떠한 경쟁에서도 공통된 핵심이 바로 취약점, 치명적 급소를 찾고 그 급소를 타격해야 승리를 장담할 수 있다.

취약점, 치명적인 급소란?

공격을 받으면 죽거나 무력화되고 무너지며 부서지는 특정 부위로, 방어도 곤란한 부분이다. 그리스 신화 『일리아스』에서 여신 테티스는 갓난아기였던 아킬레우스를 저승의 스틱스 강에 담가 상처를 입지 않는 무적의 몸으로 만들었다. 그러나 그녀가 잡고 있었던 아킬레우스의 발목 부분은 강물에 닿지 않았기 때문에 발목 뒤 힘줄은 아킬레우스가 상처를 입을 수 있는 유일한 부분으로 남았다. 이 전설에서 치명적인 약점을 뜻하는 '아킬레스건(아킬레스는 아킬레우스의 라틴어 발음이다)'이라는 단어가 유래했다. 결국 아킬레우스도 트로이전쟁에서 그의 치명적인 급소를 알아낸 적장 파리스가 집중적으로 쏘아댄 화살에 발목을 맞아서 전사하고 만다.

골리앗(Goliath)의 치명적인 급소는 투구 사이의 이마빡이었고, 이 치명적인 급소에 날린 다윗(David)의 새총 한 방에 천하무적이었던 골리앗은 죽었다(1 Samuel 17:49).

당나귀 턱뼈(개뼈다귀?)로 수많은 적들을 죽일 수 있었던 천하무적 삼손(Samson)은 요부 Delliah에 대한 사랑에 눈이 멀어서 그의 치명적인 급소인 머리털을 깎여서 죽었다(Judges 16)

또한 역사상 최고의 요새이며 철옹성으로 스페인이 구축한 필리핀 마닐라 만의 Corregidor는 2차 세계대전 시 맥아더 원수가 연합군 사령부로 사용하다가 일본군의 Kamikaze 공격에 밀려서 도망갔다. [During the Battle of the Philippines(1941~42), General Douglas MacArthur used Corregidor as Allied headquarters until March 11, 1942.] 겨우 1945년 상반기에나 회복했다. 이처럼 천하무적도, 철옹성의 요새도 치명적인 급소가 타격당하면 그대로 죽거나 빼앗기고 마는 것이다.

타격당하면 죽거나 무력화되는 특정 부위가 바로 취약점이며 치명적인 급소(Vulnerable Point)다.

다윗이 골리앗을 일격필살로 때려눕힌 것은 바로 조그만 새총이다.

(David defeated and killed Goliath with only a catapult and a stone.

공기돌과 새총으로 거대한 골리앗의 치명적 급소인 마빡을 때려 그를 쓰러뜨렸다.)

나는 어려서부터 이런 약점과 취약점, 치명적인 급소를 알아내서 많은 동물을 잡았다.

쥐잡기운동을 국가적으로 벌이면서, 학교에서 쥐꼬리까지 가져오라고 하던 나의 국민학교 시절에 우리 동네 친구들은 나에게서 쥐꼬리를 고구마나 오징어를 주고 샀다. 쥐 잡는 데는 내가 아직도 우리나라 챔피언일 거다. 쥐는 은폐물만 있으면 비상시 그대로 죽은 시늉을 하면서 모든 동작을 정지한다. 그래서 ㅁ자형 송판에 끝이 날카로운 강철사를 12개 정도 촘촘히 박아서 1.5M 길이의 손잡이를 만들면 온 동네 짚더미(짚동)에 움직이는 쥐는 모두 내 손 안에 있는 것이다. 집집마다 마당에 쌓아놓은 짚동에 바삭바삭 움직이는 쥐는 소리를 지르면 쥐죽은 듯 가만히 있고, 그 달싹달싹 움직이던 지점을 정확하게 찍으면 쥐는 백발백중 찍혀서 찍찍거린다. 그대로 빼면 안 되고 그 부분을 파헤치면 쥐는 꼼짝 못하고 잡힌다. 한 밤중 달밤에 2~3시간만 돌면 50~60마리의 쥐를 잡았다. 꼬리만 자르고 쥐고기는 개나 고양이의 먹이로 쓰면 된다. 이렇게 모아놓은 쥐꼬리는 친구들한테 파는 거고……. 우리 반 쥐꼬리의 반 이상은 내가 잡은 쥐였다. 또한 쥐는 아주 멍청해서 하나의 구멍만 있으면 방이나 광에 침투하여, 외부와 연결된 쥐구멍에 자루를 벌려놓고 쫓으면 들어온 구멍으로 달아나다 잡힌다. 쥐의 취약점은 이것이다.

두더지는 동틀 무렵에 땅을 파고 움직여서 농작물에 막대한 피해를 주는 동물이다. 나는 어린 시절 꼭 동네 어른들의 부탁을 받아야 두더지를 잡아줬다. 한 마리 잡아주는 데 쌀 반 되 받고, 두더지는 침 흘리는 아이들에게 약으로 쓴다고 쌀 반 되, 두더지 가죽과 털은 겨울철 귀싸개로는 최상품으로 2마리로 귀싸개 1개를 만들면 쌀 두 되를 받아 두더지 한 마리로 총 쌀 두 되를 벌었으니 큰 수입이었다. 요청이 안 오면 안 잡아줬다. 두더지도 소리를 지르면 죽은 척 동작그만을 하는 것이 취약점이자 치명적인 급소로, 움직이던 지점 전후 30cm를 미리 삽으로 막고 파낸다. 주의할 것은 기존 굴에서 바로 벗어난 지점 옆에 은폐하기에 넓게 파내야 한다. 삽으로 파서 훑으면, 두더지는 햇빛 아래서는 눈이 멀어서 제대로 도망을 못 가며, 노끈으로 강한 앞다리를 꽁꽁 묶어서 매달아 놓으면 된다. 우리 앞마당에는 수십 마리나 되는 두더지가 매달려 있었다. 먹이는 두엄 속 지렁이만 주면 계속 살릴 수도 있었으니 큰 수입이었다.

쥐와 두더지의 취약점은 적을 만나면 일시적으로 죽은 척하는 것이다.

뜸부기는 농병아리라고도 하였는데, 옛날에는 엄청 많았다. 나는 뜸부기 잡는 데도 선수였다. 주로 들판 가까운 야산의 싸리나무에 집을 짓고 알을 낳는다. 저녁에 알을 품는 암놈만 하나 투망을 던져서 잡는다. 미리 낮에 투망을 던지기 좋게, 뜸부기 집 부근의 나무나 풀을 전부 제거하고, 싸리나무 근처에 올가미(P자형)들을 설치하고, 밤에 살금살금 기어서 물고기 잡는 투망을 던지면, 암뜸부기를 잡을 수 있었다. 이렇게 잡은 암뜸부기는 속살은 전부 제거하여 박제를 만들어 논두렁 가에 막대기에 매달아 세워놓고 주변을 올가미와 새그물로 막아 놓으면, 부근의 뜸부기 수놈은 전부 내 것이었다. 하늘로 날아가던 수뜸부기는 박제된 암놈을 보면 그대로 수직 낙하하여 수작을 부리다 올가미에 걸리거나 아니면 그물에 걸린다. 암뜸부기 박제 3개로 면내의 거의 모든 뜸부기를 잡을 수 있었다. 뜸부기는 옛날 폐결핵에 좋다고 약으로 썼고, 양기부족에 특효라고 보신제로 소문이 나서, 1마리 쌀 한 말에도 서로 사려고 했다. 옛날 쌀 1말이면 엄청 큰돈으로 5말이면 1달 하숙비였으니 지금 돈으로 거의 10만 원 이상의 가치였다. **뜸부기의 치명적인 급소는 암놈을 지나치게 밝히는 색광이라는 것이다.**

한국의 유명 땅꾼(직업으로 뱀 잡는 사람)과 멧돼지 사냥꾼(엽사), 어부(물고기 잡는 사람) 등도 내가 코치를 하면 최고의 땅꾼, 사냥꾼, 어부가 될 수 있다. 옛날 고향에 오는 땅꾼은 제일 먼저 나한테 와서 흥정을 했다. 꿩 사냥꾼(미군들 포함)들도 제일 먼저 나한테 왔다. 내가 뱀들이 겨울잠 자는 곳, 꿩들이 몰리는 곳, 물고기들이 꼬이는 곳을 알기 때문이다. 용문산 김중위 뱀사탕 집도 내가 잘 안다. 그러나 나의 원칙은 필요 이상 남획은 절대로 하지 않는다는 것이며, 상기 쥐, 두더지, 뜸부기 잡는 법을 공개한 것도 쥐나 두더지는 해로운 동물이고, 뜸부기이는 이제 희귀조류로 보호되고 있기 때문이다. 또한 이런 동물들의 멸종도 가져올 수 있는 각 야생동물들의 취약점, 치명적인 급소는 내 동생들에게도 절대로 아직까지도 공개한 적이 없는 극비 사항이었다. 그리고 이런 야생동물들의 취약점, 치명적인 급소를 찾아내는 것은 수많은 연구와 실험·시험을 나름대로 거쳐서 알아냈던 것이다.

모든 병법과 경영기법의 핵심은 적아식별 후 적의 취약점, 치명적인 급소의 정확한 타격으로 죽이든지 무력화시키든지 아니면 항복을 받아내는 것이다. 이는 전쟁은 물론, 정치나 사업 경쟁에서도 똑같이 적용되는 것이다. 이명박 대통령, 박근혜, 김문수, 이재오, 손학규, 유시민 등 대통령과 유명 정치인들의 취약점, 치명적인 급소를 나는 다 파악할 수 있다.

나 '진실과 영혼'은 이런 나의 타고난 재능을 그냥 동물을 잡는 잡기로 잠재우고 싶지는 않다. 한 겨울 엄동설한에 얼음물에 빨래를 해도 손이 시린 줄을 모르는 빨래방 부부의 비법을 사서, 그 비법을 국가 간 전쟁에서 병사들이 동상에 걸리지 않도록 활용하여 전쟁을 승리로 이끈 중국의 고사처럼, 급소를 찾는 나의 재능을 국가와 민족을 위한 더 큰 일을 위하여 활용하고 싶다.

이렇게 적과 상대방의 취약점과 치명적인 급소(Vulnerable Point)를 파악하여 효과적으로 적과 상대를 제압할 수 있는 전술전략을 구사하며 국가를 세운 유방의 신하인 장자방과 같이 현대의 정쟁과 대권경쟁에서도 같이 더불어 대권승리를 도모할 유능한 참모는 필요하다. 이런 의미에서 유능한 참모며 충실한 동지로서의 지원자가 바로 장자방이다.

지난 당내 경선에서 1인6표제란 엉터리 당규에 의하여 당내 경선에서 패배하고 눈물을 삼킨 것은 박근혜에게 장자방과 같은 상대의 취약점과 치명적인 급소를 파악하여 효과적인 공격과 방어를 할 수 있는 전술전략을 구사할 참모가 없었기 때문이라고 생각한다. 이런 정쟁과 대권경쟁에서조차 정당한 전술전략의 구사까지 용납하지 않는 것이 박근혜의 원리 원칙일 수는 없다. 차기 당내 경선과 대선을 통한 대권 쟁취를 위해서 박근혜에게 꼭 필요한 참모는 효과적인 전술전략을 구사할 수 있는 장자방이다. 온갖 사기, 협잡, 흑색선전, 모략, 음모...등이 난무할 총선, 당내 대선경선, 대선의 혼탁한 정치판에서 대권쟁취를 위하여 박근혜에게 현대적 의미의 전략전술가인 장자방은 꼭 필요하지 않을까?

1. 박근혜에게는 장자방이 필요하다

응원단은 많은데, 유능한 코치나 운동장에서 같이 뛰어야 할 선수가 없다. 명분과 높은 국민지지가 있어도 이를 활용할 수 있는 강태공, 장자방, 제갈량 같은 전략가가 없다. 원칙·신뢰는 있어도 이를 결집 표로 응집시킬 계략과 모략이 없다. 정쟁과 전쟁 대권다툼은 유사 이래 지금까지 계속해서 모략의 역사인 것을……

주(周)는 기원전 1046년경부터 기원전 256년까지 은을 멸하고 상을 이어 중국에 존재했던 중국 역사에서 가장 오래 유지된 나라로, 무왕은 육도(六韜)를 지은 강태공(姜太公)의 도움을 받아 국가를 세우고 기초를 다졌다.

한(漢, 기원전 206년~서기 220년)은 고조 유방(劉邦)이 장자방(張子房=張良)의 도움으로 역발산기개세의 항우를 물리치고 천하를 통일하여 장량-소하-한신(=創業三傑)의 도움으로 약 400년을 지속하였다.

촉한의 거렁뱅이 유비는 제갈량(諸葛亮)을 삼고초려로 모셔다가 위-촉-오의 흥미진진한 삼국지의 대장정의 주인공이 되고 국가의 기반을 다졌다.

姜太公 用七十二候 使鬼神如奴之(강태공은 칠십이후를 써서 귀신을 종처럼 부렸고)

張子房 用三十六計 使鬼神如友之(장자방은 삼십육계를 써서 귀신을 친구처럼 부렸으며)

諸葛亮 用八陣圖 使鬼神如師之(제갈량은 팔진도를 써서 귀신을 군사처럼 부렸느니라.)

시 한 수로 그들의 전술전략과 모략을 요약했듯이, 역사 속의 개국이나 창업에는 언제나 강태공, 장자방, 제갈량 같은 신출귀몰의 전술전략과 모략을 구사할 수 있는 조력자가 있어야 하는데 박근혜 곁에는 모략을 구사할 장자방과 같은 유능한 참모가 없음이 안타깝다.

지난 한나라당의 대선전 경선을 관전하고 또다시 복기하면서 애석하고 애통했던 것은 완벽히 이긴 경선을 요망한 여론조사 1인6표란 모략과 함정에 빠져서 지고 말았으니 바로 곁에 강태공도 장자방도 제갈량도 없음이 한스러운 것이다.

이런 실패는 첫 번째는 애통하고 애석하지만, 두 번째는 멍청한 것이고, 세 번째는 바보(fool)가 되는 것이며, 네 번째는 천치가 되는 것이다.

그러함에도 불구하고 지금까지도 이러한 치명적인 급소며 취약점(vulnerable point)을 보완하지 않고 있으니, 박근혜가 차기 대권을 염두에 두고 있다면 순진하다기보다는 화가 날 정도로 멍청하다. 뜬금없이 박근혜를 멍청하다고 말하면 불평이 많을 것이다. 그 이유를 설명할 테니 들어보고 내 설명이 타당하지 않으면 나에게 돌을 던지던지, 욕을 하던지, 침을 뱉던지 맘대로 하라!

세종시 수정안 징후의 연기는 지난해 3~4월부터 모락모락 피어올랐고, 이 진실과 영혼은 "그 누가 세종시를 흔드느뇨?"라고 게시판에 수차 글을 올려서 일깨워줬는데도 친박과 박빠들은 "미친놈이 뭔 소릴 하는거?" 하면서 대책도 없이 비웃기만 했다. 정운찬이 세종시 수정을 거론할 때까지도 아무런 대비도 반응도 전술도 없이 침묵으로 일관하다가 "세종시 수정안은 박근혜를 잡기 위한 모략이다."라고 두 번이나 소리를 질러줘도 대비나 대책도 없고 또한 세종시 수정탄을 집어서 도로 상대에게 던질 수 있는 묘수를 짜낼 강태공도 장자방도 제갈량도 박근혜 곁엔 전혀 없었다.

박근혜 상대편의 대권 쟁취를 위한 모략과 권력투쟁에는 국민의 고통이나 국론분열은 안중에도 없다. 수정안 꼼수는 제 야당과 박근혜를 원 안에 몰아넣고, 수정안 찬성의 이기적인 표를 한나라당으로 모아 대권을 쟁취하려는 음모며 흉계며 정략적인 모략이었다.

고로 세종시 수정안은 박근혜가 한나라당의 차기 대선 당내 경선을 치른다면, 친이계가 내세우는 후보는 틀림없이 세종시 수정안을 다시 꺼내들 것이다. 또한 한나라당이 분당되어 친이계와 박근혜가 대권경쟁을 하게 된다면 그들은 다음 대선의 주요 이슈로 활용할 게 틀림없다. 야당 단일 후보와 박근혜 그리고 한나라당 반박의 대선 3자구도가 되면, 야당 단일 후보와 박근혜가 세종시 원안을 고수할 수밖에 없는 상황을 활용 세종시 수정안은 다시 대선의 주요 이슈가 될 것은 틀림없지 않은가? '충청 국제과학 비즈니스벨트'를 분산시켜서 세종시를 유령화하고 박근혜를 죽이기 위한 MB정권의 끈질긴 시도도 있었으니 말이다.

예쁘다고, 착하다고, 옳다고, 믿을 만하다고, 지지율이 높다고, 응원단이 많다고, 조토마의 필력 높은 논객들이 전부 박빠라고 하여 대권이 굴러오는 것은 절대 아니다.

상대의 모략과 전략전술을 방어하고 역이용하며, 신출귀몰의 묘수로 그들의 치명적인 급소인 삼손의 머리털을 뽑고, 아킬레스의 발뒤축을 걷어찰 수 있는 선제적인 전략전술을 구사할 수 있는 강태공을 찾고, 장장자방을 모시고, 제갈량을 수소문하여 박근혜의 취약점을 보완해야 한다. **지난 경선이나 지금까지의 수동적인 기다림의 전술이 박근혜의 개헌과 대권 전술이라면 대권과 복지국가의 실현은 기대난망의 꿈이고 희망이지 현실일 수는 없다!**

단시일 내에 완벽하게 세종시 수정안과 '충청 국제과학 비즈니스벨트' 분산으로 세종시와 박근혜를 죽이고자 하는 저들의 꼼수와 모략을 역이용하여, 국론을 분열시키고 국가이익을 등한시하고 오직 사리사욕의 꼼수나 부리는 불순한 집단을 완전 고립화시키고 초토화시킬 수 있는 강태공-장자방-제갈량을 구할 수 없다면 박근혜의 차기 대권은 불가능하다고 단언한다.

유려하고 설득력 있는 필력과 정의·원칙·신뢰의 박근혜의 철학이나 도덕성이 상대보다 훨씬 훌륭하며 세종시의 원안이 아무리 수정안보다 좋다고 절륜한 친박 논객들의 함성이 있다한들 차기 대선에서의 박근혜 대권쟁취를 보장할 수 있는가?

박근혜에게 지금 우선적으로 필요한 것은 높은 지지율도, 논객과 지지자들의 하늘을 찌르는 응원의 함성도 아니다. 그녀에게 꼭 필요한 것은 제대로 전략과 전술을 능동적으로 구사할 수 있는 강태공-장자방-제갈량이며 3명이면 금상첨화로 좋고 한 명이라도 꼭 있어야 한다.

2. 박근혜에게 꼭 필요한 장자방은?

통신(Communication)이란 의미는 동식물 동족 간 또는 이종 간에 상호 의미·의사를 전달하는 모든 수단과 방법을 의미하며, 음성, 문자, 기호, 부호, 동작, 표정, 자극 등 어떤 형태로든 이런 의미·의사·지시가 전달되면 광의의 통신이라 할 수 있다. 물론 불특정 다수를 향한 대량 전달매체인 신문과 방송, 인터넷 등 대중매체도 통신의 중요한 부분을 차지한다. 이런 통신은 인류의 역사와 더불어 그 중요성을 더해왔고 역사는 통신의 활용으로 바뀌어져 왔으며, 이제는 이 대중매체를 비롯한 통신이 사회변혁과 정치·문화·교육 등 모든 것을 바꿔나가는 가장 중요한 원동력이며 수단이 되었다.(Communication과 인류역사의 발달에 관한 글은 너무 방대하여 향후 짧게 요약하여 게재하겠음)

이런 통신의 활용과 장악은 바로 세계와 국가의 역사와 사회의 변화·변혁을 일으킬 수 있는 원동력이며, 주동적으로 이런 통신을 장악하면 얼마든지 정치·경제·사회·문화·교육·군사 등 역사를 의도하는 방향으로 바꿀 수 있다. 특히 정치의 흐름과 변화는 통신의 활용이 원동력이며 주동력이며 또한 심장이고 기관(Engine)이다. 육성과 봉화 깃발의 통신은 전화와 무선으로 발달하였고, 라디오·TV를 비롯한 방송으로 발전하였으며, 지금은 인터넷과 휴대폰, Twitter, Face Book을 통한 Social Network의 시대에 살고 있다. 전보-전화-Telx-FAX-Internet-Face Book-Twitte-Application으로 발전하는 통신은 우리의 일상과 세상은 물론 국제무역의 양상도 급격하고 다양하게 변화시키며 전 세계를 동시화하지 않는가?

유방과 항우의 대결이나 삼국지의 모든 전쟁들도 결국은 음성, 입소문, 통신을 활용하여 승패를 가른 말을 활용한 통신의 전쟁이었다. 4.19의거는 벽보와 함성, 5.16혁명과 전두환, 노태우, 김영삼, 김대중까지는 방송과 신문이 정권교체와 정치변혁의 주요한 수단이었으며, 노무현에 이르러 인터넷과 손전화(Cel-phone)가 혁명을 이루었고, 이명박은 여론조사(갤럽 등)의 결과를 조작 왜곡하고 활용하여 대권을 쟁취하였다. 튀니지에서 장기독재에 항거해 일어난 시민혁명인 재스민혁명이 이웃 이집트의 장기 독재자 무바라크를 축출하고 리비아 카다피의 장기집권의 독재를 종식시켜가며 중동 전역 및 전 세계를 뒤흔드는 강력한 위력의 원천은 Twitter & Face Book, Internet과 신문 방송이 결합된 Social Network를 활용한 통신이다.

이런 의미에서 내년(2012년)에 실시되는 한국의 총선과 대선은 Twitter, Face Book, Internet과 기존의 신문과 방송 등의 대중매체가 모든 선거의 승패를 좌우할 것은 명약관화하다. Social Network란 Twitter와 Face Book, Internet, 휴대전화 등 최첨단 통신기기를 통하여 겹겹이 연결되어 짜인 사회연결망으로, 국내는 물론 전 세계를 동시에 연결해주는 최신 소통의 가장 중요한 수단이다. 통신의 발달로 변화 발전하여 최첨단의 소통수단이 된 Social Network를 주도적으로 유효 적절하게 구사할 수 있는 사람이 총선에서 승리하고 대선도 승리할 수 있으며, 이 통신의 활용이 총선과 대선의 승패를 좌우할 것은 예측이 아니라 엄연한 사실이 되었다.

Social Network를 활용하여 여론을 주도할 박근혜의 장자방은?
총선과 대선은 바로 Social Network 활용의 통신전이 될 텐데…….

사면초가를 구사한 유방에게는 장자방이 있었고, 삼국지의 유비에게는 제갈량이 있었으며, 독일의 히틀러에게는 대중 선전선동의 천재인 파울 요제프 괴벨스(Paul Joseph Goebbels)가 있었고, 이명박에게는 최벨스라고 하는 이명박 대통령 만들기의 일등공신이며, 여론조사 조작과 대중매체 장악의 괴재(怪才) 최시중(방통위원회 위원장 연임. 아직도 숨은 실력자.)이 있다면……. 박근혜에게는 이 대중매체와 Internet, 휴대전화, Twitter, Face Book 등 첨단 통신을 총망라하여 형성된 Social Network를 유효적절하게 동원(Mobilization)하고, 유효적절하게 활용(Utilization)하여, 의도하는 최대/최상의 효과(Effective Maximization)를 창출해낼 수 있는 천재적인 정략을 구사할 Social Network Communication의 달인이 있어야 하겠다.

물론 Twitter와 Smart & I Phone Application에서 선두를 달리고 있는 박근혜가 이 Social Network 활용을 위한 통신에서도 탁월하게 우위를 점하고 있지만 결정적인 국면과 순간에 모든 통신을 유기적으로 유효적절하게 구사할 장자방, 제갈량, 괴벨스와 최벨스를 모두 합친 능력을 발휘할 통신활용의 천재를 구해야 한다.

히틀러에게 괴벨스가 있고, 이명박에게 최벨스(최시중)가 있다면, 박근혜에게는 이들을 능가하는 Social Network Communication을 유효적절하게 구사할 Social Network Communication의 종결자이며 달인 장자방이 필요하지 않을까?

박근혜의 장자방은 바로 이 사람—Social Network 여론형성과 주도 및 통신활용의 달인.

박근혜의 모든 갈등과 대립을 화해·화합으로 승화 해결하려는 화의 철학, 인의예지 윤리도덕에 기초한 순결한 영혼, 정진선미의 가치관에 근거한 정의, 그리고 이 모든 철학과 사상 영혼을 행동으로 변화시키는 용기를 갖춘 박근혜가 모략과 병략을 가동〈활용〈최대화시키는 전술전략조차 거부하고 오직 신뢰와 원칙과 무위자연으로 정치를 하고자 하는 그 순수함에서 장자방을 거부하기에는 우리의 정치판은 너무나 살벌하다. 그러기에 최소한 능동적인 전술전략의 구사는 아니더라도, 악의적인 공격을 방어하는 전술전략가로서의 장자방은 정치현실에서는 꼭 필요하다.

박근혜의 장자방을 꼭 찾아서 박근혜와 함께 박근혜의 꿈을 펼칠 수 있고, 국민과 국가를 패악의 무리로부터 보호할 수 있어야 하겠다.

3. 박근혜 대선가도에 예상되는 걸림돌들

대도무문(大道無門), 정도무적(正道無敵)이라지만 인생사는 항상 정의가 승리하지 못한다. 항상 정의가 승리하는 세상은 지상이 아니라 천국이라야 가능하다. 박근혜가 순결한 영혼의 바탕 위에 화해와 화합의 화(和) 철학 및 정의와 용기로 철두철미하게 정도를 걸으며 신뢰와 원리원칙을 고수하는 정치지도자며 차기 대권경쟁에서 타의 추종과 비교를 불허하는 바람직한 지도자임에는 틀림이 없다. 대도무문과 정도무적의 정치를 실천하는 유일한 정치인이다.

그러나 이런 박근혜의 대선 가도에도 넘고 극복해야 할 장애물은 많기도 많으며, 분열과 갈등, 불의, 비겁으로 박근혜의 화(和)-정의-용기에 반대·저항하는 무리가 현 정치인들의 대다수다. 또한 지금까지의 정치는 이런 정상모리배들이 교묘하게 분열과 대립 갈등을 조장하고, 불의한 불법과 편법 탈법을 활용하고, 비겁하게 사실 왜곡 및 조작으로 혹세무민하여 정권·대권을 탈취하여 왔다. 과연 박근혜가 이런 썩어빠진 정치계를 정화시키면서 대도무문·정도무적을 현실화시킨다면 그것은 기적이고 또한 정치혁신의 신기원이다.

박근혜가 이명박의 실정과 패악과 대형비리 부정부패에 가담하거나 주동적으로 앞장서지 않고, 가능한 한 이명박 정권이 정도를 가도록 중대 고비마다 야당보다도 더 적극적으로 막아선 것을 국민은 안다. 검역주권을 포기한 미국 쇠고기 수입, 비정규직 보호법을 노동 착취법으로 하려던 기간연장의 획책, 국민에게 고통을 주려던 나경원법을 비롯한 미디어관련법, 사독교도들과 정권의 당정청이 합세한 세종시 수정안 흉계, 세종시 수정안 연장선상의 모략인 충청 과학 비즈니스벨트 분산 획책, 동남권 신공항 백지화로 박근혜의 텃밭을 초토화시키려던 모략 등 이명박 정권의 주요 패악정책을 막아선 사람이 박근혜임에는 틀림없다. 그러나 야당과 대선 경쟁자들은 박근혜를 현 이명박 정권 실정과 무능력, 부정부패, 대형비리, 독선정치 포식자들의 독식 등의 공동정범으로 규정하여 정치적인 공격을 맹렬하게 전개할 것이다.

박근혜가 이명박 정권의 모든 실정의 공동정범이란 굴레와 멍에가 바로 첫 번째 걸림돌이다.

세종시 수정안과 충청 과학 비즈니스벨트 분산은 세종시 죽이기이며 박근혜 죽이기였고, 그 모략의 배후세력은 세종시를 정감록 예언이라 착각하는 기독교에 기생하는 사독교(邪毒敎) 먹사와 사독교 먹사에게 영매당한 정상모리배들이었다. 사독교 먹사들은 여야 정치인들을 완전히 쥐고 흔들고 있으며, 한기총을 비롯한 한국 개신교도 이들에 의하여 지배당하고 있다. 이들은 여야 반 박근혜 정치인들과 연합하여 박근혜의 대권쟁취를 온갖 비열한 수단방법으로 방해할 것이다. **사독교도들과 이들이 지배하는 여야 정상모리배들이 박근혜의 대선승리를 막는 두 번째 걸림돌이 될 것이다.**

박근혜의 신뢰 원리원칙의 정진선미(正眞善美)의 가치와 인의예지(仁義禮智)의 윤리도덕의 고수는 박근혜의 흔들림 없는 불변의 철학과 사상이기에 박근혜 대선전략은 이미 다 노출된 상태인 데 비하여 정상모리배들의 야합과 꼼수, 협잡과 조작은 예측할 수 없는 수많은 수법을 동원하여 수단방법을 가리지 않고 혹세무민 여론을 호도하여 반전을 시도할 것인데, 과연 모두 노출되고 예상되는 원리원칙으로 사위악추(邪僞惡醜)와 불인부지무례무의(不仁不智無禮無義)한 정상모리배들을 물리치고 대선승리를 성취할 수 있을까? 대화와 협상을 통한 공화의 대북정책을 무한무력경쟁과 흡수통일론으로, 지방 균형발전 정책을 수도권 역차별론으로, 복지정책을 좌파정책으로, 동서화합정책을 득표전략으로 공격하면서 불법·편법을 동원한 온갖 꼼수와 모략을 구사할 것인데, 끝까지 원리원칙을 고수할 박근혜는 여야 부패한 정치권의 공동의 적이 될 수 있다. **부패한 여야 전체의 사위악추, 불인부지무례무의한 정상모리**

배와 불순세력이 박근혜의 신뢰와 원리원칙의 정치를 방해하며 세 번째 대선승리를 막는 걸림돌이 될 것이다.

박근혜가 이런 3가지 걸림돌을 극복하고 대도무문, 정도무적을 실현하여 한국정치 풍토 쇄신의 기적과 신기원을 이루어낼 수 있기를 간절하게 바라며, 이런 대선 승리의 걸림돌들을 효과적으로 치명적인 급소를 타격하는 전략전술을 구사하여 물리칠 수 있는 장자방은 박근혜에게 꼭 필요하다. 그러나 박근혜는 전략전술의 구사나 정략과 모략을 동원하지 않고 오직 정진선미와 인의예지의 원리원칙과 대도 및 정도로만 대적하려 한다면, 과연 타락한 정치에서 대선승리를 장담할 수 있을까?

박근혜에게는 대선의 효과적인 전략전술과 최소한 정적들에 대한 선제공격은 아니더라도 예상되는 온갖 정적들의 비겁한 모략과 흑색선전 및 정략을 동원한 공격을 효과적으로 방어할 수 있는 전술전략의 대가인 장자방이 꼭 필요하다. 이런 유능한 전략전술의 대가며 유방의 대업을 가능하게 한 참모인 장자방 같은 대선을 총 지휘할 사람이 필요하다. 그러나 이런 대선의 전술전략 구사까지도 박근혜는 정도와 원칙에 위배된다고 믿는 것 같아서 참으로 안타깝다. 모략과 정략이 난무하는 대선에서 과연 원리원칙과 정도만을 고집할 박근혜가 답답하기도 하다.

사랑방 Ⅸ | 최고 병법 36계 주위상(走爲上)

병법 36계는 저자나 연대가 불투명하지만 손자병법과 더불어 또는 하나로 합쳐져서 인류 최고의 병법서로 전해지며, 현대 군대의 전술전략으로서만이 아니고 기업과 국가 경영의 전략으로서도 고전 중 하나로 꼽는다. 병법 36계는 승전계-적전계-공전계-혼전계-변전계-패전계 6부문으로 나뉘고, 부문마다 각각 6계략이 있어 제1계 만천과해(滿天過海)부터 제36계 주위상(走爲上)까지 총 36계의 각 상황에 따른 계략이 총망라되어 있다. 또한 이 36계의 현대적 해석과 심층적인 연구는 무한한 범위로 확대 해석되고 적용될 수 있어, 모든 국가정책이나 군사작전도 36계로 해석할 수 있고 미래 상황 전개를 예측할 수도 있다. 36가지의 계략이 각각 심오한 의미를 지니고 있지만, 이런 36계 중에서도 가장 뛰어나고 최고 백미의 병략·계략·모략이 최종 36계 주위상(走爲上)이다.

병법 36계 중에서도 최고·최선·최종의 계략인 제36계 주위상(走爲上/줄행랑)에 대하여 사유와 명상을 통하여 느끼고 생각했던 것들을 심층적으로 다시 종합하여 살펴보고자 한다.

지피지기백전불태(知彼知己百戰不殆)로 유명하고 용간 편 등의 내용을 가지고 불후의 병법으로 손꼽히는 손자병법과 병법 36계는 별도거나 36계를 손자가 계승 발전시켜 지혜와 실전경험과 경험을 총 집대성하여 손자병법을 만든 것 같다. 따라서 엄밀하게 병법 36계와 손자병법은 전혀 별개가 아니라고 생각한다.

제36계 주위상은 패전계에 포함되어 전황이 불리하거나 여의치 못했을 때 도망간다는 줄행랑으로 해석하나, 단순하게 꽁무니를 빼고 똥줄이 빠지게 도망가는 의미가 아니라, 그 속에는 아주 심오한 계략과 모략이 있다. 특공에서의 도피 및 탈출(Escape & Evasion)과 그에 따른 생존술(Survival)도 주위상의 범주에 드는 병략이다. 더 나아가 분산전개(分散展開, dispersion)는 생물들이 특정 지역에 오랜 기간에 걸쳐 번성하거나, 지구 전역으로 흩어지는 것으로 역시 주위상의 심층적 의미이기도 하다. 또한 달려 도망가는 것만이 주위상이 아니라 상대에게 굽혀서 위기를 모면하는 것도 주위상이라 할 수 있다. 불량배의 가랑이 밑을 긴 한신, 와신상담(臥薪嘗膽)의 월왕 구천과 구천의 원수를 갚도록 도와 월나라의 재상이 된 범여가 "구천은 고생은 같이할 수 있어도 기쁨은 같이할 수 없다"면서 월왕 구천을 떠나는 것, 삼국지 병법과 전술 전략의 최고수라는 제갈량을 공깃돌처럼 가지고 놀고, 진나라 건국의 기초를 닦아 삼국지 대미를 장식한 사마의/사마중달의 모든 병략·계략·모략의 요체 또한 36계 주위상이다.

모택동(毛澤東)은 중일전쟁 시 일본군과의 전투에서도, 장개석 국민당 군대와 싸울 때도 도망을 가면서 패배감에 사로잡혀 무모한 정면대결을 벌이지 않고, 게릴라전을 펴는 제36계 주위상을 유효적절하게 쓴 결과, 민심을 등에 업고 대륙을 통일하는 최후의 승자(勝者)가 됐다. 일본 전국시대(戰國時代)를 통일한 도요토미 히데요시가 발휘한 병법(兵法)도 바로 마지막 제36계 주위상이다. 천하의 패자(覇者)가 된 유방(劉邦), 사마중달, 모택동, 일본 도요토미 등의 공통점은 때에 따라서 자신을 낮출 줄 아는 하심(下心)이었다. 병법 36계의 패전계와 그중에서도 마지막 제36계 주위상이 가장 어려운 이유는 위기의 상황에서 스스로 굴욕감과 자포자기로 솟는 울분과 자포자기의 만용을 이기는 극기(克己)와 고통을 참아내는 인내가 뒤따라야 하기 때문이다. 승산 없는 싸움을 하지 않고, 굽히고 달아나서 승산 있는 형세까지 인내하며 기다리라는 것이 제36계 주위상의 진정한 의미다.

패배감에 사로잡힌 일본제국이 태평양전쟁에서 보인 가미카제식 옥쇄(玉碎), 사면초가로 단 한 번 유방에게 패전한 후 오강에서 자결한 항우(項羽), 유방의 명장 한신이 배수진으로 조에 맞서 승리한 병략을 본떠 임진왜란에서 신립은 충주에서 배수의 진을 치고 결사적으로 싸웠으나 패하고 전사하였으니…… 이런 역사적인 사례에서 자존심과 용기, 애국 충정은 기려야 되지만 제36계 주위상의 관점으로 본 병법구사로는 실패한 예들이다. 손자(孫子)는 "세상을 살아가는 처세술 중에 가장 힘든 것이 자신의 능력을 감추고 바보인 척 굽히면서 기회가 올 때까지 살아가는 것-즉 가치부전(假痴不癲)이다"라고 했다. 도망가야 할 때 도망가는 것은 비겁한 게 아니며, 불가항력에 극기, 인내로 만용과 자존심을 억제하여 굽힐 줄 아는 것이 진정한 지혜며 이것이 제36계의 진짜 의미이기도 하다. 불리(不利)한 형국(形局)을 냉철하게 인정할 줄 알고, 자존심을 희생하고 모멸감을 참 줄 아는 자만이 병법 제36계 주위상(走爲上)을 참되게 이해하고 펼칠 수 있는 진정한 용기를 지닌 사람이다.

병법 제36계 주위상(走爲上)은 줄행랑이 최고의 병법이라는 의미 외에, 승산이 없을 때나 효용이 없을 때 굴욕과 만용을 이겨내고 인내 극기하며, 충분한 승산이 있을 때까지 참고 기다리는 병략·계략·모략이다. 중동의 대추야자 씨와 시궁창에서도 꽃을 피워내는 연 씨는 떨어진 장소에서 싹이 터서 자랄 수 있는 환경이 조성될 때를 기다리며 3,000년을 인내하고, 코코넛(야자)은 하염없이 물에 떠다니면서 발아할 수 있는 적지를 찾아 10년을 기다린다고 한다. 무릇 역사상 모든 영웅호걸들은 자신을 굽히는 하심(下心)과 인고의 기다림을 이겨낸 사람들이며, 그들은 제36계 주위상을 깊이 이해하고 실천한 위인들이며, 또한 이것이 심층적인 제36계 주위상의 교훈이다.

지난(2011년) 3월 3일 아침 코엑스에서 열린 기독교의 국가조찬 기도회를 보면서 권력의 무상함, 정진선미와 인의예지의 정의와 정도의 무한한 위력을 새삼 느꼈다. 절대 권력자 MB에 빌붙어서 그간 호가호위하고 이기적인 목적을 이루려던 뭇 잡배들의 MB 배척과 공격에 인간적인 비애도 느꼈다. MB가 정진선미와 인의예지를 스스로 걷어차고 권좌·권력을 좇았던 사위악추와 불인부지무례무의한 무리에게 조롱당하고 배척당하여 사면초가가 된 처량한 상황을 애처로운 마음으로 바라보았다. 이제 MB에게 남은 것은 권력을 좇아 모여들었고 또한 MB가 불러들였던 이기주의적이고 사위악추(邪僞惡醜)를 좇는 무리들에게 시달리고 배척당하고 버려질 일만 남았음을 느꼈다. 그간 MB정권의 온갖 패악과 부정을 질타했던 나도 MB가 불쌍한 생각이 들고, 이제는 MB가 정진선미 인의예지로 진심에서 돌아만 온다면, MB를 도와야 하겠다는 생각이 들어서 이 글을 쓴다.

이 대통령은 3월 3일 오전 서울 강남구 삼성동 코엑스에서 3,500여 명이 참석한 가운데 열린 제43회 국가조찬기도회에 참석, 인사말을 통해 "상대를 이해하고 존중하면서 겸손하며 자신을 절제하는 자세가 지금 우리 사회가 화합을 이루고 성숙하는 데 꼭 필요하다고 생각한다. 그동안 한국 교회는 사회를 긍정적으로 변화시키는 데 늘 앞장서 왔다. 앞으로 더욱 적극적으로 나눔을 실천해 우리 사회의 그늘진 곳을 돌보는 데 앞장서 주길 바란다. 중동의 정치 불안으로 국제정세가 불안정한

글·그림 : 김윤길

대권을 향한 박근혜와
대통령직을 마쳐야 하는 이명박 대통령

가운데 세계경제도 예측이 어려운 상황이며, 우리가 다시 한 번 하나 되어 나아간다면 당면한 여러 어려움을 극복할 수 있을 것이라 확신한다.”고 말했다. MB의 구국기도회 연설은 다만 형식적이고 알맹이가 없는 수사(Rhetoric, 修辭)에 지나지 않았고 그럴 수밖에는 없었을 것이다.

이 대통령은 최근 정치권과 기독교계에서 반대하는 이슬람채권법(수쿠크, Sukuk)에 대해서는 언급하지 못했다. 일개 교회의 목사가 겁도 없이 “대통령 하야 운동도 불사한다.”며 공개적으로 설치는 모욕적인 업신여김을 당하고서도 겁을 잔뜩 먹고 일언반구 언급도 하지 못하고 무릎을 꿇었다. 기독교에 기생하는 극렬한 사독교(邪毒敎)의 안하무인·오만방자한 횡포는 드디어 국가원수인 대통령까지도 좌지우지할 수 있다는 과대망상의 상황에까지 이르렀다.

이런 어이없는 상황은 대통령직을 위하여 정사·진위·선악·미추의 구별 없이 필요하다면 끌어서 이용한 MB의 자업자득, 자승자박, 제 발등 찍은 결과라 고소하기도 하지만, 일면 애처롭고 불쌍하기도 하다. 앞으로 전리품 분배에서 소외되었다고 서운해 하는 사독교 좀비 먹사들의 MB 물어뜯기는 점점 도를 더해 갈 것인데……. MB의 레임덕은 곧 MB가 대권쟁취를 위하여 끌어들인 사독교 먹사들과 사독교도인 좀비들에 의하여 가속화될 것은 명약관화한 사실이기에 더 MB의 처지가 가련하기까지 하다. 저들은 이기적인 저들의 이익 외에는 국가나 민족을 생각하지 않고 반국가·반민족 패악도 서슴지 않을 사탄의 사도들이기에 절 태우기와 절 땅 밟기도 공공연하게 자행하는 무뢰배들이 바로 사독교 먹사와 사도교도인 좀비들이니 말이다.

MB는 지원세력이라 생각했던 사독교(邪毒敎) 먹사와 사독교도들의 배신과 공격뿐 아니라, 정치계의 친이계라는 정상모리배들 중에서도 대권이란 권력의 전리품 분배에서 소외되고 버림받았다고 생각하는 정두언, 이재오를 위시한 친이계의 신랄한 공격과 배신도 각오하고 예상해야 한다. 이재오가 흔들어 제치는 분권형 대통령제라는 얼토당토않은 개헌은 MB가 원하는 개헌이 아니라, 이재오의 강압과 떼거지에 MB가 어쩔 수 없이 굴복한 개헌이라 판단된다. 고로 MB는 이런 개헌을 국회에 제안할 마음도 없고 이런 이재오 개헌을 같이 추진할 의도도 없다는 것은 명확하다. 어렴풋이 청와대 수석들을 통해 이재오 개헌 불 지피기에 찬물을 끼얹는 것을 보고, 친이 일부조차도 딴죽걸기를 하는 것을 봐도 미루어 짐작할 수 있지 않은가? 이재오가 말하는 골리앗은 바로 이재오 개헌에 적극적인 지지를 하지 않는 MB며, 이재오가 다윗이 되어 골리앗 이마빡에 고무줄 새총을 쏴 쓰러뜨리겠다는 것도, 경우에 따라서는 MB에게 강력한 반기를 들겠다는 공갈 위협이며 경고가 아니겠는가?

이재오가 흔들어대는 개헌도, 충청도의 과학벨트나 동남 신공항도, 대구시장 김범일과 친박의원 조원진이 주동이 된 낙동강 조(兆)떼기인 Eco Polis란 Casino Cruiser Fleet 시도 등 수많은 정권 내의 전리품 분배 요구에 MB는 더 이상 나귀 팔러 장에 가면서 사람들 말에 흔들리다가 나귀와 함께 강물에 떨어져 죽은 부자처럼 흔들리면 안 된다. 이재오 개헌, 과학벨트, 동남공항, 낙동강 카지노선단 등 MB가 주동이 되어 추진한다고 착각하지 말고, 모두 다 대권이란 전리품의 논공행상을 바라는 사위악추, 무지무례불인불의한 자들의 농간이라는 것을 MB는 적확하게 깨달아야 한다. 이들의 반발과 배신과 공격이 무서워서 끌려가거나 흔들린다면 MB의 정권 말기와 퇴임 후는 처참한 비극만이 기다리고 조국 대한민국의 앞날에는 검은 먹구름이 끼고 전임 대통령들의 비극은 반복될 수 있다.

MB가 조국 대한민국을 배신하지 않고 자신도 살리는 길은 제일 먼저 MB를 둘러싸고 영혼을 영매(靈買)하고 MB를 쥐고 흔드는 기독교 탈을 쓴 사이비 종교인 사독교(邪毒教)의 사슬에서 벗어나야 하고, 다음 이권과 권력을 탐해 모여든 친이라는 너울을 쓴 오사리들을 물리쳐야 하고, MB 스스로도 지금까지의 목적을 위해서는 수단방법을 가리지 않는 사위악추(邪僞惡醜)를 추종하는 악습을 과감하게 집어 던져버려야 한다. 모두가 쉽지 않고 담배 끊기보다 어려운 일이겠지만, 국가와 민족의 비운을 막고 MB 자신이 영원히 살기 위해서는 비장한 각오로 저들의 사슬에서 벗어나, 정진선미와 인의예지의 화신이며, 국민의 열광적인 지지를 받는 정의인 박근혜에게 도움을 청해야 한다.

사면초가에 몰린 MB의 구원자는 박근혜이며, 그간의 온갖 거짓말과 사위악추, MB 실정으로 MB의 말은 누구도 곧이듣지 않는 최악의 상황에서 신뢰와 원칙의 정치인 박근혜가 아니면 MB를 구원해 줄 사람은 이제 아무도 없다. MB는 비참한 임기의 최후와 불운한 퇴임 후 여생에서 구원받기 위해서는 지금이라도 사위악추, 불인부지무례무의에서 개과천선, 대오각성, 금선탈각, 심기일전하여 국가와 민족의 미래를 걱정하는 정진선미와 인의예지의 정의 공정의 정도로 돌아와야 하고, 박근혜의 도움과 지원은 불가피한 필요충분조건이 되었음을 심장으로 느껴야 한다. 이제라도 박근혜와 진정한 정권의 동반자관계를 회복하는 것이 국가와 민족이 살고 MB가 살 수 있는 유일한 생명줄이며 구원의 길이다.

사면초가의 MB여.

국가와 민족과 자신을 위하여 패악질을 멈추고, 정도회귀 GH 앞에 무릎을 꿇겠는가?

정진선미 신뢰와 원칙의 GH여.

MB의 실정과 패악의 공동정범이란 누명을 쓰고, 차기 대권을 버린다 해도 국가와 민족을 위해서라면, GH 죽이기에 몰두한 MB라도 구원의 손길을 잡겠는가?

사랑방 X | 고독

사람들이 살면서 말 못하는 병이 고독이라는 병이며, 평생을 살면서도 느끼지 못하던 사람도 이승의 생을 이별하고 저승으로 떠나면서 마지막 순간에라도 한 번은 느끼는 병이 고독(孤獨)이라는 병이다. 고독이란 추억이 많을수록 기억력이 좋을수록 느끼는 병이며, 고독에 몸부림친다는 유행가 가사처럼 외롭고 홀로라는 인간 본연의 자신을 깨달을 때 느끼면서 몸부림치며 찌릿하게 느끼는 병이기도 하다.

옛날 1986년도에 오만(Oman)에서 가족도 없이 홀로 첫 해외생활을 할 때 피부로 느낀 것이 고독이다. 그 당시 중동 오지에는 대사관 직원 3명과 코트라 직원 1명, 원양수산 직원 1명 그리고 그들의 가족 전부를 합쳐서 교민이 총 18명이었다. 그러니 한국 사람들을 만나서 한국말로 정과 혼과 진실을 담은 우리말을 할 기회가 별로 없었으니 혼자 고독을 달랠 수밖에 없었다. 아랍, 방글라데시, 파키스탄, 영국, 인도, 이집트인이 내 사무실 직원들이니 한국인인 나까지 7개국 사람이 모여서 일했다. 공통어는 영어로 업무적이고 사무적인 언어 소통이야 가능하지만, 서로 다른 언어로 정과 감정과 혼을 소통할 수는 없었으니 더러 일주일 내내 한국말을 못하고 지내는 그 답답함을 상상할 수 있겠는가?

그 시절, 휘영청 밝은 달을 보며 도저히 감내할 수 없는 고독감에 자정 넘어 바닷가로 차를 몰아 달려, 트렁크에서 낚시도구를 꺼내 담그면 절벽 아래 부딪히는 파도소리가 더 고독감을 고조시킨다. 그래도 머리를 흔들어 고독을 쫓아내고 드리운 낚시에 열중하다 보면 30cm 이상의 고기들이 잡히고 어망에 모으지만 "야~ 큰 고기 잡았네."라고 소리쳐주는 친구도 없고, 준비된 회칼과 초고추장을 꺼내 잡은 고기 중 하나를 골라 몇 점 회를 맛보지만, 안개처럼 희미하게 비치는 달빛 아래 파도소리를 들으며 베어 무는 생선회가 더 고독에 몸부림치게 한다. 홀로 딱딱한 자갈 사막에서 인조 잔디 위 배꼽티에 올려놓고 치는 사막-골프도 역시 못 견디게 사무치며 몸부림치는 고독을 부추기며 달래진 못한다. 이런 고독감이 사치라고? 이런 홀로 느끼는 외로움이 사치라고? 사치가 아니다. 고독은 병이며, 어쩔 수 없는 병이며, 죽음에 이르는 병이 고독이며, 죽으면서 모두 느끼는 몸서리치는 감정이 바로 고독이다.

　최근에도 몇몇 모임에 나가 주거니 받거니 술잔을 기울이다가 보면 막차가 끊기고, 친구와 헤어져서 찾을 수 있는 곳은 터미널 근처 찜질방이다. 집에 갈 친구들 억지로 붙잡아 같이 찜질방에서 밤을 새울 수는 없잖은가? 이렇게 홀로 남은 찜질방에서 온갖 추억과 생생한 기억으로 참을 수 없는 고독에 몸부림치고 찌릿하게 몸서리까지 치는 이 세상 홀로 남은 고독을 알겠는가?

　헤밍웨이의 『노인과 바다』에서, 늙은 어부가 바다에 나가 고기를 잡으려 했지만 84일 동안 한 마리도 잡지 못하다가 천신만고 끝에 8척이나 되는 청새치를 낚아 가까스로 잡은 물고기를 끌고 바닷가에 도착했을 때, 잡은 물고기는 이미 고기떼에 먹혀 뼈만 앙상하게 남아 허무와 공허를 표현한다. 그의 모든 『무기여 잘 있거라』 『누구를 위하여 종은 울리나』 등의 작품을 통하여 풀고자 노력했던 인간의 감정이 바로 고독이다. 헤밍웨이는 이 작품으로 1953년에 퓰리처상을 받았고 1954년에는 노벨 문학상을 받았다. 그러나 1961년 헤밍웨이는 고독을 못 이겨 엽총으로 자살했다. 유서에 "지금 나의 영혼은 필라멘트가 끊어진 전구처럼 고독하고 어둡다"라고 자기의 마지막 고독한 감정을 표현하여 기록으로 남기면서……. 비록 세상의 부와 명예를 다 거머쥐었지만 어둡고 우울한 인생의 고독을 헤밍웨이도 이길 수 없었다.

　헤밍웨이나, 노벨문학상도 거절하면서 글발을 휘날린 골초 사르트르, 생텍쥐페리의 『어린왕자(Le Petit Prince)』나 예수와 석가모니가 인류에게 전하려 한 것은 바로 이 고독의 의미와 고독의 극복이었으니…….

　패션모델 김유리는 "아무리 생각해봐도 백 번을 넘게 생각해봐도 세

박근혜 공명과 합성

상엔 나 혼자뿐이다"라는 글을 미니홈피에 남기고 자살했다고 한다. 또 어느 아나운서는 아파트에서 투신자살을 했고, 많은 연예인들이 고독을 이겨내지 못하고 자살을 하니 역시 고독은 우리에게 가장 무섭고 이겨낼 수 없는 병이 아니겠는가?

고독이 우리 인생의 가장 크고 치명적인 병이라는 사실을 나도 전하고 싶다. 고독이란 병에 걸리면 모든 것이 허무하며 공허이고 무의미해지니, 우리가 만들어온 이승의 허구 속에서 그냥 고독을 잊고 지내야 하지 않겠는가? 고독은 사치가 아니라 치명적이며 죽음을 부르는 병이다.

현재 대한민국의 상황은 겉으로 보기와는 달리 이명박 대통령의 집권 기간 동안 가장 부패하고 신뢰와 원칙이 무너지고, 승자독식으로 인하여 가장 대형비리가 만연하며, 빈부의 격차로 인한 양극화가 극심한 상황이 되었다. 정진선미(正眞善美)의 가치관은 무너지고 인의예지(仁義禮智)의 윤리도덕은 허물어져서 최악의 상황에 처해 있다. 이런 혼돈과 혼동의 국가 상황은 누군가 소명의식과 투철한 국가관 및 정의와 용기로 결단을 가지고 살신성인(殺身成仁)의 희생정신으로 나서서 바로잡지 않으면 안 될 최악의 상황에 이르렀다. 그릇됨과 거짓 및 패악과 추악함이 판치는 사회가 돼버린 지금, 사위악추(邪僞惡醜)와 불인부지무례무의(不仁不智無禮無義)를 온 사회에서 일소 구축하지 않으면 안 될 상황이다.

그림 : 김윤길

박근혜의 결단은 철학과 사상을 바탕으로 혼자 해야 하는데……

국민의 가장 높은 지지를 받고, 이런 최악의 조국을 정의롭고 공정한 사회로 정상 환원시킬 수 있는 유일한 인물은 바로 박근혜가 아닐까? 지금까지 살펴본 박근혜의 철학과 사상 및 순수한 영혼으로부터 나오는 위력과 마력을 가진 말과 사위악추와 불인부지무례무의에 맞서 떨쳐 일어설 수 있는 용기를 가진 유일한 인물은 바로 박근혜라고 믿어 의심치 않는다.

동서남북의 지역갈등인 남한과 북한의 극한 대립은 일촉즉발, 위기일발의 전쟁 위험으로 치닫고 있으며, 남북의 화해와 화합의 길은 점점 멀어지고 골은 깊어만 가고 있다. 헐벗고 굶주린 북한 인민들의 참상을 외면하면서 감정의 골은 점점 깊어만 가고 있다. 영남과 호남의 동서대립과 갈등은 점점 각 지자체 간 국책사업에 대한 유치경쟁으로 더할 수 없는 최악의 상황으로 치닫고 있으며, 이명박 대통령은 이런 지역감정과 대립 및 갈등에 기름을 부어 불을 지르고 있으니 조국의 앞날이 점점 암흑으로 변하고 있다. 동남권 국제 신공항을 흔들어서 대구/경북과 부산/경남까지도 감정대립이 심화되었고, 충청 국제과학 비즈니스벨트의 공약을 뒤집어 수년간의 대국민 홍보자료와 원안도 백지화하여 영남에 흩고자 하는 노골적인 의도를 드러내어 충청권의 피해의식과 분노는 하늘을 찔렀다. 비록 과학벨트는 여론의 악화로 원안대로 추진하기로 했다 해도…….

빈부우학(貧富愚學)의 사회계급 간 대립과 갈등도 고조되어 거의 발화점에 도달해 있다. 부자감세와 정부의 재벌보호정책 및 저축은행 부도사태로 드러났듯이 승자들의 불법적인 독식으로 인한 서민들의 불만은 언제라도 누군가 앞장서서 선동만 하면 민란을 야기할 정도로 비등하고 있다. 기득권과 특권층에 만연하는 그들만의 신성불가침의 기득특권의 철옹성 구축은 이제 빈민과 서민이 범접을 할 수 없는 상황에 이르고, 로스쿨과 조기영어유학으로 상징되는 부자들만의 세상은 가진 자들이 빈·서민을 수탈하고 핍박하는 상황으로 갈등(葛藤)에서 살펴본 무자비한 강자의 약자 학살극을 연출하고 있다.

이런 상황에서 시민혁명이나 무장봉기는 수많은 희생자를 낼 수 있고, 자칫 더 심각한 철권독재로 인하여 상황의 악화를 가져올 수도 있다. 가장 바람직한 난국의 극복은 평화로운 선거를 통한 정권교체며, 평화로운 정권교체의 선봉에 박근혜가 나서서 국민의 단합된 힘을 모으는 구심점 역할을 할 수 있기를 바란다. 다시 모략과 정략과 타락한 선거전으로 국민이 선전선동에 속아 영영 아수라의 지옥을 만들기 전에 박근혜는 구국의 용단으로 정진선미와 인의예지에 근거한 그녀의 철학과 사상을 바탕으로 정의·공정과 정진선미를 구호로 복지국가 건설을 기치로 국민 앞에 적극적으로 나서서 현재의 최악으로 내닫고 있는 국가 상황을 타개하는 선봉에 서야 할 것이다.

박근혜는 정진선미(正眞善美)와 인의예지(仁義禮智)를 상징하는 정의와 공정, 그리고 복지국가건설로 국민의 힘과 염원을 모을 수 있게 떨쳐 일어서 기치를 올릴 수 있는 구국의 용단을 내려야 할 상황이다. 지금까지의 수동적이고 소극적인 자세에서 탈피하여 적극적이고 용감한 구국의 용단을 내려주기를 바란다.

1. 박근혜도 적극적으로 움직여야 한다

작년(2010년)에는 한나라당 친박(친박근혜)계 주요 인사들이 잇따라 탈박(脫朴; 친박에서 벗어남)을 '선언'하면서 그 정치적 배경에 관심이 모아졌다. 박 전 대표의 비서실장을 역임한 진영 의원은

2010년 8월 12일 한 인터뷰에서 "이제 친박이란 울타리에서 자유로워지고 싶다. 앞으로는 친박이 아니라 중립으로 불러 달라."고 했다.
- 신문기사에서 발췌

친박에서의 이탈은 어쩔 수 없는 현상이고 이는 역으로 살피면 이명박 정권의 불법사찰이 얼마나 강력하게 진행되고, 친이의 회유와 협박과 강압이 얼마나 견딜 수 없이 진행되고 있는지 미루어 짐작할 수 있다. 또한 인간은 상호 영혼의 교류와 공명이 이루어지지 않으면 살기 위해서 조직을 이탈하고 주군을 배반하고 등 뒤에 비수를 꽂는 것은 어쩔 수 없는 생존 본능이다. 인간 세상에서 범인은 이익을 위하여 모여들고, 손해를 피하여 흩어지는 것이 당연하기도 하지 않는가?

예수그리스도는 이러한 인간의 본성을 알고, 그들의 마음을 붙들고 감화시키려고, 최후의 만찬에서는 12제자의 발까지 씻겨주시며 영혼과 영혼의 감화와 교류를 시도하셨지만 12제자 중 아무도 예수의 진심을 받아들이지 않았다. 가룟 유다는 예수를 팔아서 현금을 챙기고, 예수가 잡혀가자 12제자들은 모두 도망가고……. 그래도 예수를 제일 가까이서 모셨다는 수제자 베드로만이 차마 도망가지 못하고 근처에 머물렀지만 그 베드로조차도 "첫 닭이 울기 전 너는 3번이나 나를 부인할 것이다."라는 예수의 예언대로 "난 저 사람을 모르며 한 패가 아니다."라고 예수를 3번 부인하자 첫 닭이 울었다고 한다. 이런 현상이 바로 인간들의 본성이며 탓하지 못할 생존을 위한 몸부림이 아니겠는가? 왜? 살기 위해서…….

그 후 베드로는 후회와 눈물로 고통스럽게 참회하고 제자들을 다시 불러 모아서 선교활동을 벌이기 시작했다. 고대 로마 네로 시대 때, 로마에서 유대인 노예들 사이에 포교·선교를 하던 베드로는 핍박을 피해

로마를 등지고 도망가고 있었다. 그때 도망가는 베드로에게 죽은 예수가 나타났는데, 예수는 로마로 가고 있었다. 로마로 올라가는 것을 보고 베드로(Peter)가 "퀴바디스 도미네(주여 어디로 가시나이까?)"라고 물었다. 그러자 예수는 "네가 버린 내 양들을 위해 내가 또다시 십자가를 지러 로마로 간다."고 하였고, 이에 베드로는 주님의 뜻을 확실히 깨닫고 통곡하며 돌아서서 유대인 살육과 핍박의 현장 로마로 돌아가 결국 베드로는 예수와 같이 십자가에 사형당할 수는 없다며, 자청해서 거꾸로 십자가에 매달려 순교 당했다. 폭군 네로에 의한 베드로의 순교가 없었다면 오늘날의 그리스도교는 흔적도 없었을 것이다. 베드로는 사후 제1대 교황으로 추대되었고, 베드로의 순교로 그리스도교의 불씨를 살려낸 것이다. 이런 얘기의 줄거리가 그 유명한 영화 〈퀴바디스〉 다.

그보다도 훨씬 전 석가모니 부처에게는 각 방면에 으뜸가는 10명의 제자가 있었다.

사리불(舍利弗, Sariputra): 지혜제일(知慧第一)

목련(目連, Maudgalyayana): 신통제일(神通第一)

마하가섭(摩訶迦葉, Mahakasyapa): 두타제일(頭陀第一)

아나율(阿那律, Aniruddha): 천안제일(天眼第一)

수보리(須菩提, Subhuti): 혜공제일(解空第一)

부루나(富樓那, Purna): 설법제일(說法第一)

가전연(迦?延, Katyayana): 논의제일(論議第一)

우바리(優婆離, Upali): 지계제일(持戒第一)

라후라(羅?羅, Rahula): 밀행제일(密行第一)

아난다(阿難陀, Ananda): 다문제일(多聞第一)

이상이 부처를 따르면서 가르침을 받던 각 방면에 제일인자인 제자들이다. 이 중에서 부처 사후에 두타제일 Mahakasyapa(마하가섭)이 그리스도교의 베드로처럼 지도자가 되었다. 부처 생전의 제자들끼리지만 처음에는 상호불신과 정통성 시비가 있었으며, 각 방면에 제일이기 때문에 각각 최고 정통 석가모니의 제자라고 권력투쟁까지 있었다. 마하가섭(Mahakasyapa)의 권위와 최고수장의 직책에 가장 심하게 도전한 사람이 다문제일(多聞第一)이며, 부처의 말씀을 토씨하나 빼놓지 않고 외운 것은 아난다였다. 그가 없으면, 부처의 생생한 말씀을 전할 수 없었다. 마하가섭(Mahakasyapa)은 난감하지만, 결단을 내렸다.

"아난다야. 네가 석가모니 부처님의 말씀을 토씨 하나 빼놓지 않고 기억함은 불경편찬에 꼭 필요하다. 그러나 지금 너의 행태로 판단할 때 네가 말할 부처님 말씀의 진위에 대한 판단을 할 방법이 없다. 그러니 진정 부처님이 모든 중생에게 왜 깨달음을 전달하기 위해 이런 말씀을 했을까 하는 말 속의 진리며 알맹이를 네가 완벽히 깨달을 수 있을 때까지는 너의 머릿속 부처님 말씀은 아무런 의미가 없다. 그러니 남은 제자들의 상호 우애와 협조를 위해서 널 파문할 수밖에 없다. 완전히 말씀 속의 진의·알맹이를 깨우쳤을 때 돌아오라."고 하며 내쫓았다.

수제자의 자리를 차지하려는 아난다(Anada)의 반발은 심했고, 스스로 자신이 석가모니 부처의 진짜 수제자임을 강조하면서 새로운 종단을 만들기도 했으나, 세월이 가면서 느낀 바 있어 수행과 고행을 연마하여 부처의 말씀 속의 진의·알맹이가 뭔지를 깨달은 후, 자기가 기억하고 있는 모든 말씀은 오직 왕겨와 같은 껍질이었고, 진리의 알맹이는 그 말씀을 제쳐낸 후에나 얻을 수 있음을 깨닫고, 마하가섭(Mahakasyapa)에게 진정한 마음으로 사죄하고 받아들여져서 오늘날의 불경이 만들어졌다고 전해져 내려온다.

박근혜는 지난 한나라당 내 대선 경선에서 여론 전화조사 1인6표제란 이상야릇한 술수로 대권을 사기당하고, 험난한 와신상담과 절치부심의 세월을 지내고 있으며, 박근혜를 따랐던 많은 사람이 이탈하고 있으며, 위의 예수와 부처의 이야기에서 살펴본 바와 같이 친박 의원과 한나라당의 전당대회 시 당원들 이탈은 불가피한 상황이며 불가항력이다. 이를 알기에 박근혜는 초연하게 미소 짓고 있는 것이다. 예수나 석가모니 부처의 제자 12명과 10명도 예수와 부처의 사후에나 그 스승들의 진정을 깨달아서 진정한 희생과 정진으로 참 제자가 되는데, 하물며 친박 의원들이야 말할 나위도 없다. 그들의 이탈을 두고 밉지만 그들만을 탓할 수도 없는 것이다. 살고자 하는 인간 본연의 본능을 우리가 어찌 나무라고 탓하겠는가?

또한 앞으로의 참 정치를 위해서 진정으로 마음과 마음 영혼과 영혼이 통하는 친박 의원 2명만이라도 남아 있으면 행복한 것이고, 부처처럼 10명이면 족한 것이다. 그러나 상호 소통을 위해서 박근혜도 예수처럼 친박 의원들과의 잦은 대화와 만남으로 발이라도 씻겨주는 영혼의 소통을 시작해야 한다. 부처처럼 각 분야 제1인자들을 찾아나서야 한다. 이제는 정중동의 수동적인 자세에서 적극적이고 능동적인 자세로 바꿔야 한다. 말 속에 든 씨를 이해하기에는 많이 부족한 사람들이지만, 애써 설명하고 또 대화를 통해서 설득도 해야 한다. 말은 곧 천지의 창조주 하느님이며 또한 모든 신이며 나의 신이며 그 말이 나의 말이 바로 나 자신이다. 이젠 친박 의원, 지지자들, 국민 속으로 파고들어 그들과 직접 대화하고 소통하는 자세의 변화를 시도해야만 한다. 모든 철학 사상을 펼쳐 보이는 실천과 행동이 진정한 용기가 아니겠는가?

박근혜도 이제는 예수처럼, 석가모니처럼 적극적으로 인재를 찾고 찾은 인재들을 놓치지 않기 위해서 최선을 다하면서 발이라도 씻어줄 정도의 성의를 보여야 한다. 친박 의원, 지지자들, 국민과의 잦은 접촉과 대화를 시작해야 한다. 국민에게 국가와 사회의 실상을 알리고, 같이 구국의 길에 동참할 것을 호소해야 한다. 무위자연으로 모든 상황의 변화는 유동적이며 인위적으로 상황을 반전시키지 않으면, 다가오는 여당 내의 경선이나 여야의 총선과 대선에서 국민을 이해시키고 설득시킬 시간적인 여유도 잃고 만나는 기회도 잃을 수 있다. 그러니 적극적으로 나서야 한다.

이제는 대중·민중 속에 파고들어서 대화하고 소통하고 박근혜의 철학과 사상과 진실과 혼을 전하고 제갈량도 구하고 석가모니처럼 각 분야의 제1인자들을 찾아 나서야 한다. 박근혜의 순결한 영혼과 말의 위력, 정의, 용기, 복지국가의 이상을 국민에게 다가가서 설파할 시간이 왔으며, 충분한 시간과 기회와 인내로 국민을 복지국가 건설의 길로 함께 갈 수 있도록 그들에게 다가가야 할 시간이다.

이제는 소극적이고 수동적인 자세에서, 적극적이고 생사를 건 자세로 이상과 목표를 향해서 움직이고 뛰고 세력을 확장하고 투쟁할 때다. 친박이나 지지자들의 억울한 압제와 핍박은 적극적으로 나서서 몸으로 막고 보호해줘야 한다. 행동과 실천이 없는 모든 철학과 사상과 깨달음은 무용지물이며, 행동과 실천은 정의와 화합을 위한 이타심에서 우러나는 용기의 발로다. 용기를 내서 행동과 실천을 시작할 때며, 그 행동과 실천은 빠를수록 좋겠다.

이것이 정진선미, 지고지선의 가치를 확립하고 만인의 건강-풍요-행복-평화의 복지국가를 건설하는 고난의 길이며, 국민을 위해 고난의 십자가를 져야만 하는 운명, 그것이 박근혜에게 내린 신의 소명이다. 정진선미와 인의예지의 확립 및 복지국가를 건설하고자 하는 박근혜의 애국위민의 순결한 영혼은 이제 고난을 무릅쓰고 떨쳐 일어나 움직여야 한다.

정진선미와 인의예지에 바탕을 둔 정의롭고 공정한 사회와 복지국가 건설을 기치로 올리고 떨쳐 일어나서 적극적으로 국민들에게 다가가 진심과 진실을 전하고 순결한 영혼과 영혼의 공명을 일으켜야 한다.

2. 한국은 어디로 가나?

한반도 유사 이래 최악인 MB정권의 작태는 대한민국을 끌고 캄보디아와 필리핀으로 가고 있다. Killing Field의 나라 캄보디아로 가는지, 지방 정벌(政閥)에 의한 지방분권과 도박천국 필리핀으로 가는지 아직 분명하지는 않지만 두 나라 중에 한 나라로 가고 있음은 분명하고 확정적이다.

2011년 2월 16일 대통령 경제특보 강만수의 말을 통해, 4대강사업은 의구심과 의혹으로만 난무하던 호텔과 레저산업이라고 공개되었으며, 강만수 특보가 말하는 엄청난 파생산업을 발생시키는 거대한 사업이란 바로 필리핀이 대표적 국가사업으로 운영하는 Casino며, 불법도박 Juetteng이고, 동네마다 합법적으로 만연하는 Cockfighting으로 상징되는 도박천국을 의미한다. 또한 분권 형 대통령제, 의원내각제를 주장하면서 개헌의 전도사가 된 이재오와 지방분권, 강소국연합을 주장하는 이회창이 배와 죽이 맞아서 개헌을 앞장서서 추진하고 있는 절박한 상황이다. 이런 개헌음모는 기득·특권층의 중앙권력 나눠먹기며, 지방을 갈라 먹자는 흉수가 너무 악의적이라서 자칫 캄보디아의 Killing Field 상황이 대한민국에 벌어질 수 있다. 이에 '진실과 영혼'은 오늘의 대한민국 상황을 면밀히 분석하여 여러 국민에게 경종을 울리고자 한다.

낙동강 변 대구 달성에 만들고자 하는 '에코워터폴리스(Eco-waterpolis)'사업의 핵심은 Casino Cruiser Fleet(도박선단)을 만들겠다는 것이다. 바로 강만수 대통령 특보가 입을 열어 마각을 드러낸 것이다. 애초부터 4대강사업, 대운하사업이란 강·물 살리기란 포장을 씌워 막무가내 마구잡이로 강바닥을 파내면서 강변 땅을 호텔로, 보를 보트장으로, 강들을 Casino Cruiser Fleet 운항 통로로 만들어 수십조 원을 들이붓고, 낙동강부터 한강·금강·영산강·섬진강까지 온통 Casino Cruiser Fleet을 띄우겠다는 음모가 숨어 있을 수 있다.

▶ 대구 달성에 띄우고자 하는 Casino Cruiser Fleet의 모선
  과 같은 크기의 크루즈선 = 22만톤급

(22만 톤 Casino Cruiser의 진실 http://blog.daum.net/hwhp/253 참조)
　낙동강 Casino선단은 바로 PAGCOR(Philippine Amusement and Gaming Corporation)를 모델로 하고 있다. PAGCOR는 필리핀 대통령궁 직속의 도박 사업이며, 공식적으로 필리핀 국세청과 거의 맞먹는 국가재정을 담당하는 사행성 도박 사업으로 국가가 관장하며 전국에 널리 퍼져 있고, 곳곳에 PAGCOR가 운영하는 Bingo Parlos까지 합치면 가히 도박천국을 이룬다. 이걸 본 따서 또는 이런 어마어마한 이권을 특정 기업체에 주어서 조(兆)단위 정치자금과 개인적인 착복을 하자는 것이 4대강개발의 핵심으로, 이것조차도 바로 필리핀의 제도와 도박 사업

XI | 박근혜 구국의 결단

을 모방하고자 하는 검은 음모로 짐작할 수 있다.

낙동강 Casino Cruiser Fleet이 성사되면 Casino 매출의 12배, 이익의 24배나 되는 불법도박인 Juetteng(훼뗑)의 한국판이 나오고, 지자체마다 운영하는 Cock-Fighting(닭싸움)의 한국판이 필연적으로 나오게 된다. 더불어 축출된 마르코스 부인 이멜다가 국회의원, 아들이 주지사, 딸이 시장을 하며 정벌(政閥)들의 군력세습을 가능하게 하는 사법권까지 가진 지방분권, 강소국연합 개헌을 이루면 대한민국은 바로 필리핀처럼 도박천국이 된다. 정벌-재벌-언벌은 영원히 권력세습이 가능하고, 일반 대중은 영원히 가난과 착취에 하루하루 사는 빈곤의 악순환이 계속되는 필리핀……. 한국이 필리핀으로 가나?

청년실업 100만 명 시대, 비정규직 시간제 노동자 880만 명 시대, 중산층과 서민들의 피를 말리는 물가고, 전세대란, 농축산업 종사자와 어민들을 고사시키는 구제역과 조류독감 AI와 농어촌 황폐화는 더 이상 빈민층과 서민, 농축어민들이 인내할 수 없는 인계점·발화점에 다다르고 있다. 이런 빈부와 사회계층 간의 양극화는 필연적으로 민중봉기나 혁명을 부른다. 지금 대한민국은 바로 이런 분위기에 휩싸여 있고, 누군가가 발화점에 불을 붙이기만 하면 집단학살의 Killing Field 참상은 필연이다.

(상세내용은 http://blog.daum.net/hwhp/251 참조)

집단학살의 원흉 Pol Pot가 중앙정부와 왕족 및 권력자들의 부정부패와 농민들의 착취에 대한 불평불만이 극에 달했을 때, 사회 하층계급의 인계점·발화점에 불을 붙여서 농민과 빈·서민혁명을 일으켰다. Khmer Rouges(농민과 빈·서민 청소년 게릴라)를 이끌고 캄보디아의 수도 프놈펜을 함락하여 베트남 공산군에 의하여 괴멸·축출될 때까지 4년간 (1975.4.17~'79.1.7) 정부 관리와 권력자, 왕족의 부정부패와 착취에 분노한 Khmer Rouges 어린 청소년이 주축이 된 혁명군들이 300여만 명의 부자·권력자·지식인을 무자비하게 집단학살한 20세기 인류역사상 참극이 캄보디아 Killing Field의 비극이다.

현재 대한민국의 상황은 바로 Pol Pot가 주동한 Khmer Rouges 혁명으로 야기된 Killing Field를 연상케 하는 정부 고위층들과 국회의원들을 위시한 기득·특권층들의 부정부패가 극에 달하고, 청년실업자 100만 명, 비정규직 880만 명, 농축어민과 사회적 빈·서민 1,000만 명 등의 기득·특권층들의 착취와 차별과 소외·홀대에 대한 불만과 신음이 인계점·발화점에 다다르고 있다. 이런 불만을 해결하지 못하고, 누군가 이들의 발화점에 불만 당기면 바로 Killing Field가 되는 것이다. 무시무시하고 몸서리쳐지는 Killing Field의 악몽이 바로 대한민국에……. 대한민국은 캄보디아로 가나?

기득특권층과 정권, 그리고 여야 제 정당 정치인들은 심각하게 오늘의 우리나라 상황을 생각하고 적절한 대처와 대응을 해야 하고, 애국위민의 순수한 정신으로 국민의 불만을 달래야 한다. 대다수 국민은 부정부패와 도박천국 필리핀도 싫고, 집단학살과 한풀이 살인 Killing Field 캄보디아도 싫다. 대통령 MB와 박근혜, 손학규, 이회창…… 여야 정치인들과 기득·특권층들은 순수한 영혼과 애국충정으로 돌아와서 오늘 우리 앞의 비극을 막아야 한다.

박근혜는 이런 한국의 위급한 상황을 꿰뚫고 있으며,
조국 대한민국을 구하는 소명을 의식하고 있는 유일한 정치 지도자다.
조국 대한민국의 풍전등화와 같은 위기상황을 보고 격안관화, 속수무책, 수수방관할 박근혜의 철학과 사상이 아니기에 국민은 한 가닥 희망을 버리지 않고 인내하고 있는 것이다.

** 상기 글은 필리핀에서 11년, 캄보디아에서 3년을 살면서 생각하고 명상했던 상념의 한 단편이다.

3. 구국의 영웅들―처칠과 케네디 그리고 박근혜

영국에서 가장 위대한 인물로 존경받는 사람은 2차 세계대전을 승리로 이끈 Winston Churchill이며, 그는 수많은 일화와 유머로도 유명하다. 처칠이 처음 하원의원에 출마했을 때 상대편 노동당 후보는 "처칠은 늦잠꾸러기라고 합니다. 저렇게 게으른 사람을 의회에 보내서야 되겠습니까?"라고 했다. 이 말에 처칠은 아무렇지 않게 응수했다. "여러분도 나처럼 예쁜 마누라와 산다면 아침에 결코 일찍 일어날 수 없을 것입니다." 연설장은 폭소가 터졌고, 그는 하원의원에 무난하게 당선되었다. 그는 이 외에도 수많은 유머와 연설로 유명한 일화를 남긴 재담꾼 연설가이자 정치가다.

1940년 2차 세계대전의 와중에 영국총리가 된 처칠은 유명한 총리 취임연설로 "조국을 위해서 내가 바칠 수 있는 것은 다만 피와 노력과 눈물과 땀뿐입니다.(I have nothing to offer but blood, toil, tears and sweat.)"라고 영국국민의 피와 노력과 눈물과 땀을 간접적으로 요구하여 2차 대전을 승리로 이끄는 국민의 단합을 이끌어냈다. "국민을 이끄는 총리가 국가를 위해 피와 노력과 눈물과 땀을 바치겠다는데, 우리 국민이 함께해야지"라는 동참을 이끌어낸 것이다.

영국의 총리 2회((1940-1945/1951-1955 권토중래의 표상), 문학작가이며 노벨 문학상 수상자, 다이애나 왕세자비와 같은 조상을 가진 20세기 영국 정치사에서 유일한 귀족 혈통의 총리이며, 수차례 BBC에서 설문

조사한 가장 위대한 영국인 중에 셰익스피어, 뉴턴, 엘리자베스 1세를 뛰어넘는 가장 위대한 인물 등 숱한 진기록을 가지고 있다.

　미국 역사상 가장 유명한 대통령은 링컨과 더불어 존 F. 케네디 대통령이다. 공산주의와 자본주의 간 치열한 동서냉전의 시기에 미국을 이끈 가장 용기 있고 결단력이 있고 국민의 사랑을 받은 대통령이었다. 케네디 임기 중 사건으로 전임 대통령 Dwight D. Eisenhower가 기획 인가하여 취임 100일도 안 되어 과감히 실천하다가 실패한 쿠바의 카스트로를 축출하기 위한 Bay of Pig 침투작전, 소련의 흐루시초프와 핵전쟁의 위기일발까지 갔던 쿠바 핵미사일 사건, 소련과의 우주전쟁, 베를린 장벽 설치, 월남전 발발 등 세계사적인 사건들이 많았다. 그때마다 그는 과감한 결단으로 미국민의 자존심을 세우고 미국을 위기에서 구했다.

　소련과의 극한 동서냉전의 와중에 1961년 대통령에 취임하면서 그는 다음과 같은 유명한 취임연설로 국민들의 협조를 호소했다.

　"친애하는 미국시민 여러분. 국가가 당신을 위해서 무엇을 해줄 수 있는가 묻지 말고, 당신이 국가를 위해서 무엇을 할 수 있는지를 물으십시오. 친애하는 전 세계 시민 여러분. 미국이 당신들을 위해서 무엇을 해줄 수 있는지 묻지 말고, 우리가 함께 인류의 자유를 위하여 무엇을 할 수 있는지 물으십시오(And so, my fellow Americans: ask not what your country can do for you-ask what you can do for your country. My fellow citizens of the world: ask not what America will do for you, but what together we can do for the freedom of man.)"라고 미국민과 세계인들을 각성시키고 심기일전을 촉구했다.

그는 공화당 부통령이었던 닉슨을 상대로 대선에서 미국 역사상 가장 근소한 표차의 하나로 아슬아슬하게 승리하였으며, 최연소 대통령이었으며, 미국 역사상 처음으로 가톨릭신자로 대통령에 당선되었으며, 최초의 Pulitzer상 수상자 대통령이라는 진기록도 가지고 있다. 또한 16대 링컨과 함께 살인자의 흉탄에 숨진 불운한 대통령이며 또한 함께 가장 위대한 미국 대통령으로 존경을 받는 위인이기도 하다.

한국에서 가장 위대한 대통령은 박정희와 박근혜가 될 것이다. 박정희 대통령이 이루었던 한국의 근대화·산업화로 이룩한 한강의 기적은 20년간 4대에 걸친 길거리표 사이비 민주팔이 대통령들이 몽땅 거덜 내어 또다시 동서남북의 지역대결, 좌우보혁의 사상과 이념갈등, 빈부우학의 사회적 계급과 양극화 대결, 남녀노소의 성년 간 갈등의 첨예화로 실업자가 거리를 메우고 국가재정이 파탄되어가는 위기의 시기 2013년 대통령에 취임하게 될 것이다. 대통령에 취임하여 과감하고 결단력 있게 다시 새마을운동의 자조·자립·협동정신을 재부흥시키고, 국민교육헌장의 정신을 고양하여 모든 국민이 건강-풍요-행복-평화를 누리는 남북이 통일된 한국형 복지국가를 건설할 것이다.

남북이 첨예하게 대립하고 위기일발, 일촉즉발의 전운이 감도는 상황에서 2013년 취임하여 "나의 모든 피와 노력과 눈물과 땀을 조국을 위하여 바칠 것이며, 국민도 조국의 평화적 통일과 남북 모든 민족의 건강-풍요-행복-평화가 충만한 한국형 복지국가 건설에 저와 함께 피와 노력, 그리고 눈물과 땀을 바칠 것을 호소합니다."라는 유명한 취임연설로 국민의 심기일전과 각성 및 동참을 요청할 것이다.

박근혜는 한국 대통령 선거 역사상 가장 큰 70% 이상의 투표자 지지와 가장 큰 상대후보와의 표 차로 당선될 것이다. 또한 그녀는 성차별을 극복한 최초의 한국 여성대통령이며, 민족의 숙원인 평화적인 남북통일을 성취하는 대통령이 될 것이다. 국민의 전폭적인 요구로 국민에 의한 개헌으로 5년 연임·중임을 하는 최초의 대통령이 될 것이며, 세계최초 이상적으로 전 국민 기본적인 사회보장을 구현한 대통령이 될 것이다. 퇴임 후에는 영구 대통령 고문으로 추대되고 박정희 대통령과 함께 가장 존경받는 대통령으로 길이 청사에 빛날 것이다.

Winston Churchill은 영국 총리를 지낸 말버러 공작의 후예이며, 할아버지는 아일랜드 총독, 아버지는 영국 재무부장관과 하원 보수당 당수를 지낸 위대한 정치가 집안 출신이다. John F. Kennedy의 아버지는 Joseph Patrick Kennedy로 민주당의 주요인물로 최초 증권거래소장이었고, 주영대사를 역임하며 Kennedy 대통령 형제들의 정치를 지원할 재력가였다. 박근혜의 아버지는 대한민국 근대화·산업화의 초석을 놓은 국부이며 대한민국 역사상 가장 위대한 지도자로 존경을 받는다. 이들 세 사람은 유명하고 훌륭한 부모의 후광을 입은 정치가라는 공통점도 같이 가지고 있음은 많은 의미를 시사(示唆)하고 있다.

영국은 처칠이, 미국은 케네디가 국민을 일깨워 국가 위기를 극복했고, 대한민국은 박근혜가 국민과 더불어 국가를 위기에서 구하고 통일된 한국형 복지국가를 완성할 것이다. 처칠은 세계의 파시즘, 나치즘, 제국주의화를 2차 대전을 통하여 막고, 케네디는 공산화를 냉전을 통하여 막고, 박근혜는 세계의 빈부 양극화를 복지를 통하여 막을 것이다.

4. 박근혜 구국의 결단

새우젓 중에 유월 제철에 잡아 담은 최상급 새우젓을 육젓(유월 젓 白蝦)이라 하고, 기타 이른 오월 사리나 아무 때에 막 잡아 새우뿐 아니라 꼴뚜기새끼, 망둥이새끼, 게 새끼, 기타 잡고기가 섞여서 막 잡아 올린 새우 반, 잡고기 반으로 뒤섞인 하질 잡탕으로 담은 새우젓을 오사리잡젓이라 한다. 이런 유래를 가진 말이 발전하여 정체성이 없고 하질·저급의 불량품들이 모인 집단을 오사리잡탕이라 하며 그 구성원들을 오사리잡놈들이라 하고, 못된 재생불능의 불량품을 일컫는 의미로 사용된다.

이런 관점에서 한국의 여당인 한나라당을 살펴보면, 보수도 아니고 진보도 아니고 좌도 아니고 우도 아닌, 온갖 병역 기피자, 범법자, 요령사기꾼, 부정부패자, 극렬좌파 내지는 종북이나 친일 반역과 잡범들까지 권력이라는 먹이를 좇아 모인 정당이 한나라당으로 오사리잡탕들의 오사리 잡당이다. 제1야당인 민주당도 마찬가지이고……. 고로 한국에는 순수한 정체성을 가진 정당이 하나도 없고 모두 다 오사리들이 권력이라는 먹이를 위해 무리를 이룬 정상모리배들의 오사리잡당만 있을 뿐이다.

이런 오사리잡당 한나라당에 정진선미와 인의예지를 추구하는 올곧은 정치인 박근혜와 그녀를 따르는 친박들이 같이 섞여 있다는 것은 참으로 아이러니이고 불가사의다. MB와 이재오로 상징·대표되는 친이계들은 그들의 온갖 결점과 부정부패와 패악을 은폐하기 위하여 박근혜가 꼭 필요한 생명줄이지만, MB와 이재오 및 당정청의 무능과 부정부패와 패악의 정치는 전혀 박근혜의 정치와 대권행보에 해가 되지 득 될 것이 하나도 없다. "Pay the Emperor what belongs to the Emperor, and pay God what belongs to God.(로마황제에 속한 것은 로마황제에게 주고, 하느님께 속한 것은 하느님께 바쳐라./Matthew 22~21 마태복음 22장 21절)"라는 성경 말씀에 따라 박근혜는 오사리잡당인 한나라당은 오사리들에게 주고 더 이상 있지도 않은 미련을 버려야 한다.

박근혜는 자신의 색깔이나 정체성에 전혀 맞지 않는 오사리잡탕들의 한나라당에 붙어서 천덕꾸러기, 미운 오리새끼로 구박받지 말고 지금 딱 맞는 제철, 다가오는 유월에 최상질의 새우를 모아 최상급의 육젓(유월 젓 白蝦)을 담지 않으려는가?

지금 당장 이명박과 이재오와 만사형통이라는 이상득을 불러 모아서 가부를 묻는 최후 선택의 기회는 한 번 줄 수도 있다. "완전히 항복하고 박근혜의 주도로 패악과 실정으로 야기된 총체적 난국을 극복하겠는가 말겠는가?" 하고 물어서 불응하면, 국민과 더불어 저들의 실정과 패악을 단죄하고 처단하지 않고서는 대한민국의 역사는 막혀 흐르지 못하고 썩을 수밖에 없다. 저들이 무릎 꿇고 용서를 빈다면, 지금부터 박근혜의 절대적인 주도로 그간 이명박 정권의 패악과 실정을 국민께 백배 사죄하고 4대강을 비롯한 온갖 패악의 정치를 최선으로 마무리하여 폐해를 최소화하고 빈곤과 절망으로 인계점·한계점·발화점에 다다른 국민의 쌓이고 짓눌린 불만을 달래야만 한다. 누군가 국민 불만의 인계·한계·발화점에 불을 붙이면 국민 불만은 폭발할 수밖에 없는 지경에 이를 것이다. 국민과 시간은 박근혜를 더 이상 기다려주지 않을 것이다.

박근혜는 정진선미(正眞善美)의 기치를 올려 사위악추(邪僞惡醜)의 여야 오사리잡당들을 한국 정치판에서 박멸하고, 새로운 정치 패러다임을 만들어 동서남북, 좌우보혁, 남녀노소, 빈부우학으로 야기된 모든 갈등과 대립을 화해와 화합으로 통합하고, 모든 국민의 건강-풍요-행복-평화(Health-Wealth-Happiness-Peace)를 지향 실현할 꿈의 복지국가를 이룩하는 것이 박근혜에게 내린 신의 소명이며 온 국민들의 바람이라는 걸 하루빨리 깨달아야 한다.

박근혜의 한나라당 안주는 MB정권과 친이들의 온갖 실정과 패악의 바람막이, 방패막이 역할과 이런 패악과 실정의 방조자이며 보조자, 공동정범의 역할밖에는 할 것이 없다. 또한 MB정권의 모든 패악과 실정도 박근혜가 한나라당에 없으면 패악질할 힘도 잃고 한나라당도 무력화되어 공중분해 될 수밖에 없다. 이명박의 실정과 패악을 최소화하는 최선의 길도 박근혜가 한나라당을 탈당하여 새로운 정당을 창당하는 것이다. 지금 어정쩡한 상태로 박근혜가 한나라당에 머물러 할 수 있는 역할은 이명박 정권의 실정과 패악의 방패막이, 총알받이, 버팀목 역할 뿐이다.

　다음 대선의 최대 쟁점은 이명박 정권의 무능, 패악, 부정부패에 대한 심판이 될 것이며, 박근혜가 대선 때까지 한나라당에 남아 한나라당의 대선후보가 된다면, 박근혜는 모든 이명박 정권의 과오를 뒤집어쓰고 심판의 대상이 될 것이며, 이명박 정권의 4대강의 부정·부실, 남북평화관계의 악화, 빈부의 양극화, 국가재정 파탄, 온갖 부정과 패악을 묵인, 방조, 공모한 공동정범이 되며, 지금까지 이명박 정권의 패악을 막아서는 박근혜의 역할과 철학·사상에 매료되어 그녀를 지지하였던 지지자들과 이명박 정권의 온갖 부정·부실·패악에 실망한 국민이 역시 박근혜도 이명박과 모든 실정의 공동정법으로 인식하게 되는 날 박근혜의 대권은 불가능한 물거품이 될 수도 있다. 이명박과 더불어 이룰 정권 재창출은 백일몽이며, 이명박은 모든 것을 부수는 역마이다스의 손으로, 박근혜도 그 손아귀를 벗어나지 못하면 대권의 꿈도 물거품이 될 수 있다. 이미 야당에서는 이명박 정권 실정의 공동정범으로 박근혜를 향한 공격의 포문을 열었다. (박근혜 결단의 필요성 http://blog.daum.net/hwhp/144)

　박근혜는 이제 이명박의 포전인옥(抛磚引玉)의 모략에 빠져 질질 끌려가다가, 당내 경선에 몰아넣고 퇴로를 차단하는 상옥추제(上屋抽梯)에 걸리고, 경선에서 다수를 차지하는 친이들의 연합공격의 뭇매를 맞고, 당내경선 탈락의 고배를 마시는 관문착적(關門捉賊)의 꼼수에 영락

없이 당하게 될 수도 있다. 이렇게 되면, 국민은 또다시 패악의 정치에 신음하고 국가는 아주 요절 파탄나리라는 것은 불문가지(不問可知)로 명약관화(明若觀火)하지 않은가? 이미 이명박과 이재오는 이런 그들의 마각을 적나라하게 드러내고, 개헌, 과학벨트, 동남권 신공항 등의 함정을 파고 박근혜를 유인하는데 한나라당에 남아서 박근혜가 어떤 정치적인 주도권을 잡아 대권을 승리로 이끌 수 있는가?

국민의 믿음을 잃은 한나라당에 더 이상 남는 것은 저들의 온갖 함정에 빠지거나 함께 몰살하는 동귀어진(同歸於塵)의 꼼수에 걸려들게 된다. 박근혜의 한나라당 내 경선통과는 낙타가 바늘구멍을 통과하기보다 어렵고, 경선을 통과한다 해도 이명박 정권의 모든 패악, 실정의 공동정범이 되어 대선승리는 숲속에서 고기를 잡으려 하는 연목구어(緣木求魚)다.

박근혜의 힘은 여당 한나라당에 있는 것이 아니고 열화 같은 정진선미와 인의예지의 정치를 바라는 국민의 지지에 있다. 박근혜는 그녀의 힘의 원천인 국민의 지지를 가동(mobilization)〈활용(utilization)〈최대화(maximization)하여 모든 국민이 바라는 정진선미의 공정한 정치와 인의예지의 윤리도덕이 바로 선 사회를 이룩하여, 만인의 건강-풍요-행복-평화를 구현할 신의 소명을 수행해야 한다. 박정희 대통령이 5.16혁명에 한강다리를 건너던 구국의 결단과 용단으로 한나라당을 탈당하여 전 지역과 좌우보혁을 아우르는 진정한 박근혜의 중도정치 실현을 표방하는 새로운 정당을 창당 국가와 민족을 구해야 한다. 내년 4월의 총선을 대비하여 결단의 시기는 금년(2011년)을 넘겨서는 안 될 것이다.

박근혜는 와신상담, 절치부심의 인고의 시간을 이제 끝내고, 구국의 결단을 해야 한다.

이명박 대통령과 이재오를 중심으로 하는 한나라당 내의 친이계가 진정으로 힘을 합쳐서 진심으로 박근혜를 중심으로 총화를 이루는 것은 현실적으로 불가능해 보이는데……

국민과 시간은 더 이상 박근혜의 결단을 무한정 기다려 주지 않을 것이다.

5. 왜 박근혜는 이명박 정권과 한나라당을 못 버리나?

MB정권의 무능과 패악, 실정 비리와 부정부패와 성희롱 비리의 온상인 여당 한나라당의 오합지졸 오사리잡탕식 구성은 박근혜의 대선 행보에 전혀 도움이 안 되는 혹이고 암이며 골칫거리다. 그러나 박근혜는 MB정권과 한나라당을 자신의 대권을 위하여 버리거나 패대기치지 못하고 속앓이할 수밖에 없다. 그리고 어쩌면 이런 MB정권의 패악, 무능, 실정 비리와 한나라당의 정상모리배들 때문에 대권을 잃을 가능성도 엿보인다. 그래도 박근혜는 MB정권과 한나라당을 차버릴 수 없다.

민주당 박지원 원내대표는 이미 "한나라당 박근혜 전 대표는 이명박 정권의 한 핵이며 현 정부 실패에 대한 공동책임이 있다"고 벌써부터 박근혜의 MB정권의 패악과 실정 무능에 대한 공동정범(共同正犯)으로서의 공동책임론과 핵심론을 떠벌리고 나왔다. 이미 예견된 야당의 공격이고 이는 박근혜도 미리 알고 있는 사안이다. 그러기에 MB정권의 성공을 위하여 공동으로 최선을 다한다고 박근혜는 2010년 8월 MB와의 회동 후 발표했으며, 한나라당의 4.27재보선 패배에도 책임감을 느낀다고 솔직히 자신의 의사를 발표했다.

나 '진실과 영혼'도 수차례 반복적으로 MB정권의 공동정범과 실정의 공동책임 및 한나라당의 오사리잡탕 오합지졸로는 대선에서 승리를 장담할 수 없다고 피력했다. 나는 박근혜가 한나라당과 MB정권을 패대기칠 수 없다는 걸 알면서도, MB와 한나라당원들이 정신 좀 차리고 애국위민의 정치를 하라고, 타초경사(打草驚蛇, Hitting around the bush.) 변죽 때리기를 한 것이지, 박근혜로 하여금 한나라당과 MB정권을 패대기치도록 압박한 것이 아니다.

왜 박근혜는 한나라당과 MB정권을 차버리고 패대기칠 수 없는가?
당과 정권의 무능, 실정, 패악, 부정부패, 비리를 몰라서 그런가?
한나라당과 MB정권의 지원이 아니면, 대권승리가 불가능하다고 생각해서 그런가?
당과 정권에 미련이 있고, 당권을 장악하여 대선경선을 승리로 이끌 자신이 있어서?
절대로 아니다. 당정은 박근혜의 대권행보에 걸림돌이며 감표요인이지 득표요인이 아니다.

왜냐하면 박근혜는 자신의 언행에 대한 책임을 회피하지 않고 인정하면서 모든 손익계산을 접어두고 오직 당정청이 거듭 새롭게 태어나서 정도정치를 펼쳐주길 바라기 때문이다. MB의 대선승리와 정권교체를 위해 열심히 뛰었고, 당정청의 모든 핍박과 승자의 횡포와 왕따 및 공천학살, 박근혜 죽이기의 온갖 음모도 참아냈다. 사독교 먹사와 반박 정상 모리배와 MB가 합동으로 벌인 세종시 죽이기도 온몸으로 막고, 검역주권을 송두리째 바친 미국 쇠고기협상도 재협상을 하여 국민 분노를 잠재우도록 충언했으며, 나경원법이라는 미디어관련법의 난동도 최종 순간에 떨쳐버리고 수정안을 마련하여 국민의 고통을 최소화했다. 동남권 신국제공항 백지화로 영남의 박근혜 뿌리를 흔들려는 흉계도 '동남 신공항 계속 추진'으로 바로 잡아주고, 박근혜 죽이기의 연속선상의 모략인 '충청 국제과학 비즈니스벨트 분산'이라는 패악과 횡포도 책임지고 하라는 경고로 미리 잘못된 길로 가고 있는 걸 바로잡아 주었으며, 박근혜를 겨냥한 여야당의 개헌음모도 그냥 되어가는 모양새를 바라만 보고 있다. 이런 모든 불리함을 감수하는 박근혜가 그들의 음모, 흉계, 모략, 패악과 4대강과 저축은행 대형비리를 몰라서 바라만 보고 있는 것이 아니다.

오직 과도한 대형비리와 패악정권의 횡포를 막고 다독거리면서 패악과 비리 부정의 최소화에 최선을 다하면서 한나라당과 MB정권이 정신을 차리고 정상으로 회귀하여 그간의 패악과 부정과 실정을 만회하길 바라는 마음으로 참고 인내하면서 기다리고 있는 것이다.

MB정권과 한나라당이 제대로 정상으로 돌아온다면, 박근혜는 절대로 한나라당과 MB정권을 자신의 대권을 위하여 사리사욕으로 차버리고 패대기치지는 않을 것이다. 그러나 한나라당과 MB는 참는데도 한도가 있다는 사실을 마음에 새겨서 명심해야 한다. "한나라당도 일순간에 날아갈 수 있다."는 박근혜의 경고가 그냥 지나가는 엄포가 절대로 아니다. 도저히 개과천선, 대오각성, 심기일전, 금선탈각의 가능성이 없고 지금까지의 패악과 거짓말 꼼수를 계속한다면 박근혜도 어쩔 수 없이 결단을 내릴 수밖에 없다.

참는데도 한계가 있으니…….

한나라당 친이 반박 국회의원들은 살고 싶고 일순간에 날아가기 싫은가?

MB정권은 아직도 되지 않는 꼼수와 패악, 비리, 부정을 저지르고 오락가락 국정을 계속하겠는가?

정신 똑바로 차리고 국가와 국민을 바라보고 개과천선할 수 있는가?

지금은 한나라당과 MB가 박근혜의 진심을 깨닫고 이 질문에 대답할 때다.

더 이상 박근혜가 참을 수 없어서 차버리고 패대기치기 전에 똑바로 하라.
더 이상의 패악과 부정부패, 비리, 오락가락 폭정을 멈추고 정신 차려라.
박근혜가 보호막으로 보호해주며 자신을 희생하며 같이 있을 때 잘 해야 한다.

사랑방 XI | 송양지인(宋襄之仁)

춘추 오패의 한 명인 송나라 군주 양공(기원전 651~637 재위)은 환공의 아들로 사사로운 일보다는 인의예지(仁義禮智)의 윤리도덕을 더 중시하는 이상주의자였다. 초나라 성왕과 싸웠던 홍수(泓水)에서 전쟁을 할 때 보인 윤리도덕에 너무 집착한 원리원칙주의가 송양지인(宋襄之仁)으로 전해진다.

양공이 정나라를 공격하자 초나라 성왕이 대군을 이끌고 정나라를 구원하러 대군을 이끌고 와서 홍수에서 양군이 마주쳤다. 적이 강을 건너오는 동안 공격해야 한다고 말했지만 양공은 듣지 않았다. 초나라 군이 강을 건너 전투대형이 갖춰지기 전에 공격해야 한다고 재상 목이가 간청했지만 "군자는 사람이 어려움에 있을 때 공격하지 않는다."며 초나라 군을 공격하지 않았다. 초나라가 전투대형을 갖춘 후에 양군이 격돌했지만 수적으로 우세한 초나라 대군에게 송나라 군은 참패하고, 양공은 넓적다리에 상처를 입고 얼마 후 그 상처로 죽었다.

이것이 송양지인(宋襄之仁)의 유래이며, 너무 고지식하게 전쟁터에서까지 원리원칙 이상을 좇는 것을 경계하는 교훈으로 전해내려 온다. 과연 상대나 상황에 따르지 않고 정진선미(正眞善美)와 인의예지(仁義禮智)는 죽음을 무릅쓰고 희생을 각오하고라도 지켜야만 하는 것인가?

　반박 정치인들의 박근혜 비판의 빌미이며, 친박 정치인들과 박근혜 지지자들도 더러는 유연한 신뢰와 원칙의 고수를 바라는 것이 변함없는 박근혜의 신뢰와 원리원칙의 고수이기도 하다. 정치는 대화와 타협의 예술(The politics is the arts of negotiation and compromise for the best of the people.)인데, 어느 정도의 융통성과 대선에서의 상대방과 상황에 따른 적절한 전략전술은 박근혜에게도 필요하지 않을까?

　몇 년 전 세종시 수정안과 원안으로 정쟁이 치열할 때 애인과의 약속을 지키기 위해 죽은 미생지신(尾生之信)과 어린 아들과의 약속도 지키려고 돼지를 잡은 '순자의 돼지' 논쟁은 박근혜의 변함없는 신뢰와 원리원칙을 비판한 논쟁이었다. 물론 박근혜 본인도 이 점에 대하여 많은 고민과 대책이 있으리라고 생각하지만, 약간의 융통성과 유연성 그리고 상황과 상대에 따른 적절한 대응은 필요하지 않을까?

전 세계 도처에는 수많은 분쟁과 전쟁이 그치지 않고 있으며, 이런 국가·지역 간 전쟁과 분쟁 불화는 종교적인 신앙 간 대립으로, 지역 간 집단 이기주의로, 정당 간 정쟁으로, 민족 간 대립, 영토분쟁으로 촉발되고 격화되고 있다. 달라이라마로 상징되는 티베트의 독립운동과 같은 강대국에 지배당한 약소국들의 독립운동은 끊임없는 분쟁으로 이어지고 있다. 한 국가 안에서도 동서남북의 지역 간 대립과 갈등, 빈부우학의 사회계급 간의 대립과 갈등, 좌우보혁의 정파 간 정쟁, 남녀노소 간, 세대와 성별 간의 불화와 대립 등 모든 제 갈등과 대립으로 인한 전쟁, 정쟁, 분쟁, 불화를 해결하는 방법은 공통적으로 화해와 화합이며, 박근혜의 철학과 사상의 근본을 이루는 화(和)의 정신이다.

유사 이래 지속되어온 불화의 연속이지만 이 시대의 국가, 지역, 민족, 종교, 이념, 사상, 인종 간의 모든 갈등의 해결은 화해와 화합이며, 지금은 그 어느 때보다도 이 화해와 화합의 화(和) 정신이 절실하게 요구되는 시점이기도 하다. 국내외에서 공통으로 요구되는 대립과 갈등 및 온갖 불화의 해결은 화해와 화합을 통하여 이루어질 수 있다.

박근혜의 화의 철학이 필요한 곳은 전 세계적이며 과거에도 필요했고 현재에도 필요하며 미래에도 필요할 박근혜의 화의 철학이다. 제 갈등과 대립의 해결사로서 범세계적으로 국내에도 화해와 화합의 화(和) 정신의 상징인 박근혜를 필요로 한다. 또한 박근혜는 투철한 화와 정의에 대한 신념의 소유자로서 모든 분쟁과 불화를 화해와 화합으로 승화시킬 수 있는 해결사며 종결자다.

　박근혜가 언제나 신앙처럼 외치는 화해와 화합의 화(和)가 한국은 물론 전 세계적으로 필요하고, 이것이 국내외에서 필요하여 박근혜를 부르는 박근혜현상이다. 이런 박근혜 현상은 특이한 우연의 현상이 아니라 필연적인 천리이며 순리이기도 하고, 시대의 요구이기도 하며, 현재 한국의 정치, 경제, 문화, 교육, 국방, 외교 등 모든 분야에 꼭 필요한 사상이며 철학이며 정신이고 그 상징이며 정수를 지닌 인물이 바로 박근혜다.

이런 박근혜 현상에 대하여 구체적이고 심층적으로 검토하여 보자.

1. 박근혜를 부른다

　모든 정책과 이슈와 화제의 중심에는 박근혜가 있으며, 인터넷 게시판 글도 역시 박근혜 일색이며, 단지 친박근혜와 반박근혜로 갈려 있을 뿐이다. 특이한 현상은 반박근혜는 있어도 그들이 적극 지지하고 미는 박근혜의 예상 경쟁 상대는 아직 부상하지 않고 있다. 강력한 라이벌이 없는 독주가 계속되고 있다. 박근혜를 위해서나 반박근혜를 위해서나 박근혜의 강력한 차기 대권의 경쟁상대가 나타나는 것이 바람직하다고 본다. 여하튼 경쟁 상대가 없으니 혼자 달릴 수밖에 없고, 박근혜가 차기 대권 유망주자로 태산북두(泰山北斗), 낭중지추(囊中之錐), 철중쟁쟁(鐵中錚錚), 간세지세(間世之材), 군계일학(群鷄一鶴)으로 단연 우뚝 버티고 있어 경쟁 상대는 아무리 찾아도 없다. 현재 대한민국 정치에서 모든 뉴스와 이슈의 중심에는 박근혜가 있고, 아무리 찾아도 경쟁 상대가 없는 기이한 현상. 이것이 바로 박근혜 현상이다.

그러니 낙담하고 희망이 없는 이재오와 반박근혜 정치인들은 분권형 대통령/이원집정부제라는 해괴망측한 개헌을 들고 박근혜를 허수아비 대통령을 만들려고 하나 어불성설의 꼼수가 통할 리 없다. 박근혜의 대세는 확정적이며 이런 천심·민심을 거스르는 것은 역천으로 필히 망하는 길이다. 대세와 천심의 흐름과 방향은 거스르지 말고 순응하여야 한다.

박근혜와 차기 대권 경쟁 상대를 비교분석하는 글은 너무나 현격한 수준의 차이로 쓸 수도 없으니, 세계의 여성 총리와 대통령 및 차기 총리로 유력시되는 유력 정치인을 살펴보자.

지난해 서울 G20정상회담에도 4명의 여성 정상이 참가했고, 여성 지도자로 귀에 익은 사람이 철의 여인으로 불리던 영국의 마거릿 대처 수상과 인도의 간디 수상, 필리핀의 코라손 아키노 대통령 등이 떠오른다. 여자 정상들의 증가현상은 세계적인 추이이고, 박근혜와는 어떤 공통점과 연관성이 있는지 살펴보자.

2013년에는 한국의 박근혜와 미국의 힐러리 클린턴이 G20 여성 정상에 합류하지 않을까? 세계 정치의 대세와 흐름은 점점 여자 정상이 늘어 갈 것인데……

G20정상회담에는 사상 가장 많은 여성 국가정상이 지금까지 남자들의 벽을 허물고 참가 했으며, G20에 참가하지는 못했으나 그 외에도 많은 여성 국가 정상들이 국가경영에 두 팔을 걷어붙이고 일하고 있다.

다음은 현재 또는 전직의 유명한 여성 대통령과 총리의 명단으로, 더 많이 있겠지만 이 정도 자료로 함께 살펴보고자 한다.

여성 대통령

- 브라질 대통령: Dilma Rousseff/2011년 1월 취임
- 아르헨티나: Christina Fernandez de Kirchner
- 인도 대통령: 파틸/2007년 당선
- 칠레 대통령: 미첼 바첼렛/2006년 집권
- 라이베리아 대통령: 엘런 존슨 설리프/2005년 선출
- 핀란드 대통령: 타르야 할로넨/2000년 당선, 2006년 재선
- 아일랜드 대통령: 메리 매컬리스/1997년 당선, 2004년 재선
- 라트비아 대통령: 비케-프라이베르가/1999년 집권, 2003년 재선
- 스리랑카 대통령: 찬드리카 반다라나이케 쿠마라퉁가 대통령 등
- 인도네시아 대통령: 메가와티 수카르노푸트리 대통령
- 필리핀 대통령: 글로리아 아로요/2001년 당선, 2004년 재선
- 필리핀 대통령:코라손 아키노(현 아키노 대통령의 어머니, 2009년 사망)

이상 12명

여성 총리

- 독일 총리: 앙겔라 메르켈/2005년 집권
- 호주 총리: Julia Gillard
- 모잠비크 총리: 루이사 디오구/2004년 집권
- 자메이카 총리: 포샤 심프슨밀러/2006년 집권
- 뉴질랜드 총리: 헬렌 클라크/2000년 선출, 2005년 3선 성공
- 대영제국 총리: 마거릿 힐다 대처 남작(Margaret Hilda Thatcher)

이상 6명

왜 여성들이 한국은 물론 세계적으로 성차별(Glass Ceiling)을 뚫고 활발하게 정계에 진출하나?

지구 온난화로 대한민국도 겨울이 짧고, 여름에는 찌는 무더위 폭염과 폭우가 내리는 기후변화를 경험하고 있다. 이러한 기후 변화는 필히 자연환경의 변화를 가져오고 우리 인간의 생활과 정신에도 지대한 영향을 끼치면서 열대·아열대 지방과 같은 인간생활과 나아가 정치와 문화의 변화도 초래하게 된다. 여자는 봄바람, 남자는 가을바람이 나는 것은 자연의 이치이며, 지구 온난화는 필연적으로 여성 주도의 세계로 변화를 하게 되는 것이 순리고 자연의 이치이며, 사회 전 분야와 정치계에도 여성의 진출은 점점 늘고 여성 주도로 변해가고 있다. 상기 여성 대통령과 총리들은 몇몇 예외를 제외하고는 열대·아열대 지역 국가라는 공통점을 지니고 있다.

지구 온난화는 필히 대한민국의 정치 지형도 변화를 가져와 여성의 정치참여와 여성의 힘이 발휘되게 진행된다. 현재 여야의 정치인들을 보라. 박근혜, 한명숙, 나경원, 이영애, 전여옥, 진수희, 추미애 등 그들의 정치활동은 남성 정치인들을 훨씬 능가하는 정치력을 발휘한다. 이것은 단순한 변화가 아닌 지구 온난화의 엄청난 자연 변이에 의한 것이다. 법조계 및 학교 교사 등 거의 전 분야에 여성의 진출이 괄목할 만하게 증가되는 것은 결코 우연만은 아니다.(먼 나라에 대한 이해가 잘 안 가면 가까운 제주도와 필리핀을 보면 이해가 빨리 될 것이다. 따라서 사례와 긴 설명과 나름의 설은 생략하고, 여러분 각자의 명상과 사유로 살펴보기를 바란다.)

따라서 조만간 한국의 정치 지형도 여성 중심으로 바뀌어 갈 것이며, 박근혜의 차기 대통령은 자연과 하늘의 이치이며, 박근혜 대통령은 이러한 흐름을 가속화시킬 것이다. 이는 바로 천리이며 순리이며 자연의 이치이고 천명으로 이해하면 된다. 박근혜 대통령은 천리이며 순리이고 자연의 이치이며 천심인 민심이다.

여성 대통령과 총리 대부분(전부가 아니고…….)은 부친이나 남편의 영향력과 정치적인 기반을 이어받아서 대통령과 총리가 되었다. 가까운 필리핀의 코라손 아키노(독재자 마르코스에게 암살당한 상원의원의 아내)와 마카파갈 아로요(마카파갈 대통령의 딸) 대통령, 인도의 인디라 간디(네루 수상의 딸) 등 그녀들이 국가지도자가 된 동기와 정치적인 활동은 부친이나 남편의 후광과 영향력을 기반으로 한다. 민족중흥과 조국근대화·산업화의 영웅인 박정희 대통령의 딸로서 박근혜가 국가 지도자 대통령이 되는 것은 자연스런 현상이며 상기 예에서도 선명하게 나타나는 기록이다. 박근혜가 차기 대통령이 되는 것은 이런 예에서도 당연한 이치로 귀결된다. 따라서 박근혜는 박정희 대통령의 후광과 업적을 굳이 부정하며 도리질 칠 필요가 없다.

박근혜 대통령은 세계 여성 지도자들과 맥을 같이하며 당연한 결과이다.

여성 대통령이나 수상은 각 나라의 정치사회적인 요구에 대한 국민의 인식 변화와 필요 욕구에서 필연성을 찾을 수 있다. 위에서 살펴본 열대·아열대 지역의 남성들은 나태와 향락에 빠져서 부정과 부패 그리고 도박, 여자 등에 몰두하여 국정을 소홀히 하고, 결과적으로 국가의 경제 사정이 악화되고, 부정부패가 극에 달하고, 그 악영향으로 빈부우학의 사회적 계급 간 갈등, 지역 간 갈등, 정파 간 갈등, 이념 간 갈등, 남녀 간 갈등이 첨예화되고, 국민은 자연스레 여자들의 부드러움과 온화함 그리고 청렴을 갈구하며 여성 지도자를 원하게 된다. 또한 여자는 정상모리배들의 부정부패에는 초연할 수 있다는 일반적인 믿음이 작용하여 필연적으로 여성 지도자를 자연적으로 원하게 된다. 현재 한국의 경제상황, 빈부와 우학의 갈등, 부정부패는 여성 지도자를 부르게 되고 바로 그 요구에 부응할 수 있는 박근혜라는 불세출의 걸출한 인물이 있기에 국민의 지지와 기대, 희망은 박근혜에게 몰리게 되어 있다. 이런 흐름과 상황을 정치와 사회문화적으로 살펴보고, 상기 다른 나라들의 여성 총리와 대통령의 출현을 살펴봐도 박근혜의 차기 대통령은 필연적인 귀결이다.

박근혜 대통령은 국민과 사회적인 요구에 부응한 필연적인 귀결이다.

지구 온난화라는 지구 전체의 자연적인 변화, 남편이나 부친의 후광과 업적이라는 배경적인 요소와 그 사례들, 정치·사회·문화적 요구에 따른 갈등 해소를 위한 부드러움과 온화 그리고 부정과 부패에 대한 혐오감은 필연적으로 여성 지도자를 출현하게 한다. 그러기에 대한민국의 차기 대통령 박근혜는 누구도 바꿀 수 없는 자연의 이치이고, 순리이고, 국민적인 요구며 또한 필연이다. 이러한 자연의 이치는 천리이고 천리와 순리에 따름은 순천(順天)이며 이런 천리를 거역하려는 자들은 역천(逆天)이고, 순천과 역천의 선택은 국민 스스로의 선택이며 신은 순천과 역천을 강요하지 않는다.

박근혜 대통령은 천리이고 천심이며 민심이며 천명이다.

이상 위에서 살펴본 바와 같은 국민적·자연적·순리적인 요구에 부응하여 박근혜는 지역·계급·사상·성년의 제 갈등을 해소하고자 하는 의지와 철학을 가지고 있다. 또한 국민은 박근혜를 신뢰와 원칙 그리고 정진선미의 윤리, 인의예지신의 도덕의 화신으로 믿고 존경하고 기대와 희망을 걸고 있다. 부정부패의 일소는 당연하고 "모든 사람의 건강·풍요·행복·평화(Health/Wealth/Happiness/Peace for All=HWHP)를 기치로 한 복지국가의 건설"은 산업화〈정의로운 사회〈공정한 사회〈복지국가의 단계로 살펴봐도 국가가 지향할 필연적인 방향이며 단계이므로 국민의 차기 대통령 선택은 필연적으로 박근혜며, 박근혜 외에는 선택의 여지가 없으며, 순리와 천심/민심에 따른 최선의 선택은 박근혜입니다.

박근혜 대통령은 순리고 순천이며 국민의 희망입니다. 이것이 바로 박근혜 현상입니다.

P.S.

상기 내용은 조금 추상적인 내용도 있으니, 여러분 나름의 명상과 사유 그리고 유추를 위한 여백으로 활용하여 주시기 바랍니다. 상기 판단과 내용은 점·선(1차원)〈평면(2차원)〈입체(3차원)〈+시간(4차원)〈+직관과 영감 그리고 영혼(아직 상세히 분류하지 않은 5차원)으로 발전하며, 우리의 과학과 사고의 단계에서 아직은 최고 단계인 5차원적인 분석과 판단이었습니다. 따라서 일일이 설명하기보다는 여러분 각자 나름의 사유와 명상을 통한 이해가 요구됩니다. 시도해 보시기 바랍니다.

2. 가자 모두······ 박근혜와 함께

김영삼 대통령 이후 소위 반산업화와 반독재 정치세력이며 민주화와 인권을 부르짖던 정치세력에 의한 국가 통치가 18년간 계속되어 왔고,

전두환·노태우 군 출신 대통령의 과도기·완충기 전후로 박정희 대통령의 18년간의 조국근대화와 산업화 경제 기적의 정치기간이 18년 이다. 우리는 거의 양대 세력이 균형과 대칭을 이루는 시점에 와 있다. 우리는 경제 기적을 이룬 산업화의 정치와 인권의 개선을 가져온 민주화의 정치를 둘 다 경험하여 그 장단점을 잘 알고 있다. 이제는 박정희 대통령의 산업화와 그에 맞섰던 정치세력의 민주화를 화합시켜 상생과 상승의 효과를 내야 하는 중요한 시점에 서 있다.

이런 과정을 거치면서 양 정치세력 간 갈등과 대립이 첨예화되고 나아가 산업화와 민주화의 그늘에서 양쪽의 어떤 혜택도 받지 못한 소외계층과 빈곤계층도 존재한다. 민주화와 산업화 양 세력에 대한 국민의 절실한 요구는 '고래싸움에 터진 새우 등'이 된, 소외되고 낙오되고 낙후된 계층과 지역에 대한 배려이다. 대립과 갈등으로 흘러온 지난 반세기의 한국 정치는 이제 기필코 화해와 화합으로 모두 어우르고 아우르고 함께 갈 수 있는 통합을 실현해야 한다. 상대에 대하여는 배타적인 배격이 아니라 이해와 아량으로 얼싸안고 감싸고 포용하는 배려여야 한다. 이런 반대세력과 방해세력까지도 얼싸안고 포용할 수 있는 것은 강자의 관용이고 도리다.

역사적인 요구와 소명에 그 역할을 할 수 있는 현재의 한국 정치세력의 중심과 핵심에 있으며, 최적임자가 바로 박근혜다. 산업화의 유산과 민주화의 공적에서도 소외되어 낙오·낙후되어 온 사람들까지 따스한 가슴으로 이해하고 배려하고 포용하여 화해, 화합, 통합을 이루어서 모두가 만족할 수 있는 정의롭고 공평·공정한 국가와 사회 만들 수 있는 사람이 바로 박근혜다.

부여된 역할과 사명과 소명 완수를 위하여, 박근혜나 그를 추종하는 친박과 박빠들은 절대로 반박근혜 세력과 또다시 운명처럼 장기간 계속

된 갈등과 대립의 각을 세워서는 안 된다. 이제는 아량과 포용과 배려로 반대 세력을 어우르고 아우르고 얼싸안고 더불어 갈 수 있는 적극적인 노력을 기울여야 한다. 이 길만이 수많은 박근혜 음해세력들의 모략과 흉계를 방어하고, 그들을 끌어 함께할 수 있는 유일한 방안이다. 모두 내치고 털면 남는 건 날카롭고 앙상한 뼈뿐이고 부드러운 살은 없으니…….

상대에 대하여 역지사지(易地思之)로 생각하고, 긍정적으로 이해하며 온정적으로 아우르는 넓은 마음이 절실히 필요한 지금이다. 내치기보다는 끌어안기, 비판보다는 칭찬, 배격보다는 배려와 포용, 등진 사람까지 돌려세워 손을 내밀어 함께하는 아량과 통 큰 이해와 아우름이 절실하게 친박과 박빠들에게 요구되는 지금이다. 이미 박근혜는 대립과 갈등의 벽을 허물고 모두를 얼싸안을 수 있는 가없는 마음의 문을 열고 양팔을 벌렸다. 친이도 명사랑도 노사모 좌파까지도 아우를 수 있고, 배신의 비수를 등 뒤에서 꽂았던 사람들까지도 모두 어우르고 아우르고자 경계를 허물어 버렸다.

"모두 오라 박근혜에게로."

이재오의 외친이와 이상득의 내친이는 물론 박근혜의 철학이 지향하는 목표가 옳다면 손학규도, 유시민도, 이회창도, 이정희도 다함께 사리사욕이 아닌 국가와 민족의 미래를 위해 손잡아야 하지 않겠는가? 노사모도, 이빠도, 명빠도, 오빠도, 좌파도, 호남도, 수도권도, 충청도 강원도 모두 다 박근혜와 함께해야 하지 않겠는가? 진정 국가와 민족을 위하고 미래를 생각하며 우국충정을 가진 모든 사람은. 함께 더불어 우리 모두가 추구하고 지향하는 정진선미(正眞善美)의 가치와 인의예지(仁義禮智)의 윤리도덕이 확립되고, 공정하고 정의로운 조국의 미래와 모든 국민의 건강, 풍요, 행복, 평화가 넘치는 복지국가의 실현을 위하여 모두 함께 박근혜의 손을 잡아야 한다.

박근혜는 유연하고 한없는 포용력을 가지고 아우를 수 있어 그릇이 아니니 불기(不器)다. 모든 갈등과 대립의 해소와 화해와 호합을 위해서는 모든 것을 버릴 수 있어 불고(不固)다. 또한 모든 반박근혜 세력과의 벽을 헐고 모두와 함께하고자 하니 경계가 없어 불계(不界)다. 박근혜는 무량의 불기며, 무아의 불고며 무계의 불계로 불기·불고·불계(不器/不固/不界)다.

우리 가자 박근혜와 함께……
건강·풍요·행복·평화가 충만하고 정진선미와 인의예지가 바로 선 복지국가로.

사랑방 ⅩⅡ | 박근혜의 올바름에 대한 생각

1992년 12월 5일

오로지 올바름만이 이 세상을 살아가는 데 자신을 지켜주는 유일한 방패이다. 올바름을 잃는다는 것은 모든 것을 잃음을 의미한다.

참되고 깊은 지혜도 올바름에서 비롯된다. 올바름을 잃으면 지혜도 잃게 된다.

그릇된 생각과 언행은 아무리 당장은 그 꾀와 술수가 그럴싸해 보여도 잔꾀에 불과할 뿐이며 결국은 다른 사람보다도 자신을 기만하는 결과를 가져오게 된다.

다른 사람들이 아무리 해코지를 하려 해도 자기 스스로 바름을 잃은 만큼 더 해를 줄 수는 없다. 다른 이가 주는 해는 참을 수도 있고 시간이 지나면 벗어날 수도 있으나 자신이 스스로 그릇된 길에 빠지게 되면 그 해는 치명적이다.

치유될 수도 없는 결정적인 파멸을 가져오기 쉬우며 그 괴로움은 견딜 수 없는 것이 된다. 수치와 가책을 동반하기 때문에. (박근혜 의 글에서 따옴)

이런 마음과 자세와 지혜를 지닌 사람이 국가를 이끌고 대통령이 된 다면 정진선미(正眞善美)의 가치와 인의예지(仁義禮智)의 윤리도덕이 바 로 서지 않을까? 사위악추(邪僞惡醜)의 몰가치와 불인부지무례무의(不 仁不智無禮無義)의 부도덕도 사라지고, 공정하고 정의로우며, 대립과 갈 등도 화해와 화합으로 승화시켜서 평화스런 국가를 만들지 않을까?

Chapter XIII

박근혜의 승자와 패자의 도리

　박근혜는 이명박 정권의 실정과 패악 및 부정부패에 대하여는 정의로 단호하게 청문회와 특검을 통하여 샅샅이 밝히고 국민이 궁금해 하는 대형 비리에 대하여도 엄정하게 밝힐 것이다. 모든 것을 밝혀 국민에게 알리고, 응분의 대가를 치르게 할 것이다. 그러나 박근혜는 그녀를 끝까지 무력화시키고 정치적으로 죽이려고 괴롭혔던 이명박, 이재오를 비롯한 여야당의 정적들에 대하여 야비한 정치적인 보복은 없을 것이며 승자로서 아량과 포용은 물론 그들의 자존심과 명예를 지켜줄 것이다. 또한 대형비리와 막무가내로 밀어붙였던 국가 정책사업과 그 속의 대형비리는 법에 따라 심판한 후에 승자의 도리로 대통령 특사 및 기타 방법으로 너그러이 용서할 것이다.

　승자의 도리란?

　인생은 하나의 승패를 가르는 길고도 짧은 여행이다.

　짧은 인생에서 각자 목표한 바를 이루어 승자가 되기도 하고, 비참한 실패와 낙담으로 패자가 되기도 한다. 이런 승부의 한 세상을 살면서 우리는 항상 승자는 승자로서 패자는 패자로서의 도리를 지킬 때, 인간 세상은 살맛나는 세상이 되고, 좀 더 발전하고 향상되는 세상이 되지 않을까?

1. 박근혜가 보여준 패자의 도리

이미 화(和)를 설명하면서도 인용했던 박근혜 경선패배 승복연설에서 박근혜는 명확하게 솔직히 구차한 변명하지 않고 패배를 인정하고, 깨끗이 승복하고, 승자에게 협조를 약속하고, 승자를 축하하고, 지지자들에게 감사하고, 화해와 화합과 단결을 강조하며, 정권교체의 목표로 최선을 다할 것을 다짐하고 요청하였다. 또한 갖은 승자의 횡포와 굴욕적인 폭압도 인내하면서 패배 승복연설의 약속을 지켜서, 지지자들의 만류와 이회창 후보의 지원요청도 단호히 거절하고 신뢰와 원칙과 화해의 철학과 사상을 지키며, 최선을 다해 이명박 대통령 후보를 지원하여 대권을 쟁취 정권교체의 목적을 달성하였다.

이것이 지난 한나라당 경선에 패배하고 곧바로 선거의 패배를 승복하면서 패자로서 완전 승복과 화합을 위한 염원을 담아 울분을 참고 외친 경선승복 연설문으로 한국 민주주의 발전의 전기를 마련한 백미였으며 가장 아름다운 패배자의 모습이었다고 평가받는다.

그러나 이런 패자로서의 화합을 위한 호소에도 이명박 대통령이 승자로서 보인 그 후의 여러 상황이 과연 바람직한 승자로서의 도리였는가? 패자에게 남는 것은 오직 하나 자존심이며 목숨을 걸고라도 지키고자 하는 명예인데, 이것조차 포기하라고 갖은 굴욕을 강요하는 것은 과연 바람직한 승자로서의 도리인가?

2. 박근혜가 보여줄 승자의 도리

인간의 역사는 전쟁(戰爭)의 역사라 할 만큼 인류 역사상 수많은 전쟁이 있어 왔다. 그 수많은 전쟁에서는 항상 승자(勝者)가 있고 패자(敗

者)가 있었다. 승자는 대부분 오만하게 되고 패자는 패자의 쓰라린 아픔을 견디지 못하고 대부분 자포자기(自暴自棄)와 방탕(放蕩)으로 비참한 생을 마쳤으며, 간혹 '와신상담(臥薪嘗膽)'이라는 고사에서처럼 온갖 고난과 굴욕을 무릅쓰고 인내하면서 재기하여 원수도 갚는 의지의 인간상을 보여주기도 했지 않은가? 박근혜가 역사에 남는 '경선패배 승복 연설'과 최선의 협조에도 불구하고 겪어온 승자의 횡포와 핍박과 갖은 굴욕도 참고 인내하면서 의연한 모습을 유지한 것은 범인으로서는 도저히 불가능한 초월자의 모습이 아니었을까?

그러나 잔인한 전쟁이나 정쟁에서도 승자의 도리를 지키는 자만이 패자와 더불어 당대의 영웅이 되고 후세에 영원한 명예와 명성을 얻게 되는 것이다. 온고이지신(溫故而知新)이라 했으니, 과거의 역사를 더듬어 오늘을 생각해보자.

삼국지에서 가장 돋보이고 많은 사람들의 경외와 사랑의 대상이 되는 인물이 제갈량이지 않은가? 그러나 나는 제갈량보다 몇 차원 높고 사려가 깊은 삼국지의 최종 승리자는 사마중달(사마의)이라고 생각하고 믿습니다.

그러면 사마중달의 승자로서의 포용과 아량 그리고 배려를 살펴보고 미국 남북전쟁에서의 링컨 대통령, 2차 세계대전에서 일본의 항복을 받아낸 더글러스 맥아더 원수를 살펴보면서 승자의 아량과 도리를 함께 생각해본다. 또한 승자의 아량과 배려, 포용으로 발휘되는 승자의 도리에 대하여도 생각해보도록 하자.

가. 사마중달(사마의)

사마중달은 삼국지 후반에 혜성처럼 나타나 신출귀몰(神出鬼沒)하는 전략전술가 제갈량을 읍참마속(泣斬馬謖)으로 고사성어가 되어 전해지는 가정전투에서부터 계속 줄기차게 제압하면서 부상하였다. 사마중달은 제갈량을 손바닥에 올려놓고 그의 모든 전략전술을 손금 보듯이 읽으면서 전투에 임하였으며, 제갈량은 제갈량대로 오기가 치솟아 1/2/3/4/5차에 걸친 기산전투에서 패하고도, 다시 재도전하여 여섯 번째 완패당한 상황에서 더 이상 참아내지 못할 수치심과 울분으로 쓰러져서 오장원(五丈原)에서 숨을 거두게 되었다.

사마중달의 인격과 도량과 그의 사려 깊은 인격과 패자에 대한 배려는 제갈량의 죽음에서 두드러지게 나타나지 않는가? 천기를 아는 그는 떨어지는 별을 보고 제갈량의 죽음을 알았고, 풀어놓은 세작들의 첩보와 정황으로 적장이며 당대의 전술전략가인 제갈량의 죽음을 확인했다. 그의 부하들은 모두 제갈량의 죽음을 기회로 진격하여 촉의 군사를 궤멸시킬 것을 요청하지만…….

"제갈량은 나의 적이었고 호적수였고 적국을 지탱하는 기둥이었지만, 그의 명성과 명예와 전적을 내가 짓밟는다면, 나도 나의 꿈도 모두 사라지지 않겠는가? 적장이지만 같은 시대를 산 호걸로서 영웅으로서 제갈량을 지켜주는 것이 나 사마중달의 양심이며 도리다!"라고 혼자 중얼거렸다. 주위의 모든 부하장수들이 들고일어나도 그는 끝까지 그의 양심과 승자로서의 도리를 견지하면서 제갈량의 명예와 명성을 고스란히 지켜 주었다. 비록 오랜 동안 아직까지도 "죽은 제갈량이 산 사마중달을 이겼다."는 비아냥거림을 기꺼이 감수하면서, 부하장수들을 여러 말로 달래서 철군한다.

"나의 영원한 마음의 친구 제갈량이여! 부디 극락왕생 하소서……."

이것이 위·촉·오의 한 마당 삼국지 이야기의 대미를 장식하는 진나라 선조가 된 사마중달(사마의)이 보여준 승자의 아량, 양심, 도리이다.

나. 에이브러햄 링컨(Abraham Lincoln; 미국의 16대 대통령)

미국 대통령 중에서 가장 유명한 대통령으로, 우리나라 사람들도 다른 대통령은 몰라도 이 링컨 대통령은 모르는 사람이 없다.

노예해방을 위한 남북전쟁(1861.4.12~1865.4.9)은 북부의 The United States of America와 남부의 The Confederate States of America 간의 내전이다. 공화당으로 대표되는 북부와 민주당으로 대표되는 남부는 '노예해방(奴隷解放)'이라는 표면적 문제뿐만 아니라 우리가 지금 골치를 앓고 있는 누적되어온 지역갈등(地域葛藤)이 더 큰 원인으로 일어났던 미국의 내전이다. 남과 북은 민주당과 공화당의 정당으로 갈리고 보수와 진보의 정치사상과 이념으로 갈려서 사사건건 정쟁이 그치지 않고, 상호간 불화와 반목과 갈등 대립이 누적되어 오다가 노예해방이라는 이슈로 점화되고 폭발된 것이다. 노예해방이란 한 가지 이유로 전쟁에 이른 것이 아니지 않은가?

이 전쟁에서 남부 연합군의 대통령 Jefferson David는 몰라도 리 장군(General Robert E. Lee)은 알 것이다. 남북전쟁에서 북의 영웅은 링컨 대통령이었고, 남부의 영웅은 Lee 장군이었다.

남북전쟁 중 전몰장병의 공동묘지(Soldiers' National Cemetery in Gettysburg, Pennsylvania, on the afternoon of Thursday, November 19, 1863)에서 찬조연설로 행한 링컨의 2분 15초짜리 짧은 민주주의에 대한 연설로 유명하게 된 게티즈버그에서의 패배 후, 궤멸된 남부군을 이끌고 수세에 몰리던 Lee 장군은 모자라는 병력보충을 위해서 종전 한 달 전 어쩔 수 없이 링컨과의 개인적인 약속인 "노예는 절대로 총알받이로 전쟁에 내보내지 않는다."는 약속을 위반하고 지원자에 한해서 노예도 전쟁에 참여할 수 있다는 모병제로 노예를 전쟁에 투입하는 정책을 실시하여 약속위반이란 일생일대의 실수를 하게 된다. 링컨은 이 소식을 듣고 노발대발하여 전 병력과 물자를 총동원하여 가능한 한 빨리 전쟁을 끝내라는 강력한 지시로 남부군(Confederacy Army)을 세차게 몰아쳐서 노예도 전쟁에 참여한다는 Lee 장군의 결정 후 딱 한 달 만에 Lee 장군이 Grant 장군에게 1865년 4월 9일 Appomattox Court House에서 항복함으로써 종료된다.

항복문서 조인 후 남부군에 화해와 협조를 당부하는 리장군의 고별연설(Farewell address by Lee to the Army of Northern Virginia, Appomattox Court House, Virginia, April 10, 1865)은 밑의 사진과 같이 그의 기념관에 남아 있다.

적장 Lee 장군이 항복할 때, 링컨은 Grant 장군에게 "가능한 한 최대한의 예우와 존경을 표하라."고 강력하게 지시한다. 그래서 패장인 Lee 장군은 항복하러 가는 길에도 남·북군의 사열과 경례(Salute)를 받으면서 그의 애마(완전히 잡털 하나 없는 백마)에 타고 위풍당당하게 Appomattox Court House로 들어가서 항복문서에 서명을 했다.

링컨 대통령은 Lee 장군의 권위와 명예를 최대한 존중해주었다. 반면, Lee 장군은 남부군의 패잔병이 시도하려던 게릴라전을 멈추게 하고, "The Confederate States of America"의 해체와 남북화해를 앞장서서 주도하여 더 이상의 남과 북의 전쟁과 지역갈등이 없도록 완벽하게 전쟁을 종식시키는 데 최선을 다했다.

미국 West Point(미국육사)의 수석 졸업자로 링컨 대통령의 미군 총사령관 제의도 거절하였던 General Robert E. Lee의 자존심과 명예를 끝까지 살려주어 미국역사상 가장 훌륭한 장군의 표상으로 존경받게 배려한 사람은 다름 아닌 바로 Abraham Lincoln 대통령이며, 두 사람은 남북전쟁의 역사와 함께 미국의 청사에 빛나는 영웅이 될 것이다.

링컨 대통령의 패자 리 장군에 대한 아량과 배려와 포용으로 미국의 남북 간 내전은 새로운 화합의 계기를 마련하고 리 장군은 비정규 게릴라전을 억지하고 남과 북이 화해와 화합을 이루도록 링컨 대통령에게 적극 협조하였다. 링컨이 위대한 대통령으로 길이 존경받을 수 있는 것은 그의 노예해방을 위한 남북전쟁의 승리보다도 승자로서 보여준 패자 리 장군에 대한 아량과 배려와 포용의 승자의 도리가 아닐까?

다. 맥아더 장군(General Douglas MacArthur; 1880.1.26~1964.4.5)

맥아더 장군은 우리나라를 북괴 김일성이로부터 지켜준 나라의 은인이며, 미국의 제2차 세계대전 전쟁사와 함께 영원히 영웅으로 기록될 훌륭한 군인이다. 그는 자신의 신념을 끝까지 지키면서 살아간 군인으로서도 유명하다.

1945년 8월 15일 일본 천황 히로히토는 히로시마에 핵포탄을 맞은 후 "무조건 항복"을 선언했지만 맥아더 원수는 "즉각 일본에 진주, 점령하여 모든 군인과 경찰을 무장해제하라."는 상부의 지시도 거부하고, 천황이 항복을 선언한 후 한참 지난 9월 2일 'Missouri'함에 일본 장군들과 관리들을 정중히 초청하여 항복문서에 서명을 받았다. "항복문서 서명 전엔 어느 누구도 일본 땅에 발을 내딛지 말라."는 엄명과 함께……

또한 그는 "일본의 천황제를 폐지하기 위해 일본인의 구심점인 천황을 제거하라."는 비밀지령도 끝까지 거부하면서, 오히려 맥아더가 명령을 이행하지 않으니까 비선의 미국 '비밀특공대'로 천황 및 황족을 멸족시키려는 여러 번의 시도까지도 강력하게 막아내면서, 1945~1951년까지

정중하게 천황과 그 가족 친척들을 보호해주었다. 이러한 맥아더 장군의 사려 깊고 인간적인 배려 덕분에 일본은 아직까지도 미국의 가장 가까운 우방으로 남아 있다고 확신한다.

또한 한국의 6.25동란 시에도 휴전·종전을 지시하는 트루먼 대통령에 맞서 중국과의 확전 및 '북진통일(北進統一)'을 고집하다가 그만 귀국조치를 당한 우리 대한민국의 은인이 맥아더 장군 아닌가?

"Old soldiers never die-never die; they just fade away"라는 유명한 말을 퇴임식에서 남기고 군복을 벗은 후 조용한 노호(老虎)의 노년을 보내다 그는 1964년 4월 5일 식목일에 세상을 떠났다.

나는 맥아더가 장기간 머물러 있던 2차 대전 중 최고·최대의 요새라는 필리핀 마닐라 만 입구에 위치한 코리기도(Corregidor) 섬에 있는 태평양함대 사령부 유적지에 갈 때마다 그의 사상과 전과와 사려 깊었던 승자로서의 포용과 관용을 생각하면서 "Old soldiers never die" 노래를 그의 동상 앞에서 소리 높여 부르곤 한다.

사마중달-링컨-맥아더장군이 각각 보여준 승자의 패자에 대한 넓고 깊은 아량과 배려 포용이 승자의 도리다. 승자의 도리로 사마중달은 제갈량의 사후 명예와 자존심을 지켜주면서 삼국지 최후의 승자가 되고, 링컨은 Robert E. Lee 장군의 명예와 자존심을 지켜주는 승자의 도리로 남북전쟁을 승리로 이끌고, 남북의 화해와 화합을 통해 다시 굳건한 미국을 만들었으며, 맥아더 장군은 패전국 일본의 명예와 자존심을 지켜주고 일본인들의 정신적인 구심점인 일본 천황을 보호해줌으로써 일본을 미국의 영원한 우방으로 만들었다.

박근혜가 한나라당 내의 대선 경선 패배 후에 보인 패자로서의 도리에 비추어 차기 대선에 승리하여 대권을 잡았을 때 그녀는 틀림없이 사마중달, 링컨, 맥아더가 보인 승자의 도리에 뒤지지 않는 넓은 아량과 배려와 포용으로 패자를 아우르고 어우를 것이며, 현 이명박 정권의 온갖 비리와 실정도 승자의 도리로 슬기롭게 마무리 지을 것이라 확신한다. 그녀의 철학과 사상과 정신세계에는 보복은 없고 오직 화해와 화합의 화(和) 철학을 신봉하기 때문이다. 패자의 도리를 아는터, 승자의 도리를 모르겠는가? 또한 그녀가 시종일관 변함없이 지키고자 하는 철학이 바로 화(和)인데…….

라. 박근혜가 보여줄 승자의 도리
이명박 대통령 하면 퍼뜩 떠오르는 연상 단어들은 다음과 같다.

태안 유조선 충돌 / 숭례문 전소 & 청계천 소라동탑 / 고소영 / 주가 5000…… BBK / 삽질 / 군 미필 / 광우병 쇠고기 / 악어 눈물 / 마사지 / 4대강 / 재정파탄 / 태극기 거꾸로 왼손 국기배례, 천안함 침몰 / 세종시 꼼수안 / 7 4 7 / 영포탕 / 회전문 / 강부자 / 오사카 / 실업 천지, 도곡동 땅/ 사기꾼 / 거짓말 / 부정 / Hi, Laura / 오뎅 / 욕쟁이 / 위장 / 꼼수 / 자살천국, 4대강 주변 땅 / 선진 국민연대 / 조금만 기다려라 / 독도팔이 / 새떼 / 오사리잡탕, 절 땅 밟기, 사독교 / 불교 죽이기, 절 태우기 / 서울시 봉헌 / 로봇물고기 / 설fp발 / 강도 / 파도에도 배 두 동강 / 연평도 포격과 확전방지 / 그만 좀 쏴라 / 찜질방 난민 수용소 / 거짓말 천국, 박근혜 죽이기 / 공천학살 / 강냉이나 줘 / 어린 쥐 & 어른 쥐 / 범죄 전과자 천국, 4대강 카지노선단 / 강변 땅 되팔기 친수법 / 나눠먹기 개헌 / 끼리끼리 나눠먹기 독식인사 / 구제역 창궐 / 살인 물가고 / 종편 흔들어 조중동 잡기 / 동남 신공항 흔들어 경남북과 대구-부산 싸움 붙이기 /과학벨트 흔들어 전국 산산조각내기, 저축은행 7조 원 조떼기 비리…… 등등 숱한 패악을 일일이 어찌 다 헤아리나?

포식자 낙하산부대 특공대들이 요소요소 곳곳에…… 모두모두 돈 떼먹기?

부산저축은행 비리만 7조 원이면…… 몽땅 합치면 도대체 얼마인지?

전부 부정적인 단어들로 이 중에 하나만 있어도 대통령 직무상·자격상·인격상 흠결이고 모독인데, 취임 후 지금까지 대표적인 연상 단어가 저 정도이니 앞으로 또 얼마나 많은 기록적인 단어들이 탄생할지?

정권·정부와 한나라당에 대한 국민의 불만과 신음, 함성은 하늘을 찌른다. 이명박 대통령이야 원래 뻥튀기 장수, 청소미화원, 고학생 출신이라 어쩔 수 없다 해도 권력의 곁불 쬐려 몰려든 덩달이, 오사리잡것, 부정부패 패악의 무리 시푸리딩딩 한나라당 국토는 파괴하고, 국가재정 파탄내고, 국민들 거지 만들고…….

차기 대권을 누가 잡든지 이명박 정권과 한나라당의 심판은 다음 정권의 최우선 과제가 될 것이다.

정권·정부와 한나라당에 대한 국민의 불만과 신음, 함성은 하늘을 찌른다.

나의 조국이 각하 한 사람 때문에 파탄 나서야…… 아직도 모르진 않을 거고 의도적인 패악이 아닐까? 청문회와 특검 등으로 상기의 수없이 많은 모든 의혹과 부정을 샅샅이 밝히고 처단하는 것이 차기정권 제1의 진정한 역사 바로 세우기 정의다.

이명박 정권의 수많은 의혹과 대형비리 및 국가재정의 파탄을 비롯한 흔들어 제친 국책사업과 막무가내로 밀어붙인 4대강사업은 물론 위에 열거한 수많은 미제 사건들과 사안에 대한 철저한 수사와 진실을 밝혀 바로잡지 않으면 한 발자국도 앞으로 나갈 수 없다. 또한 수많은 의혹들에 대한 국민의 불신과 불만을 외면하고 정의롭고 공정한 사회를 정책적으로 추진할 수 없다. 그러기에 이명박 정권에 대한 엄정한 수사와 특검 청문회를 통한 모든 의혹과 비리의 청산과 진실 규명은 필연이며 필수다.

그러나 화해와 화합을 근본 철학으로 하는 박근혜는 정의의 칼로 엄정한 수사와 진실규명은 하되, 관련자들이 진심으로 뉘우치고 응분의 보상과 반성을 한다면, 승자의 도리로 아량과 벼려와 포용력을 발휘하여 화합을 이루리라는 것은 충분히 예측 가능하다. 무능력이건 패악이건 이명박 정권이 저지른 부정과 비리와 실정은 정의의 잣대로 엄격하게 진실은 규명하고 단죄하되 박근혜는 그 누구보다도 폭넓은 아량과 배려와 포용으로 이명박 대통령과 관련자들을 용서하는 아름다운 승자의 도리를 보여줄 것이다.

이명박 대통령의 유일한 구원자는 박근혜이고, 정의의 잣대로 모든 실정과 의혹은 엄정하게 밝히지만, 아우르고 어우르면서 화해와 화합, 배려와 포용의 진정한 승자의 도리를 보여 줄 유일한 정치인은 박근혜임을 알고 지금부터라도 정권의 마무리에 최선을 다하고, 박근혜의 협조와 지원을 구하는 것이 최선의 길임을 알아야 한다.

박근혜의 승자와 패자의 도리는 화해와 화합과 나아가 평화의 바탕이 되는 그녀의 근본 철학 사상인 화(和)를 이해하면, 그녀가 대권을 잡게 되더라도 정치적인 보복은 절대로 없을 것이라는 것은 확실하게 예측할 수 있다. 정의와 공정의 기준으로 철저하게 규명하고 심판은 하되 우리가 살핀 승자의 도리로 상대의 명예와 자존심을 살리고 포용과 아량을 보여줄 것이다.

　　Dale Breckenridge Carnegie(1888.11.24~1955.11.1/원래의 이름은 Carnagey)로 저서에는 How to Win Friends and Influence People(1936) /Lincoln the Unknown/ Public Speaking and Influencing Men In Business/How to Stop Worrying and Start Living/The Quick and Easy Way to Effective Speaking/The Leader In You 6권이 대표작이고, 이 6권이 내가 한 단어 한 단어 직역으로 번역하여 출판하려고 했던 책들이며, 그중에서도 『How to Win Friends and Influence People』가 가장 유명하고 전 세계적으로 많이 팔린 책이다. 그리고 이 책이 내가 그동안 국내외 지인들에게 200여 권을 선물로 주었던 책이기도 하다.

　　이 책에는 인간관계에서의 기본적인 기술 3가지, 상대방에게 호감을 주는 방법 6가지, 상대방 설득 방법 12가지 직장에서 지도자·책임자가 되는 방법 9가지-총 30가지의 사교·대화·지도에 필요한 사항을 실례를 들어서 설명하고 실천하도록 권하고 있는 책이 바로 『How to Win Friends &Influence People』의 내용이다. 다양한 외국의 바이어들과 상담할 때의 선물로, 더러는 식구들과 친구들에게 내가 지금까지 200여 권을 사서 선물한 책이며, 누구에게나 다 필요한 지식과 지혜를 주는 책이라고 적극 추천해온 책이다.

　　이 글을 읽는 여러분도 오늘은 서점에 나가서 이 책을 골라 영어 원문으로 읽어보면 많은 도움이 되고, 단지 읽어 이해(Knowing 〈Understanding〈Talking)할 뿐 아니라, 일상생활(사교·업무·사업·책임자·교사·지도자·부하 등으로서)에 직접 적용하고 실천한다면 우리 생활에도 엄청난 윤기와 활기가 일지 않을까 하여 소개해봤다.

나도 "아차, 아차" 하면서 수십 년, 수십 번 읽고 느끼고 실천하려 하지만 소갈머리가 좁고, 더러는 상대방의 얄미운 술수가 미워서 실천을 못하고 있는 교훈적인 내용이다. 적어도 나에게 이 책을 선물로 받아온 사람들은 '진실과 영혼이 이런 내용을 실천하고자 한다'고는 생각해주지 않겠는가? 이 책이 서점에 충분히 있는 줄은 모르겠지만…….

그간 수차례의 신간이 나올 때마다 내용이나 순서가 약간씩 바뀌었지만 근본적인 내용은 똑같다. 오늘은 마음먹고 영어 원문으로 된 이 책을 구입하여 읽어본다면 본전은 충분히 뽑고, 실천·실행까지 할 수 있다면, 과장하여 인생도 성공적인 인생으로 바꿀 수 있지 않을까?

나도 읽고 느끼고 배우지만 실천은 부족하여 게시판에서도 날 선 논쟁을 자주 벌인다. 그렇지만 30가지는 기억하면서 도가 넘는 날 선 논쟁은 피하려고 노력한다.

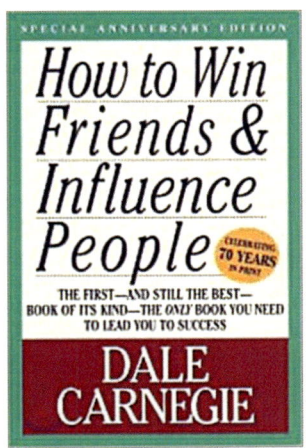

▶ 독자들에게 꼭 권하고 싶은 책

Chapter XIV

박근혜의 정치/정책 예측

　꾸준히 지속하는 박근혜의 지지율은 30~40%이며, 이런 고공 지지율은 타의 추종을 불허하며 소폭 등락은 있어도 큰 폭의 등락 없이 유지되고 있다. 차기 대통령 선호도로 이런 높은 지지율을 유지할 수 있는 것은 많은 국민이 박근혜의 철학과 사상 및 정신세계를 이해하고, 어렴풋이나마 짐작하고 감을 잡고 느끼고 있다는 의미다.

　여당인 한나라당은 싫어해도 박근혜를 지지하는 국민은 많으며, 이명박 대통령 정권의 실정과 막무가내 정책을 비판하고 부정과 부패를 비난하면서도 박근혜는 이런 현 정권의 실정과 부정부패와 연관되어 공동정범으로 같이 비판을 받지 않는다. 오히려 한나라당이나 현 이명박 정권에 대한 불만이 고조될수록 박근혜의 지지도는 올라가는 기현상도 있다.

　이런 견고한 지지율과 당정청의 실정에서 초연할 수 있는 박근혜의 지지율은 국민이 박근혜의 순결한 영혼, 위력적인 말, 화해와 화합의 화(和)의 철학, 정의, 용기, 복지국가에 대한 박근혜의 진정성을 충분하게 이해하고 희망과 기대를 걸고 있다는 것이다.

　국민이 박근혜에게 거는 기대와 희망은 곧 박근혜의 정책이 될 것이며, 박근혜는 항상 국민을 섬기는 자세를 견지해오고 있기에 그녀가 차기 대권에 승리하여 대통령이 된다면 어떤 정책을 펼칠 것인가도 쉽게 짐작할 수 있다. 그녀가 항상 주장하는 것은 신뢰와 원칙이며 또한 정직이다. 그러기에 그녀가 펼치고자 하는 정책을 짐작하기는 어렵지 않다고 생각한다. 박근혜에게 국민이 거는 기대와 희망을 알면, 박근혜가 펼칠 정책들이 드러나고, 박근혜가 목표로 하는 정책의 방향을 알 수 있다.

지금까지 살펴본 박근혜의 순결한 영혼, 말, 화(和), 정의, 용기를 근거로 박근혜가 차기 대선과 대선 승리 후에 펼칠 정책과 조치들을 개략적으로 살펴보자. 물론 이는 국민의 기대와 희망과 박근혜의 철학·사상 정신의 공통분모로 개략적인 예측일 뿐 구체적이고 입체적이며 시간계획까지 포함한 대선공약과 구체적인 정책은 아니다. 또한 예측일 뿐 확인된 사실은 아니며, 거의 확실시되는 정책과 통치의 방향을 개략적으로 예측해보는 것이다.

1. 박근혜의 중도정치

현재 대한민국의 모든 정당과 정치인들은 중도라고 주장한다. 보수를 대표하는 여당 한나라당은 꼴통 보수의 이미지를 탈색하기 위하여 당의 이념을 중도라고 주장하고, 진보를 대표하는 제1야당 민주당도 종북·친북 좌빨의 이미지를 희석시키기 위하여 당의 이념을 중도라고 주장한다. 또한 이명박 대통령도 중도강화와 중도실용을 주창하기도 했다. 이러다 보니 한국에는 표면적으로 진정한 보수정당도 진보정당도 없다.

한나라당이나 민주당의 내부 구성원들과 국회의원들도 좌우보혁의 정치사상·이념에 의하여 모인 정당이 아니라, 영남과 호남에 뿌리를 둔 지역적인 특성에 의하여 구분되고 있으며, 좌우보혁의 정치사상과 이념에 의하여 구분되지도 않는다. 보수라는 한나라당에도 좌우보혁이 공존하고, 진보라는 민주당에도 좌우보혁이 공존한다. 정치사상과 이념에 의한 당의 구분은 이제 의미도 없고 실질적으로도 좌우보혁의 잣대로 정당을 구분할 수도 없다. 다만 좌우보혁이라는 정치사상과 이념은 정치인들의 정치선동과 선거를 위한 구호에 지나지 않았다.

민주화 이후 대한민국은 정당과 관계없이 대통령선거가 되면 대권주자들은 자신이 '중도' 편이라고 하여왔다. 노태우, 김영삼, 김대중, 노무현 전 대통령들과 현 이명박 대통령이 다 그랬다. 왜냐하면 정치이념에 무관심한 대다수 국민은 자신이 '중간 또는 중도'라고 생각하기 때문이다. 이명박 대통령도 2009년 8월 15일 광복절 경축사를 통하여 '중도강화'를 선언하고 대통령 특사로 남미 방문 중에 대통령의 형 이상득 의원도 2011년 5월 8일 LA교민 간담회에서 "이명박 대통령이 앞으로 중도 실용 노선으로 포용하는 정치를 해갈 것으로 본다."고 재확인했으며, 4.27재보선 분당에서 민주당 손학규 대표도 좌파·진보가 아닌 중도정치인의 이미지를 강조하면서 승리했다.

그러나 박근혜를 제외한 모든 정치인들의 중도정치의 개념은 이도 저도 아닌 중간의 의미로, 너무 강한 좌파나 우파의 보수와 진보의 개념을 물 타기 위한 수단으로, 득표를 위한 구호로, 극좌·극우 이미지 희석용으로 중도정치·중도강화를 부르짖었다. 이런 무색무취한 정치 이념을 중도라고 한다면 이는 진정한 의미의 중도가 아니라 정치구호에 지나지 않는 무개념·무이념·무사상의 죽도 밥도 아닌 얼치기 정치이념이다. 중도는 중간이 아니라, 중도 나름의 선명하고 분명한 철학과 사상을 가진 정치이념이지, 좌우나 보혁의 중간이 아니다.

박근혜가 주장하는 중도정치란 사회 계층의 어느 한편으로 치우치지 아니하고 국민 전체나 절대다수 보통사람들의 이익을 대표하는 것을 이상으로 삼는 정치며 모든 국민을 위한 정치로 그녀의 근본적인 철학이며 사상이고 정신세계의 근간을 이루는 화해·화합의 화(和)의 정신을 근원으로 하는 중도정치다. 모든 국민의 건강-풍요-행복-평화를 위한 홍익인간(弘益人間)에 기초한 화(和)를 위한 가장 효과적이고 바람직한 정책을 좌우보혁의 정치이념을 초월 취사선택하는 복지국가의 이상에 합치하는 정치성향이며 정치이념이 중도다.

박근혜의 중도(中道)는 불교의 가르침인 어느 한쪽에 치우치지 아니하는 바른 도리를 말한다. 석가는 29세에 출가하여 35세에 깨달음을 얻어 불타가 될 때까지의 6년간 그 대부분을 가혹한 고행의 길에 정진하였다. 고타마 붓다는 출가 전의 쾌락(快樂)도 출가 후의 고행도 모두 한편에 치우친 극단이라고 하였고, 이것을 버리고 고락 양면을 떠난 심신(心身)의 조화를 얻은 중도(中道)에 비로소 진실한 깨달음의 길이 있다는 것을 스스로의 체험에 의해서 자각하였다. 이런 이치를 깨닫고 성도(成道) 후 그때까지 함께 고행을 하고 있던 5인의 비구(比丘)들에게 가장 먼저 설교한 것이 중도의 이치였다. 중도는 팔정도라고 하는 구체적인 실천에 의해서 지탱되는 준엄한 도이며, 여기서는 나태, 권뇌, 노여움, 어리석음에 의해서 부지중에 집착하려고 하는 어떠한 치우침도 모두 버려야 할 것을 강조한다. 8정도는 정견(正見), 정사(正思), 정어(正語), 정업(正業), 정명(正命), 정근(正勤), 정념(正念), 정정(正定)으로 요약되는 가르침이며 일상적으로 실천 수행할 생활 규범이기도 하다. 이런 불교의 8정도가 박근혜의 순결한 영혼, 화, 정의, 용기와 결합하여 조화된 정치 이념이 바로 박근혜의 중도정치 철학·사상·이념이며 이런 8정도를 지키며 사는 일반 보통사람들을 상징 표현하는 중도다.

또한 박근혜의 중도는 기독교의 생활 규범인 십계명을 지키며 사는 일반사람들을 위한 정치를 의미한다. 기독교라는 특정 종교뿐 아니라, 정진선미(正眞善美)의 가치와 인의예지(仁義禮智)의 윤리도덕을 지키며 사는 사람들을 의미하는 보통의 선량한 국민들을 모두 아우르고 어우르는 의미의 중도다. "한 분이신 하느님을 흠숭하여라. / 하느님의 이름을 함부로 부르지 말라. / 주일을 거룩히 지내라. / 부모에게 효도하여라. / 사람을 죽이지 마라. / 간음하지 마라. / 도둑질을 하지 마라. / 거짓 증언을 하지 마라./ 남의 아내를 탐내지 마라./ 남의 재물을 탐내지 마라."는 10계명을 지키면서 사는 일반 보통사람들을 상징하고 의미하는 중도며 이런 보통사람들을 위한 정치가 박근혜 중도정치의 근본적인 사상/이념 이다.

박근혜의 중도정치는 중국과 우리나라의 윤리도덕과 정치이념의 근 간을 이루어온 유교의 중용에서 비롯된다. 중용(中庸)의 요지는 인간 적 욕심과 도덕적 본성을 다스리는 이치가 중용이다. 도덕적 본성이 항 상 주체가 되어 인간적 욕심을 다스리는 것이 중용의 도이다. 성(性), 도 (道), 교(敎)라는 개념으로 천도와 인도와의 관계를 설명하며, 성은 하늘 이 준 사람 속에 있는 하늘의 속성이며, 하늘이 부여한 본연의 성을 따 르는 효도와 자식 사랑, 형제간의 우애, 가정의 화목, 이웃 사랑 등이 도 이다. 교는 도를 마름질하는 것인데, 도를 구체화한 교훈, 예절, 법칙, 제 도 등으로 구체화된 것을 말한다. 중용은 성(誠), 중용, 중화(中和)다. 성 은 진실무망이고, 중용은 치우치거나 기대지 않고 지나침도 모자람도 없는 평상의 이치다. 중화는 실천적 측면에서 중을 설명한 것이다. 희로 애락이 일어나지 않는 상태를 중이라고 하며, 일어나고 모두 절도에 맞 는 것을 화라고 한다. 중용에서 지향하는 목표도 가장 이상적이고 조화 (Harmony)로운 화(和)로 박근혜가 추구하는 철학·사상과 일치한다.

해방 후 지금까지 계속해서 우리의 정치는 좌우보혁의 사상과 이념의 대립과 갈등, 동서남북의 지역갈등과 대립을 정치의 수단이며 도구로 악 용하면서 대립과 갈등을 첨예화시켜왔으며, 이런 사상과 지역갈등은 빈 부우학과 남녀노소 간의 대립과 갈등을 해소하기보다는 야기(惹起)시켜 왔다. 이런 모든 대립과 갈등의 치유의 정치노선으로 박근혜가 택한 정 치노선이 중도며, 정치-경제-사회-문화-교육 등 모든 분야의 발목을 잡고 극심한 혼란과 문란을 야기해온 모든 갈등과 대립을 해결하고자 하는 박근혜의 정치철학이 중도정치를 통한 화해와 화합의 화(和) 철학의 실현이다.

이러한 모든 혼란의 원인이 되는 대립과 갈등을 극복하는 방법으로 지금까지 극우나 극좌의 사람들이 생각하는 것은 어느 한쪽의 완벽하고 철저한 승리와 패한 쪽의 무조건 항복을 통해 가능한 오해와 착각이었다. 그러나 이런 완벽한 승리와 무조건적인 항복·굴복은 현실적으로 불가능하며, 이런 완전 승리와 굴복은 더 심각하고 많은 여러 가지 대립과 갈등을 재생산하지 대립과 갈등의 해결방법이 될 수 없다. 최선의 방법은 모든 사람의 화해와 화합을 통한 모든 대립과 갈등의 해소며, 이런 화해와 화합의 최선의 정치이념으로 중도정치를 외치는 것이며, 이것이 박근혜의 중도정치의 근본적인 철학이며 이념이고 목표다.

박근혜의 중도정치이념과 사상은 좌우보혁의 정치적 이념과 사상을 초월하여, 유교의 올바른 생활규범인 중용(中庸), 불교의 8정도로 표현되는 행동규범인 중도(中道), 기독교의 계율인 십계명(十戒命=the Decalogue) 등의 종교적 가르침과 철학을 포함하고, 상식과 진리에 입각한 보편타당(普遍妥當)과 불편부당(不偏不黨)을 의미하는 동시에, 이러한 것들을 지키며 사는 모든 사람을 뜻하며, 이런 철학의 중도정치로 중용, 중도, 십계명을 지키며 사는 보통사람들을 위한 정치가 박근혜가 믿고 말하고 주장하고 지키는 중도정치다.

죽창 들고 게릴라 시가전을 전개하는 매국 종북 분자들은 당연히 중도에서는 제외되며, 불한당 깡패짓거리로 서울 한복판에서 남의 분향소나 때려 부수고 가스통 들고 날뛰는 극우를 표방하는 극렬한 사람들은 박근혜의 중도에 포함되지 않는 백해무익한 사람들이다. 급진적인 사회변혁을 부르짖거나, 극우적인 국수주의를 부르짖는다 해도 극우와 극좌는 중도에 반하는 극소수의 불순세력들이다. 이들을 제외한 모든 대다수 국민이 바로 중도며, 이런 중도에 속하는 국민을 위한 정치가 바로 박근혜의 중도정치. 중용·중도·십계명을 지키며 살고, 지키려고 노력하는 성실한 신앙인들과 상식과 진리에 입각한 보편타당과 불편부당의 사회규범에 따라 사시는 대다수 국민은 당연히 중도에서 환영하고 얼싸안는 사람들이며, 이런 사람들이 대한민국 국민의 절대다수이며 이들이 바로 중도다.

박근혜의 중도정치란 불교의 8정도, 기독교의 십계명, 유교의 중용의 철학과 가르침에 이르고 일치하며, 이런 8정도, 십계명, 중용을 믿고 지키면서 사는 보통 사람들을 위한 정치로서의 중도정치를 의미하며, 박근혜 중도정치의 목표와 이상은 바로 그녀의 근본 철학인 모든 대립, 갈등, 불화를 해소하고자 하는 화해와 화합의 화(和) 정신과 철학을 근본으로 하는 복지국가다.

2. 박근혜의 지역갈등 해소 정책

현재의 남북관계는 최악의 상황으로 전쟁 일촉즉발(一觸卽發)의 위기상황으로 치닫고 있으며, 7.4 남북공동성명, 6.15 남북협력선언, 10.4 남북 공동합의 등 남북 간 무르익었던 화해와 화합의 분위기가 얼어붙었다. 대한민국이 추구하는 남북통일은 평화적인 통일이며, 지금까지의 남북합의와 선언은 평화적인 남북통일의 근거와 기초가 되는 남한과 북한 간의 합의였으나, 이명박 정권에서 냉각되기 시작한 남북관계는 돌이키기 힘든 갈등과 대립의 남북관계가 되었다.

박근혜가 집권 후 펼칠 한반도 평화정책은 대립과 갈등의 남북관계

가 아닌 화해와 상생과 상승의 평화스런 남과 북의 협력을 위한 정책이
될 것이다. 박근혜의 북한 방문과 북한의 김정일과의 만남을 통하여 구
축한 신뢰와 협조관계는 곧바로 남북 상호 불신을 해소하고 대화와 협
력의 관계로 전환될 것이다. 기존의 남북 간의 합의 사항은 폐기가 아니
라 보완 발전시킬 것이며, 신뢰와 원칙에 입각한 상호 협조가 이루어져
서 남과 북이 서로 돕고 서로 이익이 되는 방향으로 남북관계는 급속하
게 전환될 것이다.

금강산 관광개발과 개성공단은 정상적으로 기존의 합의대로 환원될
것이며, 북한의 지하자원개발과 공단조성 등은 급물살을 탈 것이다. 더
불어 기아에 시달리는 북한 인민들을 구제하기 위한 물자지원과 도로,
항만, 전력공급 시설 등 북한의 기본적인 국가 기간시설을 지원하고, 남
북을 연결하는 도로와 철도의 추가 건설 및 시베리아 철도 연결도 이루
어질 것이다. 북한의 김정일도 가장 믿고 협력할 수 있는 한국의 정치인
으로 박근혜를 꼽지 않을까?

대한민국 내부적으로는 영남과 호남 간의 동서 대립과 갈등을 넘어
대구·경북과 부산·경남간의 지역 이기주의에 의한 남남 갈등, 전국의
균형발전을 원하는 지방과 서울수도권 간의 대립과 갈등, 국책사업 유
치 경쟁으로 촉발된 각 시도 지자체 간의 갈등과 대립 등 지역갈등은
시급히 화합과 화해로 변화시키지 않으면 안 된다. 이런 지역 간 대립과
갈등 해소의 적임자이며 최종 해결자로서 가장 적합한 정치인이 바로
박근혜이며, 박근혜의 정신세계의 바탕을 이루는 화(和)의 철학은 대한
민국 내에 고조되고 악화되어가는 지역 간 대립과 갈등을 조정하고 상
생 화합으로 승화시킬 해답이 될 것이다.

박근혜가 집권 시 가장 중점을 두고 추진할 정책은 동서남북 지역 간
대립과 갈등을 해소하는 화해와 화합의 정책이며, 나아가 평화를 구축

하는 정책이 될 것이다.

3. 박근혜의 계층갈등 해소 정책

현재 이명박 정권에서 가장 문제가 되는 것은 빈부의 양극화 현상이며 고학력 기득특권층과 저학력 소외계층 간의 대립이며 이런 양극화로 인한 사회계층 간의 대립과 갈등은 가장 큰 사회 불안 요소가 되고 있다. 이런 양극화는 경제적으로 대기업과 중소기업 간의 양극화, 농축산업 어업의 황폐화, 800만 명 이상의 비정규직 노동자들의 고통으로 양극화의 간격은 증가되고, 양 계층 간의 대립과 갈등은 비등하고 있는 상황이다.

박근혜는 이런 빈부 양극화를 비롯한 사회계층 간의 제 대립과 갈등 해소를 위하여 획기적이고 효과적인 대안과 정책을 준비하고 강력하게 실시할 것이다. 이런 사회계층 간의 양극화와 대립과 갈등의 해소를 위하여 박근혜의 정의와 공정 화(和)를 근간으로 한 부저추신의 사회개혁 정책이 실시될 것이다. 박근혜는 기득특권층의 빈·서민 착취를 막고, 약자인 빈·서민과 소외계층을 보듬는 정책을 강력하게 실시할 것이다. 정의란 약자들 편에서 강자의 횡포와 포식과 착취를 막아 보호하는 것이 정의며 공정이 아니겠는가?

박근혜는 800만이 넘는 비정규직들을 노예상태에서 해방시킬 비정규직 정상 환원을 위한 비정규직 보호법의 개정을 정책적으로 시행할 것이다. 중소상인, 중소기업, 황폐한 농축산업과 어업의 보호와 육성을 위한 개혁정책을 실시하여 대기업과 재벌의 횡포를 막는 정책을 시행할 것이다. 이런 사회계층 간의 양극화 해소와 약자 보호는 복지국가 건설의 원대한 계획에 포함되어 실시될 것이다.

4. 박근혜의 종교 정책

한국에는 국교(國敎)가 없고, 모든 국민은 종교의 자유를 가지고 있다. 고유종교와 전래 종교 및 신흥 종교와 무속까지 포함된 한국의 종교는 변형되고 변질되어 국민의 신앙으로 교도하는 순기능도 있지만 많은 사회문제를 야기하는 역기능도 있다. 이런 종교를 살펴보고 정부에서 뚜렷한 종교정책을 가지고 종교의 자유는 최대한 인정하되, 사회 기강을 해치고 혹세무민하는 종교는 통제를 하는 정부의 정책은 필요하다. 특히 불순사상이나 이단적인 교리로 국민을 현혹하며 상업적으로 발전하는 사이비 종교나, 종교 간 갈등을 야기하는 특정 종교의 전횡과 횡포는 정부가 철저히 관리하고 통제해야 하겠다.

가. 우리 종교 역사의 개요

먼저 우리 종교의 역사를 간단히 살펴보자.

우리 민족은 다른 민족들과 같이 아주 오랜 옛날부터 시대상황에 적합한 고유의 종교적 신앙과 의례를 가지고 있었다. 종교적 신앙과 의례의 역사를 볼 때 우리 민족의 고대 원시신앙은 고조선의 건국신화에 나타나는 천신(天神)을 믿고 산천과 조상의 영혼을 숭배하며 무속(巫俗)을 행하는 것이었다.

단군신화의 환인은 천제였으며 고대 한민족의 신앙 대상이었으며, 단군도 인간으로 화신하여 인간을 이롭게 한다는 홍익인간(弘益人間)의 사상 때문에 숭배의 대상이 되었다. 부여의 영고(迎鼓), 고구려의 동맹(東盟), 예의 무천(儛天)은 모두 한 해의 농사를 마치고 천신에게 제사를 드리는 제의(祭儀)가 원시신앙의 형태가 되었고, 지금까지도 강한 생명력을 가지고 이어져 내려오고 있는 무속과 거의 일관된 특징을 공유하고 있다는 점에서 한국 무속의 원형으로 생각되고 있다.

삼국이 정립된 뒤에는 중국을 통하여 불교를 들여오고 도교와 유교를 들여와 태학과 국학을 세우고 태학박사·오경박사·의(醫)·역(易) 박사제도를 두어 귀족 자제들에게 유교의 경전을 가르쳐 유·불·선 3개의 종교가 우리나라에 정착하게 되었다. 특히 신라에서는 유교·불교·도교의 원리를 바탕으로 화랑도(花郞徒)의 청소년 집단을 만들어 교육·군사·사교 단체의 기능을 강화하는 동시에 많은 인재를 배출하여 삼국통일에 크게 이바지했다.

삼국시대에 전래된 불교는 통일신라를 거치며 찬란한 불교문화를 꽃피우고, 불교의 교세는 고려시대에도 그대로 이어져 거란·여진·몽고의 침입에 대한 호국불교(護國佛敎)의 성격으로 발전했기 때문에 불교가 국교로서 더욱 보호되고 장려되었다.

8만대장경의 조판은 그러한 호국불교의 염원에서 만들어지고, 인쇄술의 발달을 자극하여 세계 최초의 금속활자를 만들어내는 계기가 되었다. 고려에서는 유교와 한문학의 교양을 지닌 사람을 등용하기 위한 과거제(科擧制)를 실시했을 뿐만 아니라 불교의 승려에게 출세의 길을 마련해주기 위해 승과(僧科)라는 국가시험제도를 두었고, 사원에 토지와 노비를 급여하고 면세와 면역의 특전을 베풀어 사원경제가 팽창했으며, 승려들은 귀족의 신분을 가지게 되었다. 고려시대에는 또 신라 말기에 중국에서 들어온 풍수지리(風水地理) 사상이 크게 유행했다. 이것은 지리도참설이라고도 하는데, 귀족들의 생활원리에 침투되었으며 그 영향으로 과거제도에 지리과(地理科)가 생기기도 했다.

조선왕조는 처음부터 유교를 국가의 지배적인 통치이념으로 삼아 불교를 억압하고 유교의 원리에 따라 문물제도를 갖추었다. 중앙에는 성균관을 설치하고 지방에는 향교와 서원을 세워 인재를 양성하는 한편 제사를 행했다. 조선의 숭유배불(崇儒排佛) 정책으로 옥황상제·칠성·염라대왕·사해용신·신당 등을 신봉하는 도교적 소격서(昭格署)의 혁파를 강력하게 주장했지만 민간에서는 물론이고 왕실에서조차 불교와 도교의 신봉이 여전했다. 조선시대 후기에는 실학파가 생겨나고, 서양의 천주교도 온갖 박해와 순교 끝에 수용되었다. 이어서 그리스도교 여러 교파의 개신교들이 들어와 한국인의 종교적 신앙뿐만 아니라 서양교육과 의술을 전파시키는 데 크게 공헌했다. 한국의 천주교 전래는 중국 북경의 예수회 선교사들을 중심으로 간접적인 전파가 이루어졌으나, 17세기 초부터 들어온 한역서학서를 통해 서학을 연구하는 가운데 천주교 신앙이 싹트기 시작했다. 이승훈이 북경에서 영세를 받고, 중국인 신부 주문모가 입국하면서 천주교의 전파가 본격화되기 시작했다.

개신교도 중국에서 활동하던 선교사들에 의해 성서의 번역과 배포에 상당한 성공을 거두었다. 또한 1885년에는 H. G. 언더우드와 H. G. 아펜젤러가 입국하면서 각 교파의 선교사들이 들어와 본격적으로 교육·의료 사업과 농촌운동을 실시하고, 조선의 봉건사회를 개화시키며 선교활동을 시작했다. 한국의 초기 천주교와 개신교는 조선사회 전통과의 이질감 때문에 심한 박해를 받았으나, 일제강점기 때 기독교회와 천주교의 반일성과 애국성, 그리고 조선의 독립과 민주주의를 위해 노력하는 선교사들을 통하여 민족교회로서의 지위를 굳히게 되었다.

1960년대 이후 산업화 과정에서 나타난 사회적·정치적 변화에 접하게 되면서 정신적인 피난처를 위한 종교적 동기가 강하게 작용하여 한국 기독교는 놀랄 만한 양적 성장을 이루었다. 이러한 교회의 양적 성장은 그 내적 순수성과 도덕적 차원, 신의(神意)를 토대로 한 사회정의 실현의 주체적 원동력이라는 기대에 부응하지 못했고, 일부 교회와 교인들의 기복적 신앙, 반지성적 무아상태의 신앙, 교회의 상업화·기업화·대중화, 일부 교역자의 부패 등이 부조리로 지적되었다.

이밖에도 정치적 불안정과 사회적 혼란이 고조되었던 조선시대 말기와 일제강점기에는 현실생활의 불안과 위기의식을 극복하고 새로운 이상세계를 추구하는 정감록(鄭鑑錄)과 십승지(十勝地) 기타 후천개벽사상들이 민간에 침투하여 여러 계통의 신흥종교 교단들이 형성되었다. 한국의 신흥종교는 계통으로 볼 때 동양의 유교·불교·도교 계통과 서양의 그리스도교 계통에서 파생된 것과 단군계를 비롯하여 동학계, 무속숭신계, 증산계, 봉남계 등 한국에서 발생한 것들로 나누어볼 수 있다.

나. 한국의 종교현황과 문제점

이런 다양한 외래종교와 토속신앙, 신흥종교가 다양하게 분포되어 있는 한국은 거의 50%의 인구가 각자의 종교를 가지며, 서로 다른 종파 간에는 교세확장을 위한 선교나 영향력 확보를 위하여 대립과 갈등이 만연되고 있으며, 최근에는 대통령의 특정종교에 대한 편파적인 특혜와 일부 종교지도자들의 정치활동으로 정종분리(政宗分離)의 원칙이 지켜지지 않고 종교의 정치개입이나 정치적인 영향력이 급속하게 확산되고 있다. 정치적 영향력을 지닌 종교와 그렇지 못한 종교 간의 갈등과 대립은 불가피하며, 더욱이 대통령이나 정권이 특정종교를 편애한다는 것은 타종교를 탄압한다는 결과를 낳아서 종교분쟁은 국가에서 미연에 방지하는 철저한 정종 분리정책을 써야 한다.

1) 한국의 종교현황

가장 최근에 정부에서 조사 발표한 종교현황은 다음과 같다.

2007년 12월 31일 현재 한국의 종교현황

 * 단체 수, 교당 수, 교직자 수, 그리고 신도 수(종교 단체 집계, 2008)
는 2008년 12월 20일까지 각 종교 단체에서 제출한 수치를 집계한 것
임. 단, 천주교는 2007년 12월 31일 자료이며, 개신교는 2007년 12월 시
점을 기준으로 각 총회에 보고된 경우가 대다수임.

 * 〈'95. 11. 1. 기준 통계청 집계 우리나라 전체 인구수: 44,553,710〉
 * 〈'05. 11. 1. 기준 통계청 집계 우리나라 전체 인구수: 47,041,434〉

구분 / 종교별	단체 수 (개)	교당 수 (개소)	교직자 수 (명)	신도 수 (명)				
				종교 단체 집계 (2008)	종교 단체 집계 (2002)	인구 및 주택 센서스 집계 ('05.11.1)	인구 및 주택 센서스 집계 ('95.11.1)	인구 및 주택 센서스 집계 ('85.11.1)
불교	103	21,935	49,408	39,581,983	37,495,942	10,726,463	10,321,012	8,059,624
개신교	124	58,404	94,615	11,944,174	18,727,215	8,616,438	8,760,336	6,489,282
천주교	1	1,511	14,597	4,873,447	4,228,488	5,146,147	2,950,730	1,865,397
유교	1	1,049	300	10,185,001	6,004,470	104,575	210,927	483,366
천도교	1	108	1,500	100,000	996,721	45,835	28,184	26,818
원불교	1	561	1,886	1,485,938	1,337,227	1,337,227	86,823	92,302
대종교	1	22	22		477,342	3,766	7,603	11,030
그 밖의 종교	38	6,710	201,488	14,421,511	12,864,820	197,635	232,209	175,477
계	270	90,300	363,816	82,592,054	82,132,225	24,970,766	22,597,824	17,203,296

2) 한국 종교현황의 분석

한국의 종교 구성을 보면 종교단체의 통계는 각각 교세 과시를 위하여 전 인구 수보다 많아 신빙성이 없고, 2005년도 11월 1일 인구 및 주택 센서스 통계가 어느 정도 신빙성이 있다고 본다. 이 통계에 의하면 불교(10,726,463명으로, 전 인구의 22.8%)〉개신교(8,616,438명으로, 전 인구의 18.3%)〉천주교(5,146,147명으로, 전 인구의 10.9%)〉원불교(129,907명으로, 전 인구의 0.3%)〉유교(104,575명으로, 전 인구의 0.2%)〉천도교(45,835명으로, 전 인구의 0.1%) 기타 종교(201,401명으로, 전 인구의 0.4%) 순이며 총 종교인은 24,970,766명(전 인구의 53.1%)로 우리나라 총 인구의 과반수 이상인 53.1%가 종교를 가지고 있는 것으로 나타난다. 통계상으로 보면 불교, 개신교, 천주교가 총 24,489,048명(52.1%)이며 총 종교인 24,970,766명의 98.1%를 차지하여 기타 종교는 1.9%로 극소수다.

최근 95년도와 2005년도의 변화를 보면 천주교가 2,950,730명〈5,146,147명으로 74%로 놀랄만한 증가세를 보였으며, 원불교는 86,823명〈129,907명으로 49.6%의 괄목할만한 신장세를 보이고, 불교가 10,321,012〈10,726,463명으로 3.9%의 완만한 증가율을 보인 반면, 개신교는 8,760,336명〉8,616,438명으로 오히려 1.6% 감소되었다. 이런 각 종교의 증감 비율을 보면 적극적이고 극성스런 포교활동에도 불구하고 개신교도 수가 감소했다는 것은 의미하는 바가 크다. 어쩌면 개신교는 점점 감소해갈 것으로 예상되며, 그 원인은 극성스럽고 적극적이며 요란스런 포교활동과 상업적인 종교활동에서 기인된 것이 아닌가 생각한다. 이런 예측이 정확하다면, 앞으로 개신교도 수는 점점 줄어들어 기존 소형교회들의 생존의 위험이 예상되고, 개신교도 큰 교회만 생존하는 부익부 빈익빈 현상이 나타나리라고 예상된다. 이런 경향을 극복하기 위한 개신교 소형교회의 포교·선교활동은 점점 더 적극적이고 극성스러워질 것이며, 이런 극성스러움이 점점 개신교도 수를 줄이는 역효과로 작용되리라고 본다.

3) 한국 종교의 문제점

이런 종교 간의 교세확장과 신도 수 증가를 위한 몸부림은 개신교가 천주교나 불교, 원불교처럼 중앙의 통제와 지원을 받는 형태가 아니고, 각 교회의 교직자가 신도 수를 늘려서 자립하고 생존하여야 하는 개신교의 운영형태로 인하여 한국 종교의 분쟁과 갈등은 개신교로부터 촉발될 수 있다는 예측이 가능하다. 그러기에 소형교회나 개척교회의 교직자들은 신도들을 길거리 선교·포교활동에 내몰고, 호전적이고 적극적인 포교활동으로 일반인들의 눈살을 찌푸리게 하고 있다. 개신교회 중 더러는 신도들을 광신도로 만드는 사이비 종교형태를 갖기도 해서 개신교의 관리와 자체정화는 시급한 상황이다. 또한 불교의 이름을 빌려서 행해지는 미신과 무당의 행태도 사이비 종교화할 수 있는 가능성을 내포하고 있다. 각 종교에서 불치병의 치료를 빌미로 운영하는 기도원과 안수기도 등도 유사의료행위며 불법 포교활동으로 관리 감독이 필요한 실정이다. 나아가 각 종교가 정치세력화하여 종교가 정치에 개입하여 영향력을 행사하려는 경향도 문제가 될 수 있다.

종교의 정치개입과 정종연합의 상황이 이명박 정권에서 극심하게 나타나는 개신교의 극성스런 형태로 정종분리에 위배되는 종교정책을 이명박 정부에서 정권쟁취와 선거에 활용하고 있어서 차기 정권에서는 이런 흐름을 차단하여 완벽한 정종분리를 확립하는 정책을 수립해야만 하고, 모든 종교를 공명정대하게 국가에서 보호하여 진정한 종교의 자유를 보장하고 현재의 개신교와 같은 특정종교의 횡포와 전횡을 막아야 하겠다.

4) 개신교의 횡포

"집 뒤에 절이 있는데 거기 중들을 다 내쫓고 법당에서 살았다."(MB 교회 간증)

"사찰아 무너져라"(일부 개신교 신자들이 봉은사에 난입하여 한 저주의 낙서)

최근 일부 개신교 신자들의 '절 땅 밟기'라는 해괴망측한 난동이 대구 동화사와 서울 봉은사에 이어 오랜 동안 전국 여러 불교 사찰에서 진행되어 왔다. 이런 일부 개신교의 횡포와 난동을 불교에서는 MB의 편향된 종교에 대한 언행과 정책에서 원인을 찾고 있는 것 같다. 이런 불만을 일부 개신교 망종들에 의하여 저질러진 '절 땅 밟기'의 피해자인 서울 봉은사의 명진 스님이 격하게 토로했다.

2010.11.5자 일부 신문기사 내용이다.

"이 대통령은 최악의 대통령인 전두환만큼 나쁘다. 전 전 대통령은 광주에서 인간을 살육했고, 이 대통령은 4대강 사업을 통해 대한민국의 뭇 생명들을 살육하고 있으니 더 큰 죄를 범하는 것이다. 이명박 정부는 희망이 없다. 빨리 세월이 흘러서 임기가 종료되길 빌고 있다.

이 대통령이 진실한 기독교인이라면 반대할 이유가 없다. 그런데 거짓말하는 기독교인, 6일 동안 죄짓고 일요일에 교회 가서 회개하면 죄가 다 사해지는 기독교인, 이런 기독교인은 진정으로 반성해야 한다. 이명박 정권은 거짓말 정권 문제의 근원은 현 정권의 노골적인 기독교 색채 때문이며 차라리 청와대를 '청와 교회'라고 불러야 한다. 이 대통령은 교회 간증에서 '집 뒤에 절이 있는데, 거기 중들을 다 내쫓고 법당에서 살았다'고 간증하기까지 했다."고 봉은사 주지인 명진 스님은 이 대통령에 대하여 그간의 울분과 불만을 아주

격하게 토로했다.

기독교(개신교 포함)와 불교는 한국의 2대 종교로 대다수 신앙인들이 2교의 신도들이며, 종교를 통한 국민의 교화 및 순화와 정신건강과 인격수양에 지대한 공헌을 해왔고, 둘 다 국민의 생활에 직결된 2대 종교다. 이런 두 종교 간 자칫하면 그간의 감정과 불만과 쌓인 앙금이 폭발할지도 모를 감정대립으로까지 치닫고 있다. 이 두 종교 간의 더 이상의 대립과 갈등이 첨예화되지 않기를 바라마지 않는다는 것이 대다수 국민의 바람이라고 믿는다.

나는 천주교인으로서, 개신교 일부의 망동과 봉은사 주지 명진 스님의 대통령을 향한 독설을 탄하면서, 가능한 더 이상의 극성스런 개신교 일부 신자들의 망동도 자제되고, 명진 스님과 불교계의 격한 반응도 자제되기를 바란다. 나아가 이명박 대통령의 종교정책도 편향되지 않은 공정한 정책이 되길 바란다. 이것이 어떤 전쟁보다도 무섭고, 인도-파키스탄-방글라데시-스리랑카를 갈라놓은 분단의 원인이 종교 간 갈등이며, 세계의 화약고인 이스라엘과 팔레스타인 간의 종교분쟁 또한 평화를 위협하는 상황이 아닌가? 9.11테러로 상징되는 Al Qaeda 테러분자들의 세계평화 위협도 이런 종교적 신앙의 차이에서 비롯되지 않았는가? 불교와 기독교(개신교 포함) 간 불화와 갈등·대립은 조기 진화·진정되어야 한다.

우리가 조심해야 하고 경계해야 할 무서운 사이비 종교가 사독교다.
개신교 중 일부에 기생하는 사탄의 종교가 바로 사독교(邪毒敎)이며, 사탄·마왕(魔王)의 악령에 영매(靈賣)당한 먹사(莫師)들이 또다시 양산해내는 자들이 바로 몰상식하고 몰염치하며 천방지축 오두방정을 떨어대는 영혼을 판 좀비(강시, 僵屍/殭屍)들이다. 이번 기독교와 불교 간 불화도 이 사독교도들의 횡포가 원인이다. 사독교 좀비들은 죽은 시체가 아닌 산송장들이라는 것만 다르다.

많은 사람이 오해하는 것이 교회라면 모두 예수님과 하느님을 믿고, 다만 하느님을 믿는 신앙의 방법이 다르다고 생각하며, 심지어는 사독교와 개신교가 같은 종교라고 생각한다. 그러나 한국 개신교의 10~20%는 절대로 예수와 하느님을 믿는 종교가 아닌, 사탄(魔王)을 믿는 사독교(邪毒教)라는 것을 모르고 있다. 이 사독교는 석가모니와 예수가 득도하고 깨달았을 때 제일 먼저 나타나서 유혹한 사탄(魔王)을 믿는 종교며, 그 중간자가 먹사며 신자들은 산송장 좀비다. 마왕은 예수와 석가를 유혹했듯이, 돈과 권력 그리고 갖은 향락으로 유혹하여 추종자들을 만든다. 절대로 예수와 석가모니 부처는 현세의 부와 권력을 약속하지 않으며, 다만 저승에서의 안락과 천국을 약속할 뿐인데, 이 마왕·사탄은 현세 이승에서의 권력과 부와 갖은 향락을 약속하면서 추종자들을 규합·결집한다.

이 사독교가 MB까지도 영매를 한 것은 아닌가? MB 주변을 맴도는 목사들이 혹시 사독교 먹사들은 아닌지 심히 염려스럽고 불안하기만 하다. 신성한 기독교나 불교는 현세의 부·권력·명예를 약속하지 않으나 사독교주 마왕은 현세의 권력·부·명예·향락을 약속하면서 제놈의 목적을 달성하니 MB가 관여만 하면 꼭 갈등·대립·불화·파괴·파멸만 초래되고 서울시 봉헌이란 이상한 일까지 보면 아주 짙은 의혹과 의문이 생긴다.

드디어 이 사독교 먹사와 그 좀비들이 무엄하고 몰상식하고 무지몽매하게도 불교의 대 사찰인 봉은사에서 상상할 수 없는 난동을 부렸다는 소식을 접했다. 그들은 일반적인 기독교 신자나 목사가 아닌 사독교의 먹사와 영혼을 판 Zombie(강시)들임에 틀림이 없다. 대웅전의 불상 앞에서 기독교식의 예배를 올리고, 자랑스럽게 무슨 승전소식인양 '봉은사 땅 밟기'라는 동영상까지 제작하여 저들 사독교의 승전소식인양 인터넷에 유포했다니 기가 막히고 '종교전쟁'을 예감하는 일촉즉발의 위기일발(危機一髮)의 전율까지도 느끼게 한다. 이런 몰상식하고 몰염치하고 오만방자하며 안하무인하고 무지몽매 파렴치한 사독교는 하루빨리 발본색원 없애버려야 한다. 앞으로 정치·사회·문화·종교·교육 등 국가의 전 영역에 저 사독교의 먹사와 좀비들의 전횡과 횡포로 국가 안위까지도 위협을 받게 될 것이다. 저들을 정상적인 기독교로 본다면 그것은 엄청난 착각이고 실수임을 명명백백하게 밝힌다.

▶ 사진 출처: '봉은사 땅 밟기' 동영상 캡처

이명박 정권에서 가장 핍박과 설움과 소외를 당해온 종교가 바로 불교이며, 이런 핍박과 소외는 MB 자신이 기독교 장로며, 여러 가지로 드러내서 기독교(개신교 포함)를 과잉 지원하고 그들의 횡포를 눈감아 온 결과다. "팔공산 역사공원 백지화, 대구시장이 주도"라는 기사처럼 대구 팔공산에 조성하기로 했던 역사유적지 건설계획이 무산·정지 축소 되고, 우리의 문화체험과 불교정신의 이해를 위한 'Temple-Stay'조차 온갖 방해와 음해와 반대를 일삼아온 자들이 바로 기독교의 가면을 뒤집 어 쓴 사독교 먹사와 그 신자들인 좀비들이다. 이명박 정부는 지금까지 의 편향된 종교적 시각을 공정하고 공평한 시각으로 바꾸고 모든 종교 가 자유스런 종교활동을 할 수 있도록 보살펴야 하며, 어느 특정종교의 횡포와 전횡으로부터 타 종교들을 보호해야 한다. 이것이 진정한 종교 의 자유를 보장하는 것이 아니겠는가?

2005년 4월 5일 강원도 낙산사에서 화재가 나더니, 2009년 12월 20 일에는 전남 여수의 향일암이 전소되고, 어제(2010년 12월 15일) 밤에 는 부산의 범어사에 방화로 추정되는 화재가 나서 천왕문이 전소되었 다고 한다. 명찰들의 화재와 사독교도들의 절 땅 밟기, Temple Stay 예 산삭감 등이 제발 일부 사이비 기독교인 사독교의 망동이 아니길 바란 다. 종교 간 전쟁은 어떤 전쟁보다도 비극적이며 끝없는 전쟁임을 우리 는 세계 도처에서 목도하고 있지 않은가? 개신교의 정화와 일부 사이비 개신교인 사독교의 철저한 멸종 파문을 바란다. 나아가 개신교, 천주교, 불교, 기타 모든 종교 간 갈등 없는 종교적 평화를 신께 간절하게 기도 드린다.

P.S. 불교 스님들께 무리한 부탁·요청 하나만 드린다면 그냥 참선 수 도하는 마음으로 중생구제에만 매진하고, 갖은 핍박과 압제는 꾹 눌러 참으면서 1000일 기도로 '무저항 비폭력'으로 일관 참아낼 수 있으면 최 선의 방책이 아닐까 생각합니다. 5,000만 국민도 참는데, 참선 수양하

시는 고승님들이 못 참아 내겠습니까? 겨울이 오면 봄도 멀지 않으리니 절 땅 밟기, Temple Stay 예산 깎기, 절에 불 지르기, 불상 앞에서 예수님 찾으면서 기도하기, 절을 없애 달라고 절 앞에서 기독교도들 집회하기 등 그냥 묵묵히 참아주소서.

5) 개신교의 정치개입

어제(2011.3.3. 7시) 있었던 서울 삼성동 코엑스에서 열린 제43회 국가조찬기도회에는 이명박 대통령 내외와 손학규 민주당 대표를 비롯한 국내와 30여 개국 기독교계 및 정·재계 지도자, 기독교 목회자, 아시아·아프리카 출신 유학생, 다문화 가정, 탈북자 등 3,500여 명이 모인 성대한 행사였다.

행사 후반쯤 '합심(合心)기도' 순서에서 한국기독교총연합회 대표회장인 길자연 목사가 기도를 인도하며, "우리 다 같이 이 자리에 무릎을 꿇고 하나님을 향한 죄의 고백을 기뻐하고 진정으로 원하시는 하나님 앞에 죄인의 심정으로 1분 동안 통성(通聲)기도를 하자"고 지금까지 전례가 없었던 통성기도를 기습적으로 제안하여, 참석자들은 물론 대통령내외분을 당황하게 했다. 그 당황한 모습은 망설이는 이 대통령을 부추겨 같이 무릎을 꿇게 한 대통령부인 김윤옥 여사의 모습과 엉거주춤무릎을 꿇고 기도를 하는 이 대통령의 사진에서 잘 나타나 있다.(이상 조선일보 기사 내용 인용·발췌·첨삭)

이런 즉흥적인 해프닝(happening/즉흥 쇼?)을 놓고 신문 방송은 물론 인터넷 게시판도 달아올랐다. 물론 일반적인 해프닝이 아닌 별난 해프닝이고, 지금까지 국가조찬기도회에도 전례가 없는 사고이기에 당연한 현상이기도 하였다. 많은 논객이 대통령의 평소 종교편향적인 전력과 언행을 연결시켜서 대통령을 비판하고, 더러는 대통령을 옹호한다고 무릎을 꿇고 기도하는 것이 전혀 잘못된 것이 아니라고 대통령을 변호하기도 한다. 그간 이 대통령의 편향된 종교적 언행과 차별대우로 홀대를 받아왔다고 생각하는 불교계에서도 대통령에 대한 비난이 심하다. 그간의 불만과 불평이 어제 대통령의 바닥에 무릎 꿇기 통성기도로 분출되는 양상이다. 이 대통령도 그간 부지불식간에 종교적인 차별과 편향성을 내보여 왔기에 다소 오해의 소지는 있으니, 앞으로는 절대로 종교간 분쟁이나 특정종교의 세 과시에 이용당하는 일이 없어야 되겠다.

행사를 주관한 한국기독교총연합회장의 예고 없는 갑작스런 무릎 꿇고 올리자는 통성기도 제안에 대통령이라도, 야당 대표라도, 국회의원이라도 따라주는 것이 당연한 예의다. 그러기에 대통령 내외와 더불어 민주당 손학규 대표도 이의 없이 무릎을 꿇고 통성기도를 올리지 않았는가? 국가원수인 대통령과 대통령 부인이 중인환시에 교회도 아니고, 청와대나 사적인 장소도 아닌, 공개된 코엑스 바닥에 무릎을 꿇고 특정종교 의식대로 통성기도를 올린 것은 잘못이다. 그러나 그 잘못과 그에 대한 책임은 이 대통령이나 민주당 손 대표의 잘못이나 책임이 아니라, 격에 맞지 않고 전례가 없는 통성기도를 사전 예고·통지도 없이 불쑥 제안한 한국기독교총연합회장의 경솔함과 사려 없음을 탓해야 한다. 더불어 대통령이 참석하는 행사의 기도회의 진행을 사전 검토·협의·조정해야 할 청와대 의전실장의 직무유기와 무능력 및 부주의를 탓해야 한다. 이 대통령이나 손학규 민주당 대표는 기습제안에 얼결에 무릎을 꿇을 수밖에 없어 무릎 꿇은 것이고, 오히려 기습공격을 받아 무릎까지 꿇은 피해자다. 피해자.

나는 신사복 넥타이에 국기배례 시 거수경례하고, 청와대를 방문한 힐러리 클린턴을 만나서 식탁 위에 팔꿈치를 올려놓고 대화하고, 부시 대통령 부인을 처음 만난 다음날 아침 "Hi, Laura. Good morning, how are you?"라고 인사한 것을 영어를 일상으로 잘하는 이대통령이라고 신문에 내고, 거꾸로 그린 태극기 들려서 대통령이 흔들게 하고, 대통령 부인이 국기배례 할 때 왼손으로 국기배례 하는데도 수수방관하는 청와대 의전실장을 당장 해고해야 한다고 몇 번이나 글을 썼다.

이번 국가조찬기도회에서 대통령으로 하여금 당황하게 하고, 전혀 국가원수의 격과 의전에 맞지도 않아 대통령을 진퇴양난의 곤경에 빠뜨린 청와대 의전실장은 당장 물러나야 하고, 안 물러나면 이 대통령은 무자격 의전실장을 당장 해고해야 한다.

다음으로는 사전 예고도 없이 불시에 모든 국민 앞에 국가원수인 대통령의 무릎을 꿇린 한국기독교총연합회장 길자연 목사의 실수이며 잘못이고 전적인 책임이다. 그 먹사는 국가원수 의전을 무시한 무례와 행사일정에도 없고 전례도 없으며 사려분별과 예의 없는 경거망동 불인 부지무례무의(不仁不智無禮無義)로 한국 기독교 일부에 기생하는 사탄을 숭배하는 사이비 종교인 사독교(邪毒教) 먹사 본색을 여실히 드러냈다. 한국기독교총연합회에서는 바로 저 사독교 먹사를 직위해제 파문시키고 목회자 자격도 박탈해야 한다. 창조주 하느님과 그 독생자 예수를 섬기는 신성한 종교인 기독교는 당장 기독교에 기생하면서 절 땅 밟기/절 태우기/이슬람 스쿠크 법안 반대하기/종교분쟁 야기하기/타종교 말살하기/정치개입과 이권개입하기/막무가내 전도란 명목과 미명하에 종교 강매하기 등 사위악추(邪僞惡醜)와 사탄을 추종하는 사독교(邪毒教)를 당장 축출하여 기독교의 대대적인 정화를 해야 한다. 통일교회나 소망교회와 길자연 목사의 교회는 틀림없는 사독교이며 거룩하신 하느님과 예수님을 섬기고 믿는 신성한 종교인 기독교가 아니다. 또한 사독교의 횡포와 전횡은 점점 기승을 부리고 국가와 사회를 뒤흔들고 있다.

국가조찬기도회 통성기도에서 무릎 꿇은 이 대통령 내외와 민주당 손학규 대표를 비롯한 정·재계 인사들은 전혀 잘못이 없다. 이번 일로 대통령을 너무 비난·비판하거나 그간의 이대통령의 편향된 종교차별을 들어 너무 몰아붙이지 말아야 한다. 잘못과 책임은 불인부지무례무의하고 경거망동(輕擧妄動)하여 국가원수 모독에 해당하는 해프닝을 일으킨 기독교에 기생하는 사독교 먹사들의 몫이다. 또한 대통령의 국내외 대소 의전을 책임지는 청와대 의전실장의 무지와 직무유기·태만으로 야기된 의전상의 엄청난 사고다.

한국기독교총연합회장 사독교 먹사 길자연과 청와대 의전실장은 이런 사고발생에 대한 책임을 지고 각각 현직에서 물러나고 목사자격은 박탈 진면목인 먹사로 돌아가게 해야 한다. 길자연이라는 사독교 먹사는 대통령을 능멸하고 무시하였으며, 국민을 멸시한 오만방자, 안하무인, 불인부지무례무의하고 경거망동한 사탄의 졸개 사독교 먹사가 아니더냐?

6) 미국 개신교의 정치개입

요즘은 하도 개신교와 개신교에 기생하는 사독교(邪毒敎) 목사·먹사와 신도/Zombie들이 횡포를 부리고 한국의 정치, 경제, 사회, 문화, 교육, 군사 등 국가의 전 분야에 극성을 부리고, 심지어는 국가조찬기도회에서는 사독교 먹사가 중인환시(衆人環視) 코엑스 대강당 바닥에 국가원수인 대통령을 무릎 꿇리는 어처구니없고 상상할 수없는 오만방자하고 불인부지무례무의(不仁不智無禮無義)한 국민과 국가를 능멸(凌蔑)하는 패악을 저질렀다. 이런 사독교 먹사의 패악질에 청와대 의전실장도 한 패거리로 동조 공모한 의혹이 대단히 짙다. 사이비 종교 사독교가 국가원수인 대통령까지도 바닥에 무릎 꿇리는 세상이 되었으니, 그들의 전횡과 횡포가 두렵기까지 하다. 절 태우기와 절 땅 밟기, 단군상 목 자르기, 정감록 말살을 위한 세종시 백지화 난동 등 수많은 패악을 저질렀고, 앞으로 대통령을 사독교 Zombie로 능멸하면서 어떠한 패악을 저질러댈지 심히 우려되는 바다.

이명박 대통령 정권과 기독교단에서는 저런 사이비종교인 사독교 먹사와 그 Zombie들을 엄중 문책하고 발본색원하여 박멸하지 않고서는 기독교도 국가도 위험에 놓이게 된다는 것은 예언·예측이 아니라 우리 눈앞에서 벌어지고 있는 엄연한 현실이다. 사독교란 예수와 석가를 유혹할 정도로 강력한 사탄을 숭배하는 사이비 종교로, 사탄이 하느님 말씀과 경전으로 예수와 석가를 유혹했듯이 저들 사독교도들도 성경을 인용 혹세무민하고 국기를 흔들고 있다. 이명박 대통령이 이미 사독교 먹사에게 영매(靈買)당한 Zombie가 아니라면, 사독교도들의 발본색원과 박멸에 신성한 기독교단과 더불어 국가미래를 위해서 앞장서야 한다. 이미 한국의 기독교가 사독교에 의해 점령당하고, 이 대통령조차 사독교 먹사에 영매당하지 않았나? 심히 염려도 된다.

사독교(邪毒教)란 성경 속의 하느님 말씀을 활용하고, 예수님을 상품화·상표화시켜서 부와 영화, 쾌락, 권력을 움켜지려고 물불을 안 가리는 종교며 사탄 악령의 사도가 먹사이고, 먹사에게 완벽하게 세뇌되어 순수한 사고능력을 잃고 꼭두각시가 된 신도들이 Zombie들이다. 신앙촌의 박태선, 껌팔이 앵벌이 대장 문선명, 병을 고친다는 돌팔이 조용기, 가면과 위선의 사악한 먹사 곽선희, 사독교 위세로 한기총회장이란 감투로 국가원수를 무릎 꿇린 길자연 등 수많은 먹사들이 운영하는 사이비 악령의 종교가 사독교다. 그들의 패악질이 국가와 사회에 끼치는 해악이 한계와 금도를 넘어 국가적이고 종교적인 대대적 청소가 이루어지지 않으면 한국의 기독교도 국가도 혼란에 빠지고 말 것이다.

종교의 횡포와 패악은 비단 한국뿐만이 아니고, 한국의 기독교가 전래된 미국에도 개신교의 횡포와 독점 전횡은 상식을 넘어선 수준이다. 관심 있게 미국의 대통령들의 종교를 조사해봤더니, 아주 재미있는 현상을 발견했다. 대략적인 통계는 다음과 같다.

1. 성공회(Ecoscopalian): 12명/44명 중(27%로 초대 George Washington 및 41대 George H. W. Bush 등 가장 많은 12명의 대통령이 성공회이다. 미국 독립 초기부터 영국 성공회의 영향력이 지대했던 것으로 추정된다.)

2. 장로교회(Presbyterian): 9/44(20%로 7대 Andrew Jackson 등 9명이 장로교회 신자다.

기타 침례교회(Baptist) 4명/ 유일교파(Unitarian-삼위일체 부정 오직 하느님) 4명/ 예수 제자파(Disciples of Christ) 3명/ 기타 소수파 개신교 6명 /Thomas Jefferson, Abraham Lincoln, Andrew Johnson 3명은 종파가 불분명(무종교?)하며, 유일한 Catholic(천주교) 신자는 John F. Kennedy다.

역시 미국도 개신교가 정치를 지배해 왔다고 생각할 수 있다. 또한 종교가 불분명하고 반종교적이었다고도 하는 링컨과 천주교 신자였던 존 F. 케네디가 임기를 마치지 못하고 암살당했고, 링컨과 케네디의 암살에 일치되고 연관되는 사실들이 우연의 일치만은 아닌 것 같기도 하다.(개신교가 무신이나 천주교 대통령을 암살했다는 것은 아니지만…… 좀?) 역시 미국에도 개신교가 정치를 주름잡고 있지 않은가? 개신교의 횡포는 미국에도 있는 것은 아닌가 하는 의문이 생긴다. 미국 대통령 44명 중 40명이 개신교이며 3명이 불명이고, 44명의 역대 미국 대통령 중 유일무이한 천주교(Catholic)신자는 딱 하나 존 F. 케네디뿐이다. 개신교의 미국 정치의 독점 지배는 대통령뿐 아니고 상원과 하원도 비슷한 상황이다. 개신교가 미국 정치를 좌지우지하였고, 개신교가 미국 정치에 미치는 영향력은 엄청나며, 불교도나 회교도가 미국 대통령되기는 낙타가 바늘구멍 통과하기보다도 어렵다.

현 44대 미국 대통령 Barrack Hussein Obama는 대통령 선거와 당선 후 집권 시에도 끊임없는 공화당의 3가지 공격을 받아 왔는데, 첫째가 종교, 둘째가 사상과 이념, 셋째가 인종이었다. 흑인이란 인종차별도 심했고, 사상·이념적으로는 좌파라 공격을 받고, 지난해 하원의원 선거 시에는 하원의장이 되었고 다음 미국 대선에서 Obama의 강력한 경쟁자로 예상되는 John Boehner로부터 심지어 극좌빨(Staunch Partisan)이란 모욕적인 사상공격도 받았다.

(인종차별, 사상과 이념 공세, 종교적인 공세를 이겨낸 Obama의 미국 대통령 당선은 상식을 넘는 기적이다. 기적!)

3가지 공화당의 정치공세 중에서도 가장 심하고 끈질겼던 Obama에 대한 정치공세는 Obama의 종교였다. 오바마의 아버지가 아프리카 케냐 출신의 흑인이었고, 의붓아버지는 인도네시아인이었다. 생부 쪽 할아버지 이름인 Hussein을 이름에 넣어 Barrack Hussein Obama가 정식 이름이다. 공화당에서는 이름 중 Hussein을 트집 잡아 Obama의 종교가 회교(Islam)라고 대선 시에 심한 흑색선전을 하였고 집권 후에도 물고 늘어져서, 2010년 9월 27일 시달리고 시달리다 못해 Obama는 어쩔 수없이 기자회견을 통해 그의 종교가 삼위일체교파(Trinity)이며 모태신앙이 아니고 장성해서 택한 종교이며, 어머니는 무신론자로 종교가 없었고, 생부는 회교도였지만 회교를 포기하고 무종교인이었다고 부모와 조상의 가족사와 종교 내력까지도 밝혔다. 이름 중 Hussein은 할아버지 이름을 딴 것이라고까지 해명했다. 얼마나 끈덕지고 심한 종교적인 편견이 미국의 정치에 존재하는가를 더욱 상세히 알면 놀랄 지경이다.

미국의 종교적인 편견과 정치계에서의 개신교 편중은 전체 개신교가 미국 전 인구의 60%정도를 차지하고 있음을 감안하면 이해가 가지만, 천주교가 25%인데도 대통령은 오직 케네디 한 명인 반면 성공회는 인구비율이 1.7%인데도 12명의 대통령을 배출한 것은 영국의 영향력이 미국 정치에 미쳐온 위력을 실감할 수 있는 핵심이기도 하다. 여하튼 미국 정치계에도 종교가 중요한 요소이며, 미국 대통령의 종교를 가지고 분석하고 살펴본 바로는 '미국도 개신교가 정치계를 주름잡고 있지 않은가?' 하는 강한 의문이 들기도 한다. 그러나 미국의 개신교는 정통적인 기독교교리에 기초한 개신교지 한국의 사독교와는 엄연히 구분된다는 것을 알아야 한다. 한국의 사독교는 틀림없는 Satan 숭배 악령의 종교다.

종교가 한국과 미국의 정치계에 지대한 영향력을 발휘하고 있고, 특히 미국정치에서 개신교의 독점 지배력은 엄청나며, 회교나 불교도 등 타 종교는 미국 대통령이 될 수 없다는 것도 미루어 짐작할 수 있다. 정통 신성한 종교가 정치에 영향력을 행사하고, 어쩔 수 없이 영향력을 미치는 것은 이해할 수도 있다. 아무리 정종분리라고 하지만, 현실은 그렇지 못하니 말이다. 그렇더라도 Satan 악령을 숭배하는 사독교의 종교와 정치 개입은 철저히 봉쇄하고 더 이상 사독교 패악은 막아야 하고, 나아가 국가를 뒤흔드는 사독교를 정통 기독교와 구분하여 발본색원 씨를 말리지 않으면, 기독교와 우리 조국의 혼란을 방지·예방할 수 없을 것 같아 심히 걱정이다.

다. 박근혜의 종교 정화

이상 한국의 종교현황과 문제점 및 미국 개신교의 정치개입 문제점도 검토해보았다. 헌법에 보장된 종교의 자유는 보장되어야 하고 어느 특정 종교가 정치와 결합되어 타종교를 탄압하는 행태는 시정되어야 한다. 또한 신성한 종교에 기생하는 기독교 속의 사독교와 불교 속의 무속신앙과 병의 치유를 핑계로 한 치부 등 타락한 종교는 국민들의 건전한 종교 생활을 위하여 정화되어야 한다.

박근혜는 이런 기독교에 기생하는 사독교의 희생양이며, 세종시 백지화와 불교탄압 등으로 가장 극심한 사독교의 공격과 배척의 대상이 된 정치인이다. 조직화되고 정치화된 기독교와 그 속의 사독교는 차기 대선에서도 반박근혜 정치활동을 적극적으로 전개하리라고 보며, 이미 그런 징조는 여기저기에서 눈에 띄고 있다.

그러나 이미 살펴본 바와 같이 박근혜는 종교정책과 사이비종교와 사독교의 정화에서도 보복적인 조치나 과격한 사이비종교의 척결보다는 각 종교별로 자체정화를 하도록 유도하고, 정부차원에서는 이런 종교정화를 지원하는 정책을 펼 것이다. 박근혜의 신앙과도 같은 정치철학은 화해와 화합의 화(和)이지 강제력을 동원한 화(化)가 아니기 때문이다.

그러나 공정과 정의의 잣대로 불법적인 종교의 행패나 횡포는 엄정하게 다스리고, 불순한 사이비 종교는 발본색원할 것이라 예상된다. 또한 또한 기독교내 기생하는 사독교는 악을 추종하는 악령의 종교이기에 사위악추(邪僞惡醜)와 불인부지무례무의(不仁不智無禮無義)한 정치인을 대선에 내세워 적극적으로 밀며, 박근혜를 배척하리라는 것은 지금까지의 사독교 행태와 정치개입과 주장으로 쉽게 짐작할 수 있다. 악령의 종교인 사이비종교와 기독교 내에 기생하는 사독교는 정진선미(正眞善美)와 인의예지(仁義禮智)의 바른 대통령 하에서는 기를 펼 수가 없기에 그들은 적극적으로 박근혜 대선승리를 막아 나설 것이다. 박근혜는 이런 사이비종교와 사독교의 방해공작을 이겨낼 수 있는 순결한 영혼과 화(和)의 굳건한 신념과 정의감을 갖춘 신뢰와 원칙의 정치인이며, 적극적인 국민들의 지지와 사이비종교와 사독교를 제외한 정상적인 종교인들의 지지를 받기에 악과의 싸움에서 승리하리라 믿는다.

　　또한 집권 후 펼칠 종교정화는 불편부당(不偏不黨)하고 공정과 정의로운 정책으로 화해와 화합을 통한 종교정화정책이 될 것이다. 아주 중요하고 시급한 한국 종교 내의 불순 세력인 사이비종교와 사독교에 대한 현명한 정책을 입안 적극적으로 종교정화를 실시할 것이다.

5. 박근혜의 교육정책

　　교육은 국가의 백년대계로 모든 국가발전은 교육으로부터 시작된다. 국가의 정책과 계획 중에서도 가장 중요하며, 변함없는 교육의 목표를 정하고 방향을 설정한다는 것은 국가의 운명을 좌우하는 중차대한 국가 정책이다. 조국 근대화의 영웅 박정희 대통령이 1968년 12월 5일 국민교육헌장을 선포하였으니, 국민교육헌장은 미국의 독립선언이나 세계 인권선언, 영국의 권리대장정이나 Magna Carta보다도 높은 우리의 지향할 바 교육의 목표를 정한 중요한 철학적이고 사상적인 헌장이다.

그 전문을 살펴보자.

국민교육헌장 전문(全文)

우리는 민족중흥의 역사적 사명을 띠고 이 땅에 태어났다. 조상의 빛난 얼을 오늘에 되살려, 안으로 자주독립의 자세를 확립하고, 밖으로 인류 공영에 이바지할 때다. 이에, 우리의 나아갈 바를 밝혀 교육의 지표로 삼는다.

성실한 마음과 튼튼한 몸으로, 학문과 기술을 배우고 익히며, 타고난 저마다의 소질을 계발하고, 우리의 처지를 약진의 발판으로 삼아, 창조의 힘과 개척의 정신을 기른다. 공익과 질서를 앞세우며 능률과 실질을 숭상하고, 경애와 신의에 뿌리박은 상부상조의 전통을 이어받아, 명랑하고 따뜻한 협동 정신을 북돋운다. 우리의 창의와 협력을 바탕으로 나라가 발전하며, 나라의 융성이 나의 발전의 근본임을 깨달아, 자유와 권리에 따르는 책임과 의무를 다하며, 스스로 국가 건설에 참여하고 봉사하는 국민정신을 드높인다.

반공 민주 정신에 투철한 애국 애족이 우리의 삶의 길이며, 자유 세계의 이상을 실현하는 기반이다. 길이 후손에 물려줄 영광된 통일 조국의 앞날을 내다보며, 신념과 긍지를 지닌 근면한 국민으로서, 민족의 슬기를 모아 줄기찬 노력으로, 새 역사를 창조하자.

- 1968. 12. 5. 대통령 박정희

국민교육헌장은 국가 정책 중 미래를 여는 가장 중요한 정책임을 알고, 우리의 나아갈 바를 밝혀 교육의 지표로 삼았다. 특히 그 전문 중에서, "성실한 마음과 튼튼한 몸으로 학문과 기술을 배우고 익히며, 타고난 저마다의 소질을 계발하고 우리의 처지를 약진의 발판으로 삼아 창조의 힘과 개척의 정신을 기른다."고 한 이 대목과 실천이 21세기 한국의 번영과 발전을 만들어낸 특성화(Characterization) 교육철학과 사상의 뿌리다.

박정희 대통령은 국민교육헌장을 선포하여, 국민을 철저하게 계몽하였으며, 이미 우리 국민의 타고난 저마다의 개성과 소질을 계발하여 창조의 힘과 개척정신을 드높였다. 국민교육헌장의 발표(1968.12.5)와 국민교육 및 계몽으로 개인별 특성화(Characterization)를 교육의 철학으로 도입하여, 비록 1994년 몰지각한 정권에 의하여 국민교육헌장이 교과서와 교육현장에서 사라졌지만, 그 정신과 철학은 면면히 살아서 오늘에도 유유히 흐르고 있는 것이다.

우리 조국 대한민국은 이미 선진 대열에서 탈락하여 낙후돼가고 있는 비좁은 소견머리의 전체주의·제국주의·국수주의 획일화(Uniformization)로 고착화된 일본과는 비교상대가 아니며, 대한민국은 이미 최첨단을 달리는 선진국이다. 그 바탕과 기초가 되는 철학·사상·국가관을 국민교육헌장의 정신을 통하여 익혀온 국민은 21세기 창조적 개성화(Creative Characterization)의 시대에 가장 잘 적응하도록 교육을 받아 잘 적응할 수 있는 능력과 잠재력을 가지고 있으며, 최근 일고 있는 전 세계적인 한류열풍은 우연이 아니라 이미 수십 년간 준비되고 예정되어온 필연이다. 한류열풍뿐만이 아니고, 21세기는 창조적 개성화 교육을 받아온 한국인들이 전성기를 맞는 시기가 될 것임은 확실하다.

결국 한국이 일본을 비롯한 선진국들을 누르고 앞설 수 있고, 21세

기 최첨단 국가가 될 수 있는 것은 '타고난 저마다의 소질을 계발'하는 특성화(Characterization)교육이 이뤄내는 기적이다.

가장 훌륭한 국민교육헌장을 가지고 있고, 일찍이 교육의 중요성을 모두 인식하고 가장 높은 부모들의 교육열과 학생들의 향학열로 문맹률 0%라는 기적을 이루고, 창조적 개성화교육을 통하여 21세기 최첨단 일류국가로 발전하고 있는 한국이지만, 우리 교육도 많은 문제점과 병폐를 지니고 있기에 심층적으로 분석해보고자 한다.

가. 한국교육의 문제점

현재 우리나라의 교육은 엄청난 투자에 비하여 그 효과는 기대치에 못미치는 낭비적인 요소가 너무 많다.

단지 입학시험, 입사시험, 고시의 수단일 뿐 전혀 인격수양이나 윤리·도덕성의 함양이나 국가관이나 철학적인 사고능력의 훈련도 아니며, 실용적인 기술이나 직업 교육도 아니다. 고기 잡는 방법에 대한 교육이 아닌, 고기 잡는 구경을 시키면서 설명만 듣는 그런 교육이다. 따라서 학교교육은 입시나 고사나 입사시험이 끝나고 나면 아무런 효용가치가 없는 무용지물이 된다. 엄청난 교육비용을 지불하고서도 남는 것은 하나도 없는 그런 교육이다. 특히 이런 현상은 인문계 교육에서 더욱 두드러진 현상이다. 이런 한국 교육의 맹점과 급소를 개선하지 않는 한 비용에 비하여 효용성이 하나도 없는 교육은 계속될 것이다. 입학, 입사, 고시의 판별력으로 등수나 정하기 위한 교육이 과연 교육이라고 할 수 있는가?

벽돌과 건자재를 모아서 집을 짓도록 하는 교육이 아니라 규격화된 벽돌을 누가 많이 모으나 하는 주입식 암기식 집단획일화(Uniformization)교육으로 하루빨리 근본적인 방향전환이 이루어져야 한다.

초등학교 입학 전에 나는 서당을 하시는 외할아버지 집에 붙들려서 천자문〈동몽선습〈소학〈논어까지 마치고 부모님이 외할아버지와 싸우다시피 하여 한문공부를 간신히 중단하고 나서야 초등학교에 입학했다. 외할아버지는 그 당시 초등학교 교육은 한문공부에 비하여 전혀 효용가치나 의미가 없다고 생각하시고 나의 학교 입학을 막고 한문공부 하길 바라셨다. 지금 생각하면 외할아버지의 주장과 생각도 일리가 있다고 믿는다.

나의 어린 시절 초등학교 교과서에서 문익점의 목화 전래에 대하여 공부했다. 고려 공민왕 때 원나라에 갔다가 돌아오면서 원나라가 철저하게 금수조치를 하고 단속하던 목화씨를 몰래 붓통에 숨겨서 돌아와 목화재배가 시작됐다는 내용이었고, 그의 후손들에 의해서 제사기인 물레와 제직기인 베틀도 발명되어 일반 백성들이 무명옷을 입기 시작했다는 내용이었다. 난 도저히 교과서 내용을 믿을 수가 없었고 꾸며낸 얘기라 생각하여 선생님께 손을 들고 질문을 드렸다.

"선생님. 그럼 문익점 전에는 우리 조상들은 뭘 입고 살았나요? 발가벗고 원시인처럼 살았나요?"

"너~ 왜 공부시간에 쓸데없는 질문이야? 이리 나와서 손바닥 벌려."

그날 난 손바닥을 대나무뿌리로 만든 막대기로 열 대나 맞아 손이 퉁퉁 부어서 3일간이나 숟갈질도 힘든 고통을 겪었고, 아이들의 놀림감이 되었다. "야, 임마! 어떻게 발가벗고 사니? 히히히~"라면서 자기들은 모두 아는 체……

중학교 역사시간에는 종아리를 회초리로, 고등학교 역사시간에는 엉덩이를 몽둥이로, 누구도 가르쳐주지 않으면서 쓸데없는 질문이라고 때렸고, 급우들은 놀려댔다. 이 의문은 아직도 풀리지 않는 나의 수수께끼인데, 혹은 백제 때 목화가 전래됐다 해도 "그럼 그전에는?"이라는 똑

같은 의문이 생기는 것이다. 문익점의 목화 전래의 역사는 허위인가? 문익점의 목화 전래의 역사는 한국역사를 짓뭉개기 위한 악의적인 인위적 역사는 아닌가? 문익점의 목화 전래와 물레 베틀의 역사를 인정하면 우리는 고려 말 이전에는 원시인처럼 발가벗거나 나뭇잎 동물의 가죽이나 털로 옷을 입은 원시인인 크로마뇽인이 되지 않는가? 그런데도 획일화·집단화의 한국교육은 의문과 질문을 막은 채 아무도 모르는 무지인들을 양산해내고 있는 것이다.

문익점의 목화 전래와 물레, 베틀의 역사를 인정하고 그 이전의 역사를 논할 수 있는가? 한국의 교육이 사상누각이며 꽃병에 꽂은 꽃과 같은 생명력 없는 시험의 판별력을 위한 교육이 아닌가?

중학교 때 나는 천주교 성당 신부님께 정중히 여쭈었다.

"하느님께 기도는 드리고, 아침마다 묵주기도도 올리는데, 솔직히 하느님이 어떤 분인지 확실한 개념이 없습니다. 하느님은 어떤 존재인가요?

"응~ 세상 모든 것은 만든 사람이나 조상이 있어야 존재하지? 넌 너희 부모가 있고, 할아버지가 계시고. 이렇게 올라가다 보면 최종적으로 모든 것을 만드신 분이 존재하고 그분이 하느님이시다."

"그럼 하느님은 누가 만드셨나요?"

"하느님은 누가 만든 분이 아니고, 최종 최고의 존재로 스스로 존재하는 야훼며 여호와며 스스로 존재하는 그분을 하느님이라 한다. 그분은 스스로 존재하는 분이다."

"만든 사람이나 조상이 있어야 존재한다고 시작하고서 하느님은 스스로 존재한다고 하시면 앞뒤가 안 맞잖아요?"

"그럼 어쩌겠니? 그냥 스스로 존재하시며 우주만물을 창조하신 분이라 믿어라. 믿는 것은 우리 머리가 아닌 가슴으로 믿어야 하며, 자꾸 의문을 가지고 따지면 믿음이 아니다. 알겠냐?"

이것이 내가 어릴 때부터 믿는 하느님에 대한 정의다.

그러나 아직도 의문은 완전하게 풀리지 않고 있으니 기독교나 개신교에서는 창조주 하느님에 대한 근본적인 의문을 덮은 채 사도신경으로 무조건의 복종을 강요하고, 주기도문으로 창조주 하느님에 대한 무조건적인 찬양을 강요하며 맹목적인 신앙을 두터운 믿음이라 세뇌한다.

세상에 창작이나 창조는 없고 단지 과거부터 존재하던 것을 일부 인간이 알아내서 활용하는 것이 발명이고 발견이라고 주장하다가 철학교수님께 밉보여서 F학점을 받았고, 재수강을 해도 역시 다시 F를 주시어, 어쩔 수 없이 졸업을 위해 통사정하여 D학점으로 철학 학점을 받아 졸업했다. 왜? 교수님 주장에 토를 달면서 문예나 작곡도 있던 것들의 변형이나 조합이지 온전한 창작이나 창조가 아니라 발명(發明; 찾아내서 밝힘)이나 발견(發見; 찾아서 보임)도 같은 의미로 없던 것을 새롭게 만들어내는 것이 아니라 이미 존재하던 걸 먼저 찾아 무주물선점으로 널리 알릴 때 그냥 발명이나 발견 또는 창작·창조라고 하면서 교수님 주장에 반론을 제기하였다 그러자 교수님은 자기의 주장을 설득하기 위해서 무진 애를 쓰셨고, 많은 철학적인 논거로 기존의 존재물이나 개념의 변형이 아니라 독특한 새로운 창조·창작도 있음을 설득하시느라 3~4시간 논쟁을 하다가 날 고집불통으로 낙인을 찍으시고는 철학 강의 시 질문이 있으면 수업 중에 하지 말고 개인적으로 수업 후 교수실로 오라고 엄명을 내리셨다. 교수님 사상과 지식 철학만이 진리로 무조건 수긍해야 하나? 나와 교수님의 주장을 서로 다른 방향에서 이해하고 새롭게 발전시킬 수는 없는가?

이런 현상은 학교에서뿐만 아니고, 직장이나 사회생활에서도 흔하다. "그냥 대충 넘어가."

"따지긴 뭘 따져."

"좋은 게 좋은 거야."

"자꾸 따지면 골치만 아파."

"전통·전례에 준해서 근본적인 의미나 진위를 따지지 말고 그냥 믿어."

이런 것이 우리 교육의 결과이며 병폐이며 맹점이며 급소다.

적어도 학교에서 교육 시엔 정사·진위·선악·미추에 대한 정확한 개념을 추구하고 사물의 핵심을 생각하고 연구하는 자세가 앞으로 교육의 방향이며, 지향 추구해야 할 목표라고 생각한다.

나는 Harvard University 교수인 Micahel Sandal의 "정의란 무엇인가?" (Justice : What's the Right Thing to Do? == http://justiceharvard.org //http://blog.daum.net/hwhp/202 = 강의에 대한 나의 생각) 12강의를 식사와 생리적인 시간을 제외하고 연속적으로 수강한 적이 있다.

그 정의에 대한 강의보다 강의실과 교수와 학생 간의 질의와 응답을 보면서 "왜 한국에서는 저런 강의를 하지 않고 암기 주입식 교육에 매달리나?" 하는 의문이 들었다. 세계 여러 나라에 있는 시골 조그만 대학에도 학생들이 자유토론을 할 수 있는 대강당을 마련하여 거의 날마다 학생 간 열띤 다양한 주제의 토론이 이루어지는 자유논단(Free Podium)이 있는데, 왜 한국에서는 개방된 토론문화가 교육에서 찾아볼 수 없는가? 한국의 교육은 이 점을 심층적으로 연구하고 고민하고 최선의 창의력과 개념정립의 교육을 강화할 방안을 강구해야 한다.

지금까지의 인류의 문화와 교육은 원시 개인화(Primitive Individualization)〈집단 획일화(Uniformization)〈개성화(Characterization)로 발전되어 왔는데, 한국교육은 아직도 집단획일화

(Uniformization)에 머물러 있으면서 새로운 생각 창조적인 인간을 배제시키는 규격화·집단화·획일화를 고수하고 있다. 이 집단획일화 (Uniformization) 교육이 한국교육의 최대의 병폐며 맹점이며 제일 큰 문제점으로 개성화(Characterization)를 방해하는 교육의 치명적인 급소이며 맹점이다.

한국의 교육은 지금까지의 개인의 개성적이고 창조적인 사고와 의문을 짓뭉개는 비생산적인 집단획일화(Uniformization) 교육을 청산하고, 자유로운 사고와 개성적이고 창조적이며 능동적인 사유를 보장하고 북돋우는 창조적 개성화(Creative Characterization)로 전 교육방향을 시급히 전환해야 한다.

이런 한국 교육의 맹점과 문제점 및 불필요한 엄청난 비용에 대하여 가장 심각하게 고민하고 가장 효과적인 해결방안을 준비하고 있는 유일한 정치인이 바로 박근혜다. 국민교육헌장에도 "저마다 타고난 소질을 개발하고⋯⋯"라며 명확하게 창조적 개성화(Creative Characterization) 교육을 명시함으로써 우리 교육의 나갈 바 목표로 설정했으니, 박근혜는 이를 구체적으로 정책화하여 한국교육의 정상 환원과 교육비 절감의 획기적인 정책을 마련할 것이다.

한국의 교육과 학교를 보면서 가장 아쉽고 가슴 아픈 것은 바로 방향 없는 교육의 목표다. 한국은 세계에서 가장 교육열이 높고 문맹률이 0%이고 컴퓨터와 인터넷활용이 세계 최고이고, 경제력이 최고 수준이고, 또한 도시의 청결도나 교통질서 등 어느 나라 못지않게 발전했다. 이런 모든 자랑스러운 발전의 원동력은 우리 조상 할아버지 할머니의 비교할 수 없는 교육열이고 또한 학생들의 향학열이었으며 그 결과로 얻어진 지식이었다. 지식은 단순하게 모방할 수 있는 능력이며 수동적으로 암기된 지식의 적용까지가 그 한계다. 그래도 지금까지 학교교육과 지식은 곧 인생·가문의 성패를 좌우하는 열쇠였고 학교교육을 통하여 얻은 지식은 우리나라의 산업화와 근대화의 중요한 동력이었다.

그러나 지식의 역할은 끝나고 이제는 지혜의 힘이 발휘될 때이고 학교는 이런 지혜를 길러주는 요람이어야 한다.

지금까지 한국의 교육은 지식 위주의 교육이었고, 지식을 측정하여 학교 입학과 공무원·회사의 시험이 시행되었고, 모든 인간의 척도는 지식의 유무인 무식과 유식의 판별이었고, 이 판별력의 객관성이 또한 시험과 승진과 출세의 공정성이었다. 우리의 경제·정치·사회·문화 등의 발전단계에서 지식의 역할은 그토록 컸고 또한 그토록 지식은 모든 분야에서 중요시되었다. 교육의 목적이 지식이냐 지혜냐의 논쟁이 필요 없을 정도로 지식의 역할은 지배적이었고 또한 지대했다. 왜냐하면 우리의 수준은 선진국들의 경제·정치·사회·문화를 모방하고 그들의 간 길을 따라만 가고 어떻게 빨리 따라가느냐가 가장 중요한 문제였기 때문이다.

이러다 보니 인의예지신의 윤리나 도덕교육도 등한시되고 철학·문학·종교·사상 등 제 형이상학적인 분야까지도 지식이 판치고 지식이 지배하는 사회였다.

그러나 우리나라가 경제·정치·사회·문화 등 제 분야에서 첨단 선진국이 된 지금까지도 구태의연하게 한국의 교육이 환골탈태, 금선탈각을 하지 못하고 지식교육을 학교·가정·직장에서 그리고 국가경영에서 답습한다면, 이제는 국가와 사회, 개인 발전의 한계에 도달해 있다고 본다. 교육은 백년대계로 백 년 앞을 내다보고 미리 준비하고 자라는 어린이들과 우리의 후세들을 길러야 하는 것으로 교육은 미래에 대한 투자요 미래에 대한 대비이며 유비무환의 정신과 철학이 가장 중시되어야 하는 분야다. 현재 우리나라에는 지식인은 흘러넘치고, 지식은 더 이상 개인과 국가의 발전을 위한 동력이 되지 못한다. 또한 지식이야 옛날 같이 찾아가서 물어보고 배워야 얻어지는 것이 아니고, 인터넷 검색만 하더라도 우리가 필요로 하는 지식은 바로 우리 곁에 널려 있다. **우리가 부족함을 느끼고 아쉬워하는 것들은 지혜이며 이제는 지식이 아니다.**

그럼 우리의 현재 교육정책과 교육과정과 교육목표 그리고 학교교육에 지식교육을 제외한 지혜의 교육이 얼마나 자리 잡고 있는가? 전무한 상태 무지와 미지의 상태에 있으며, 어느 누구도 교육에서의 지혜교육의 중요성을 느끼지 못하고 있다. 나는 글을 읽고 쓰고 비평하면서도 늘 한국의 교육과 한국인의 교양에서 지혜가 메말라 있음이 안타까웠다. 지금까지의 교육은 벽돌 만드는 정도의 지식 위주의 교육이었지 그 벽돌을 이용·활용하여 스스로 연구하고 벽돌 외의 모든 필요한 건축자재들을 준비하고 스스로 설계한 집을 짓는 지혜의 교육은 한 적도, 시도한 적도, 생각한 적도 없다.

이젠 가장 중점을 두고 강조해서 국가교육정책과 학교교육에서 실행에 옮겨야 할 과제가 지식 위주의 교육의 틀에서 완전 탈피하여 모든 학생과 사람의 지혜를 기르는 교육으로 전환해야 할 때라고 생각한다.

지혜교육이란? 스스로 각자 가진 지식과 얻은 지식과 찾은 지식을 밑바탕으로 스스로 느끼고 생각하고 종합〈분석〈판단〈가동〈활용〈효과를 극대화시킬 수 있는 창조적인 개성화에 의한 개인의 능력을 최대한 발휘할 수 있게 하는 동기부여와 능력향상, 지식의 활용능력을 교육을 통하여 함양시켜주는 것이다. 즉 고기의 종류와 맛 요리법과 습성 식습관에 대한 지식만을 교육시키고 교육시킨 지식의 암기나 이해만을 측정하고 그것으로 교육의 책임과 목적을 완수했다고 생각하는 것이 지금까지의 지식교육이라면, 스스로 습득한 모든 지식을 종합〈분석〈판단〈가동〈활용〈효과를 극대화하여 고기를 잡고, 보관하고, 요리하고, 즐기는 지혜를 길러주는 것을 지혜교육이라고 한다.

한국의 교육은 하루라도 빨리 지식교육에서 지혜교육으로 전환할 때다. 현재의 한국의 정치, 경제, 사회, 문화, 예술, 종교 등 총체적인 수준에서 지혜교육이 없으면 이젠 수동적이고 안일하게 지식으로부터 얻었던 국가발전의 동력은 더 이상 없다.

한국의 교육은 암기 위주 지식의 교육에서 시급하게 탈피 지혜의 교육으로 변화되어야 한다.

나. 조기 영어교육의 문제점

어린 쥐(orange)가 다 자라서 어른쥐가 되었는데도 그토록 이명박 정권의 정권인수팀에서부터 강조하고 부르짖던 실용적이고 획기적인 영어교육은 어디로 갔는가?

남아공·필리핀·말레이시아·뉴질랜드·캐나다·미국·영국·인도 등등 수많은 외국 여러 나라로 초등·중등·고등·대학생들이 영어를 배우겠다고 귀와 입을 틔워보겠다고 나가는데, 이렇게 불어 닥친 조기영어교육 열풍은 필연적으로 조기유학 붐을 일으키고, 도저히 자녀 조기 영어교육을 위해서 유학을 보낼 수 없는 부모는 좌절과 절망을 느꼈다.

무리하게 부자들 따라 조기영어열풍에 휩싸여 자녀들을 외국에 유학 보낸 부모들은 강제된 이산가족이 되었다. 대부분 자녀들 뒷바라지를 위해 엄마들이 따라나서는 바람에 남편들은 '기러기 아빠'가 되어 홀아비 아닌 홀아비가 되고, 많은 학생의 엄마들은 생과부가 되고, 어린아이들은 애비 없는 호로 자식이 되었다. 나아가 영어열풍과 조기 유학 붐으로 그 경비를 감당할 수 없는 대부분의 중산층 가정은 몰락하고, 생이별한 기러기 아빠들은 마누라가 현지에서 바람피우는 바람에 생각지 않은 진짜 홀아비가 되고, 수많은 가정이 파탄 나버린 비극적인 현상이 바로 영어열풍이고 조기영어교육을 위한 유학 붐인 것이다.

나가기만 하나?

시골 면단위 소읍까지 세계 각국에서 온 영어강사들이 얼마나 많은 데……. 어린 쥐가 다 커서 어른쥐가 될 때까지 이통 정부에서 영어교수법이나 영어교육에 대하여 일관성 있는 정책이나, 획기적인 영어 정규교육 프로그램을 개발한 적이 있나? 자녀를 외국에 보내지 못한 학부모들은 방과 후 영어과외로 학원과 강습소, 방학 동안의 해외 외국어 연수로 얼마나 많은 경제적인 고통을 받아왔는가?

연간 수십조 원의 불필요한 영어 해외 연수와 조기유학 붐으로 낭비되는 외화와 학부모들의 감당할 수 없는 과중한 부담을 줄이고, 효과적인 실용영어 교육을 학교에서 정규수업으로 시킬 수 있는 효과적이고 경제적인 방안을 강구해야 한다.

영어교육, 특히 English Hearing & Speaking은 아주 간단하게 기존학교의 영어선생님들을 단기 1주일 정도 교육하여 세계에서 가장 효과적인 영어교육을 정규수업으로 실시할 수 있다. 수많이 개발된 영어교재와 전국에 과다하게 난립된 영어 학원, 수십 개국에서 온 원어민 영어교사들, 물밀듯이 해외로 영어연수를 받으러 나가는 모든 학생과 직장인들, 초등학교부터 아예 외국으로 영어 유학을 떠나는 영어 조기유학 등이 영어를 우리 학생들에게 효과적으로 가르칠 수 있다고 생각하지 않는다.

영어 듣기, 말하기, 읽기, 쓰기는 아주 간단하고 조용하게 개선점을 찾아 시행하여야 하며, 조기 영어유학이나 철저히 준비되지 않은 해외 영어연수 등은 곧바로 시정되고 국가의 강력하고 새로운 영어교육 정책이 실시되어야 한다. 일 년에 수십조 원의 투자가 이루어지는 영어열풍은 한국교육을 황폐화시키고 수많은 가정을 파탄내고 있다.

연간 수십조 원의 영어교육투자는 진정한 투자인가 낭비인가?

해외영어유학에 대한 특혜는 미래에 대한 가치 있는 투자인가? 조기 영어 해외유학 경비를 부담할 수 없는 학부모들의 자녀 교육을 포기시켜 부자들에게 특혜를 주기 위한 차별화 정책인가?

영어열풍에 집중된 교육투자는 영어보다 더 중요한 윤리/도덕, 국어, 수학, 역사, 과학, 예술 등 기타 모든 교육을 망치고 있다. 특히 언어체계가 형성되기 전의 한국어와 영어의 병행교육인 초등학생들의 조기영어유학은 민족혼까지 병들게 하고 있다.

Orange '아륀쥐'가 '어린쥐' 되어 자라서 '어른쥐' 되어 수십 대 새끼 나서 번져 쥐 세상 되었는데, 한국의 영어교육은 이대로 좋은가? 연간 수십조 원의 영어교육을 위한 투자는 낭비일 뿐 투자가 아니지 않는가? 한국의 가정경제를 파탄 내는 영어교육을 그대로 두고 볼 것인가? 모든 여타 교육을 망치는 영어교육의 폐해를 개선할 때가 아닌가? 우리의 민족혼은 조기 영어교육으로 망가져가고 있는데 정부와 국민은 뭘 하는가?

다. 박근혜의 교육개혁

이런 한국 교육의 문제점과 영어 열풍으로 인한 과다한 지출로 야기되는 가정경제의 파탄 등의 문제 해결을 위하여 박근혜는 심층적으로 문제점을 파악하고 종합적으로 교육개혁을 위한 정책을 준비하고 있을 것이다. 국민교육헌장을 교육현장에 되살리고, 창조적 개성화(Creative Characterization) 교육을 강화 실시할 수 있는 정책의 입안이 필요하며, 박근혜는 이런 교육의 제 문제를 파악하고 종합적이고 입체적인 교육정책을 수립하여 집권 후 교육개혁을 강력하게 실시할 것이다.

박근혜는 이런 교육의 중요성과 제 문제를 파악하고 있다. 국가의 백년

대계이며 가장 중요한 국가의 미래계획인 교육은 국민교육헌장을 부활시키고, 한국교육의 최고의 문제점인 지식교육을 지혜교육으로 창조적인 개성화교육으로 시급하게 전환할 것이며, 과다한 경비의 낭비로 가정경제를 파탄 내고 있는 조기영어교육의 문제점을 해결하기 위하여 정규 학교 교육에서 실시 가능한 교수법을 개발하여 효과적인 영어교육을 실시하도록 할 것이다. 이런 교육의 입체적이며 시간계획까지 포함한 구체적인 교육정책과 제도의 개선은 종합적인 검토와 확인 후에 발표 실행될 것이다.

6. 박근혜의 기타 정책들

박근혜가 차기 대선에서 승리하여 집권 진정한 그녀의 중도정치가 실시되면, 첨예했던 좌우보혁의 사상과 이념의 갈등은 자연스레 없어지고, 죽창으로 상징되는 극좌와 가스통으로 상징되는 극우는 시나브로 사라지게 되어 사상과 이념의 대립과 갈등은 소멸될 것이다. 좌우보혁의 사상과 이념의 대립 대신 정진선미와 인의예지의 경쟁이 이루어져서 이상적인 정계의 개편이 실현될 것이다.

남녀노소의 성별과 세대차로 인한 대립과 갈등은 남성우월주의에서 여성인 박근혜가 대권을 잡게 되면 남녀의 성차별은 자연스레 시나브로 소멸되고, 여권신장은 괄목할 변화를 가져오고, 경노정책 및 노인들의 일자리 창출로 노인들의 소외감과 차별은 자연스레 소멸되어 남녀노소의 대립과 갈등은 더 이상 사회문제가 되지 않게 된다.

복지정책의 강력한 실시로 소외계층의 불만이 해소되고, 사회는 부자와 가난한 사람의 상부상조 분위기가 함양되어 우리가 꿈꿔온 모든 국민이 인간다운 삶을 누리며, 연령별 맞춤형 복지로 노후를 걱정하지 않고 모두가 능력과 특성에 맞는 직업을 즐기면서 행복하고 서로가 화기애애한 평화를 만끽하게 될 것이다.

IT, 생명과학, 우주공학, 기초과학 등을 발전시키기 위한 '국제과학 비즈니스벨트'의 육성은 가장 이상적으로 미래를 내다보고 합리적으로 과학벨트를 만들어 전국이 골고루 혜택을 받고 특성에 따른 산업화가 이루어져 21세기 최첨단 국가로 발돋움하게 될 것이다. 자연스레 일자리 창출이 이루어져 더 이상 청년실업이나 노인 실업이 사회문제화되지 않게 될 것이다.

일자리 창출, 비정규직의 정상 환원, 4대강 사업의 보완수정, 저탄소 친환경산업의 보호와 육성, 창조적 개성화교육 등 수많은 국가정책은 Think-Tank의 가동으로 구체적이고 입체적이며 시간계획과 박근혜의 철학, 사상, 영혼이 함께한 정책입안이 대선 전에 준비되어 복지국가 건설계획과 함께 국민의 감동을 얻어낼 것이다.

국제외교는 박근혜의 입증된 외교력으로 전 세계적인 우방국들과 상부상조의 분위기가 형성되고, 홍익인간의 화(和) 철학과 사상을 기초로 적대국이 없는 평화스런 외교관계가 수립될 것이다. 후진국에 대한 개발지원과 합동개발로 기술을 지원하고 자원을 확보하는 상부상조 상호호혜의 국제외교가 활발하게 전개될 것이다. 이런 외교정책에 대한 입체적이고 시간계획이 가미되고 박근혜의 철학 사상과 영혼이 가미된 총체적인 계획도 준비 중일 것이다.

구체적인 정책의 기본 정신과 철학 사상이 바탕을 이룬 제반 정책들의 계획과 실행은 모두 미루어 짐작할 수 있을 것이며, 전문가 집단의 Think-Tank에서 준비될 정책들을 구체적으로 언급하는 것은 향후 구체적인 정책들과 혼선을 야기할 수 있어서 생략하겠다.

Teacher	Where is God?
Students	God is in heaven.
Jane	No. God is not in heaven.
Teacher	Really? Then, Jane. Where is God?
Jane	God is in my mother's room at night.
Teacher	Why do you think God is in your mother's room?
Jane	My mother cries 'Oh, my God!' at night in her room.
Teacher	Jane, That's only your mother's acclamation with joy in the bed.
Jane	No. When my mother calls God, God replies 'Oh, ye' always in low voice.
Teacher	????

If you are Jane's teacher,

how can you teach Jane nicely?

Please explain how to teach Jane in detail.

(Jane and her friends are only 5 years old in kindergarten.)

5살배기 유치원생인 Jane의 엉뚱한 대답에 어떻게 대처하는 것이 최선의 교육일까? 이에 대한 대처방법에서 개별교육, 획일화 교육, 개성화교육의 특성이 나타나지 않을까?

Joke이며 Humor이면서도 우리에게 여러 가지 교육방법에 대한 질문을 던지는 내용이다.

Chapter XV

역시 박근혜가 해답이다

1. 박근혜가 해답인 이유

거짓말을 하는, 인간이 아닌 악마가 대통령이 돼선 안 됩니다.
그릇된 공산주의 독재를 하려는 사람은 대통령이 돼선 안 됩니다.
능력도 안 되는 사람이 꼼수·협잡·돈으로 대통령이 돼선 안 됩니다.
탈법·불법으로 인간이기를 포기한 자는 대통령이 돼선 졸대 안 됩니다.
특권층과 사독교를 업고 날뛰는 자가 대통령이 돼서는 절대 안 됩니다.
지역, 사상, 계급, 성년 갈등을 부추기는 자는 대통령이 돼선 안 됩니다.
국민의 건강-풍요-행복-평화를 해치는 자는 대통령 되면 안 됩니다.

왜 대통령이 되어서는 절대로 안 되는 조무래기들이 설치나?

여왕님 밑에서 기어다녔지

그림자가 너무커

GH

글·그림 : 김윤길

조무래기들이 왜 박근혜를 물고 뜯는가?

　사람은 사람[人]의 말[言]을 하여 믿음[信]이 실릴 때 진정한 사람입니다. 거짓말을 하는 사람 아닌 사람이 국가의 최고 지도자인 대통령이 된다면 국가와 국민의 불행입니다. 진실과 믿음을 가진 말을 하는 박근혜 의원이 차기 대통령이 되어야 하는 **첫 번째 이유는 믿음이 실린 사람의 말을 하기 때문입니다.**

　한국은 현재 좌우보혁, 동서남북, 남녀노소, 빈부우학 등 이념·사상, 지역. 성년, 사회계급 간 치열하고 첨예한 대립과 갈등을 화해시켜서 화합과 통합을 이루어야 합니다. 화합이 없이는 국가도 국민도 민족도 파멸하고 맙니다. 국가와 국민, 민족의 화합을 위해서는 박근혜가 대통령이 되어야 합니다. **대립과 갈등을 해소하고 화합을 이룰 수 있는 사람, 이것이 박근혜가 대통령이 되어야 하는 두 번째 이유입니다.**

　한국에는 기득·특권층들이 각종 이권과 권력을 독점하여 포식자로 군림하고 있으며, 불공정한 온갖 법으로 일반 대중을 탄압, 착취, 핍박하고 있습니다. 공정하고 정의로운 국가를 만들 수 있는 철학과 사상과 영혼을 가진 사람이 박근혜입니다. **박근혜가 대통령이 되어야 하는 세 번째 이유는 기득·특권층을 제외한 모든 국민이 공정하고 정의로운 국가를 기다리기 때문입니다.**

　국민은 믿음을 가진 말로 서로 속이지 않고 거짓말하지 않고 소통하기를 원하며, 화합을 이루고, 공정하고 정의로운 사회에서 살기를 원합니다. 모든 국민의 건강과 풍요 및 행복과 평화를 보장하는 복지국가의 철학과 꿈과 계획을 가진 정치인이 박근혜입니다. **네 번째 박근혜가 대통령이 되어야 하는 이유는 대다수 국민들은 박근혜의 복지국가에서**

건강·풍요·행복·평화를 누리며 살기를 원하기 때문입니다.

　사위악추(邪僞惡醜)가 정진선미(正眞善美)의 가치를 무너뜨리고, 불의와 부정이 판치는 국가는 싫습니다. 불인부지무례무의(不仁不智無禮無義)가 인의예지(仁義禮智)를 말살시키는 부도덕하고 비윤리가 판치는 국가는 싫습니다. 박근혜는 정진선미와 인의예지를 바로 확립하고 사위악추와 불인부지무례무의를 영원히 일소하고 구축할 대통령이 될 것입니다. **박근혜가 대통령이 되어야 하는 다섯 번째 이유는 국민이 가치관과 윤리도덕이 바로 선 사회에서 살고 싶기 때문입니다.**

　왜 조무래기들이 설치며 박근혜를 반대하는지 땅띔도 못하겠습니다.

　박근혜는 정진선미의 가치와 인의예지의 윤리도덕을 지키며 묵묵히 가는데, 올곧은 가치와 윤리도덕을 신뢰와 원칙으로 지키며 흔들림 없이 가는데…….

　조무래기들과 반박돌이들은 왜 정의와 신뢰 원칙이 두려워 벌벌 떨어대나?

2. 그렇다면 해답은 박근혜다

　인류 지고지선의 가치인 정진선미(正眞善美)를 추구하고, 인류가 지켜야 할 윤리도덕인 인의예지(仁義禮智)를 신념으로 가지고, 유교의 중용과 불교의 8정도와 기독교의 십계명을 지키면서 한 치의 흔들림도 없이 시종일관(始終一貫)하는 정치지도자가 있다면 그가 바로 박근혜다. 이런 정치지도자를 대통령으로 가진 국민은 행복과 평화를 누릴 수 있으며, 국민의 행복과 평화를 보장할 수 있는 순결한 영혼의 소유자는 박근혜가 유일하다.

The trumpet of a prophecy.
O Wind,
If Winter comes, can Spring
be far behind?
예언의 나팔. 바람이여,
겨울이 오면, 봄이 멀겠는가?

　박근혜는 가치관의 재확립과 윤리도덕의 재무장을 위하여 대한민국
이 필요로 하는 티 없이 깨끗하고 순결(純潔)한 영혼(靈魂)이기에 차기
대통령이 되어야 한다.

　사람[人]의 말[言]은 믿음[信]을 가질 수 있어야 그 사람의 영혼이며 창
조주 하느님이다. 박근혜는 국민이 믿음[信]과 신뢰(信賴)를 가질 수 있
는 사람이며, 이런 믿음은 무한한 위력과 마력을 지니고 국민의 심금을
울려서 공명을 일으킨다. 말을 신뢰할 수 있는 유일한 정치 지도자가
박근혜다. 순결한 영혼에서 우러나는 믿음으로 무한한 위력을 가지고
국민을 감동시키고 가슴에 공명을 일으킬 수 있는 박근혜가 대통령이
되어야 한다.

　동서남북의 지역갈등, 좌우보혁의 이념갈등, 빈부우학의 계급갈등, 남
녀노소의 성년갈등 등 첨예한 갈등과 대립이 국가발전과 국민화해·화
합의 발목을 잡고 있다. 이 모든 첨예한 갈등과 대립을 화해와 화합으
로 순화 승화시켜서 국민의 대통합을 이루는 것이 가장 중요한 당면 과

제다. 과연 누가 이 국가발전의 장애물인 첨예한 대립과 갈등을 순화시켜 화해와 화합을 이끌어내고 국민통합으로 승화시켜 국가와 민족의 번영을 이룩할 수 있을까? 모든 갈등과 대립을 화해와 화합으로 승화 국민통합을 이룰 수 있는 사람, 그가 바로 우리가 바라는 국가 지도자 차기 대통령이어야 한다. **바로 화(和)를 근본·기본 철학과 사상으로 하는 정치지도자가 박근혜이기에 차기 대통령은 박근혜여야 한다.**

부정과 부패와 탈법·편법으로 무법천지가 되고 신뢰와 원칙이 무너지고 윤리도덕이 흔들리고 정진선미의 가치가 기준을 잃었다. 이런 부정과 탈법을 일소하고 가치관과 윤리도덕을 세울 수 있는 잣대는 공정과 정의여야 한다. 투철한 정의로 모든 부조리와 부패를 일소하고 정진선미(正眞善美)의 가치기준과 인의예지(仁義禮智)의 윤리도덕을 기초로 공정하고 정의롭게 사위악추(邪僞惡醜)를 응징하고 불인부지무례무의(不仁不智無禮無義)의 무너진 윤리도덕을 재무장 재확립할 수 있는 정의의 화신이 바로 박근혜다. **정진선미 가치관의 정립과 인의예지의 윤리도덕의 재무장을 위하여 공정과 정의의 철학·사상을 가진 박근혜가 차기 대통령이 되어야 한다.**

용기가 없으면 행동과 실천이 없다. 순결한 영혼과 믿음을 가진 말과 화해와 화합을 위한 화와 가치관의 확립과 윤리도덕의 재무장을 위한 근본적이고 기본적인 철학과 사상을 가지고 있다고 해도 용기가 없으면 행동이 없고 실천이 없다. 이런 모든 순수한 영혼, 믿음의 말, 화와 정의의 철학을 기동시키고 활용하고 효과를 극대화 할 수 있는 원천은 용기며, 이런 용기를 가진 정치지도자가 바로 박근혜다. **박근혜는 순결한 영혼을 가지고, 그녀의 말에는 믿음이 있으며, 화와 정의의 근본 철학·사상을 가지고 이 모든 것을 기동(Mobilization)〈활용(Utilization)〈최대**

화(Maximization)할 수 있는 불굴의 용기(勇氣)를 가지고 있어서 차기 대통령이 되어야 한다.

국가와 정치의 목적은 모든 국민의 건강-풍요-행복-평화를 보장하는 것이며, 바로 박근혜의 복지국가의 목표가 국가와 정치의 목적과 일치한다. 국민을 신체적으로 모두 건강하게 하고, 물질·경제적으로 풍요롭게 하고, 정신적으로 행복하게 하고, 모든 것이 조화된 평화를 누릴 수 있게 하는 것이 박근혜의 복지국가의 목표다. **이런 국민의 바람을 담아낼 수 있는 복지국가의 이상과 실천계획을 가진 유일한 정치 지도자가 박근혜로, 바로 그녀가 차기 대한민국의 대통령이 되어야 한다.**

유교의 중용, 불교의 중도의 8정도, 기독교의 10계명을 지키고, 인류의 가치인 정진선미를 추구하고 인의예지의 윤리도덕이 확립된 순결한 영혼을 가진 보통 사람들이 행복한 국가를 원하는가? **그렇다면 그 해답은 박근혜다.**

거짓이 없고 말이 믿음을 가지고 모든 국민이 불신이 없는 깨끗하고 정직한 국가를 원하는가? 말을 믿지 못해서 서로 의심하고 불신하는 사회를 변화시켜야 한다고 생각하는가? **그렇다면 그 해답은 박근혜다.**

동서남북의 지역갈등, 빈부우학의 사회 계급갈등, 좌우보혁의 사상과 이념갈등, 남녀노소의 갈등 등 제 갈등과 대립 불화가 없이 화해와 화합을 통하여 화기애애한 평화스런 국가를 원하는가? **그렇다면 그 해답은 박근혜다.**

모든 국민이 건강-풍요-행복-평화를 누리면서 살 수 있는 조화롭고 평화로운 국가를 원하는가? 그렇다면 그 해답은 박근혜다.

　여러모로 아무리 찾아도 우리 대한민국 국민이 기다리고 찾는 국가의 지도자는 역시 박근혜며, 박근혜는 차기 대통령이 되어야 하고, 될 것이고, 되도록 해야 하는 이유가 여기 있다. 이것이 국민에게 '진실과 영혼'이 글로 호소하고 알리는 이유다.

사랑방 XV | 상위대치법 & 심층구조분석과 해석

　말과 글에는 그 사람의 영혼이 담기고, 말과 글을 듣고 읽으면서 고요하게 명상을 하며 역지사지(易地思之/ If I am in his/her shoes....)로 말한 사람의 생각과 영혼 속으로 들어가 그 사람의 생각과 정신세계를 읽는 방법을 상위대치법(相位代置法)이라 한다. 명상 수련으로 무념무상, 무아경에 이르면 그 사람의 영혼이 실린 말이나 글을 따라 충분히 쉽게 상대의 마음과 정신을 읽을 수 있다.

　심층구조분석과 해석(Analysis of deep structure and its interpretation)은 미국의 언어학자 Noam Chomsky의 글을 분석하고 연구하는 구문론에서 발전하여 말과 글의 숨겨진 의미와 목적을 유추 해석하는 방법이며, 또한 있는 그대로의 말과 글 현상에서 그 자체의 내면 심층의 의미를 파악하는 방법으로 '내재적 접근'이나 심층구조분석이나 함축된 의미와 진의를 파악해내는 방법은 유사하거나 같다.

　박근혜 내면의 정신세계에 접근하여 그녀의 철학과 사상을 상위대치법과 심층구조분석 및 해석으로 읽어냈다. 이런 방법으로 접근하여 내면의 정신세계를 읽고 분석하면 사람의 마음을 알 수 있으며, 명상수련이 깊으면 사람뿐 아니라 사물의 본질에도 접근 가능한 방법이다. 상위대치법과 심층구조분석 및 해석을 활용하면 거의 정확하게 사람의 철학과 사상을 알아낼 수 있고, 생각을 읽을 수 있다.

상위대치법과 심층구조분석 및 해석의 효과와 정확성에 대하여는 이 책에서 찾아내 보이고자 한 박근혜의 내면 정신세계와 철학과 사상의 정확성으로 평가받고 싶다. **다른 사람의 철학과 사상 및 정신세계를 읽는 상위대치법과 말과 글의 심층구조분석 및 해석에 대하여는 독자 여러분들의 다양하고 자유스런 상상과 사유의 여백으로 남기고자 한다.**

회사원인 딸은 "아빠의 글이 너무 어렵다."고 쉽게 풀어서 쓰기를 원했고, 신문기자인 사위는 "글이 젊은이들도 재미있게 읽고 즐길 수 있도록 현 시대의 언어에 걸맞게 짤막짤막한 단문으로 써졌으면 좋겠다."고 했다. 친구들은 "박근혜 일색의 찬양 글이 아닌 객관적이고 불편부당(不偏不黨)한 글이어야 한다."고 충고를 했다. 쉽고 재미있고 불편부당한 글을 쓰려고 노력했지만 딸, 사위, 친구들을 만족시킬만한 글은 나의 미천한 필력으로는 불가능했다. 진실을 말과 글로 만족스럽게 표현하여 사람들로 하여금 재미있고 쉽게 이해할 수 있도록 한다는 것은 대단히 어려운 일이라는 걸 이 책을 쓰고 마치면서 절실하게 느꼈다. 특히 드러내서 보여줄 수 없는 다른 사람의 철학과 사상 및 영혼을 말과 글로 설명한다는 것은 어렵고, 나에게는 불가능한 일이라는 것도 알았다.

좀 더 많은 박근혜 사진과 그림을 넣어 이해를 돕고 싶은 마음에 박근혜의 홈페이지에 있는 사진과 자료를 인용하고자 여러 방법으로 사용허락을 받고자 했으나 여의치 못하여, 막판에 박근혜 사진과 자료를 제외시키고 급히 지인과 친구의 도형과 그림으로 대체하여 짜임새 있는 글과 그림의 조화를 이루지 못한 점 못내 아쉽고 독자들에게 죄송한 마음이다. 다만 글로 드러내 표현하고자 하는 '진실과 영혼'의 참뜻이 독자들에게 전달될 수 있기를 바랄 뿐이다.

박근혜의 정신세계의 철학과 사상을 읽고 사유하며 깨달은 바를 바로 펼쳐 그녀의 진심과 진실이 조금이라도 바로 알려졌으면 하는 바람과 의도적으로 폄훼되고 왜곡되어 그녀에 대한 비난과 비판이 난무하는 현실에 대한 안타까움에서 진실을 전하고자 하는 무모한 시도였지만 나의 능력으로는 불가능했다. 다만 극히 일부분만이라도 그녀의 진실을 전하는 새벽 닭의 울음이라도 되었으면 다행이라 생각한다.

박근혜의 순결한 영혼, 정의, 용기, 화(和)의 외침이 씨알의 소리가 되고 이 책이 그녀의 씨알의 소리를 전하고 알리는 봇물과 밀물의 마중물이 되기를 바란다. 그녀의 순결한 영혼의 소리가 더 많은 사람들의 영혼과 공명을 일으켜 2012년 대선에서 국민의 함성이 되기를 바란다. 박근혜의 꿈과 목표대로, 모든 사람들의 염원대로 정의롭고 공정한 사회를 이루고, 건강·풍요·행복·평화가 온 누리 모든 사람들에게 나뉘고 넘치는 복지국가 건설이 실현될 수 있기를 바라면서….